Sarah Cohen-Scali

CINCO

Direction éditoriale : Paola Grieco
Conception graphique : Jeanne Mutrel et Tiphaine Rautureau
Maquette et relecture éditoriale : Caroline Merceron
Correction : Romain Allais

Couverture : © D. Roberts / Science photo library / Getty Images

WWW.GULFSTREAM.FR

ISBN : 978-2-35488-539-7

Gulf stream éditeur

Sarah Cohen-Scali

CINCO

ÉLECTROGÈNE
ANTICIPATION

« La question de savoir si la machine est humaine ou pas est évidemment toute tranchée – elle ne l'est pas. Seulement, il s'agit de savoir si l'humain, au sens où vous l'entendez, est si humain que ça. »

Jacques Lacan, 1955

Le monde de ces années-là était devenu sombre et inquiétant. Il ne fut cependant pas ravagé par un cataclysme naturel consécutif au réchauffement climatique, pas davantage par une catastrophe nucléaire, une pluie de météorites, encore moins par une attaque d'extraterrestres. Autant de peurs qui nourrissaient les gros titres de l'actualité ou les fictions de l'époque. Ces catastrophes sont peut-être encore à venir, qui sait ? Qui pourrait le dire avec certitude ?

L'inquiétude de ces années-là fut en partie due à l'émergence d'un phénomène terrifiant. Une nouvelle engeance apparut, celle d'enfants et d'adolescents capables du pire. Des enfants – des mineurs ! – qui se procurent des armes, qui tuent, violent, incendient, torturent et font la guerre. Ils n'étaient pas le seul apanage des pays en voie de développement. Ils étaient aussi le fait de pays dits « développés » et « civilisés ». La Famille n'était plus à même de les contrôler. L'École était en voie de perdition.

Les Autorités décidèrent de prendre le mal à la racine.

Plus de criminalité infantile. Plus de criminalité en devenir. Fin de la criminalité.

Les États manifestèrent la volonté de repérer au plus tôt enfants et adolescents potentiellement délinquants ou criminels. Ils furent dès lors traqués avec une arme redoutable. Celle qui avait bouleversé le monde de ces années-là, lui faisant faire un pas de géant, pensait-on, et qui – ironie du sort – était utilisée par les jeunes eux-mêmes sur un mode addictif : le Net.

Internet devint un terrain de chasse. L'œil numérique, doublé d'un Dieu vengeur et punitif, se mit en œuvre sur ce qu'on nommait alors la Toile. La moindre des connexions, sur quelque support que ce fût, fut repérée, tracée, répertoriée, évaluée. Cliquer sur une souris ou effleurer un écran tactile se doublèrent d'une alerte. Vidéos, photos, téléchargements, textes consultés, achats, conversations sur les réseaux sociaux, sites visités, forums, blogs et SMS furent soumis à l'analyse d'une Intelligence artificielle ultra performante au service du Gouvernement qui, par une savante succession de calculs algorithmiques, évalua leur potentialité de danger.

Le Big Data *prédictif, boule de cristal futuriste, était à l'œuvre.*

L'œil numérique avait ses entrées dans tous les foyers. Espion idéal, il signa la fin de la vie privée et dénonça les individus à risque. Il y eut de massives vagues d'arrestations.

On révisa la législation. De nouvelles lois furent votées. Si enfants et adolescents commettaient des crimes de sang, des crimes d'adultes, ils devaient être punis comme tels. L'âge de la majorité fut abaissé en conséquence.

Une partie de la population se rebella et ce fut, dans chaque État, une nouvelle forme de guerre civile. Plusieurs milliers de citoyens se mobilisèrent contre la tyrannie numérique qui avait désigné leurs enfants comme des assassins. Leur revendication majeure fut un appel à la déconnexion généralisée.

Jetons les portables ! Mettons les ordinateurs au rebut !

Plongeons-nous dans le noir ! Régressons pour mieux nous protéger !

On les traita de fous, d'illuminés. Un tel retour en arrière était inenvisageable. Pourtant cette manière de secte connut des adeptes de plus en plus nombreux et la sédition fut historique.

Mais le mal était fait, et il demeurait irréversible. Les rebelles se réfugièrent trop tard dans l'anonymat de la déconnexion, ils laissèrent derrière eux une réserve de traces numériques dans lesquelles les robots purent piocher indéfiniment. Ils se condamnèrent à vivre dans l'incertitude du présent tandis que les autres, bénéficiant d'une multitude de services d'anticipation, maîtrisaient leur avenir.

Ils ne firent qu'alimenter la fracture sociale qui était alors déjà largement en route, confortant la souveraineté d'une minorité extrêmement riche sur une majorité extrêmement pauvre.

CHAPITRE 1

Un enfant. Un enfant à elle. Un bébé ! Un seul !

Voilà tout ce que Jade demandait. Elle savait bien que la politique démographique accordait aux citoyens bleus l'autorisation de n'avoir qu'un enfant unique. D'accord. Très bien. Ça lui suffisait. Elle le choierait d'autant plus, son petit poupon, son amour pour lui serait encore plus fort. Elle se consacrerait entièrement à lui !

Mais à force d'attendre la réponse des Autorités blanches, son désir de maternité tournait à l'obsession. Les couples bleus faisaient l'objet d'une étude très poussée avant de pouvoir fonder une famille. Si, dans les traces numériques laissées par leurs ancêtres avant que ceux-ci ne se rebellent en se déconnectant – répertoriées, collectées, enregistrées sur une constellation de serveurs sur plusieurs générations –, un dossier criminel impliquant un mineur était mis en évidence, leur candidature était refusée et on leur proposait l'adoption.

Or Jade ne voulait pas adopter. Surtout pas ces espèces de... Ah ! Elle secoua vivement la tête pour chasser l'image qui lui traversa l'esprit. Non, jamais elle n'adopterait ! Elle voulait un *enfant à elle, issu de son sang et sa chair !*

Qu'est-ce qui coinçait ? Qu'est-ce qu'ils avaient bien pu trouver qui n'allait pas dans son dossier ? (Ils trouvaient toujours quelque chose !) Esquissant un sourire malgré son amertume, Jade se dit que si problème il y avait, il ne pouvait venir que de son côté, pas du côté d'Alban, son mari. C'était un homme si doux, alors qu'elle… Elle débordait de sentiments de révolte. Elle crevait d'envie d'aller attaquer à coups de pioche ce fichu mur qui séparait la Cité bleue de la Blanche.

Depuis quelques semaines, chaque soir, elle demeurait immobile pendant de longues minutes à observer sa boîte de pilules contraceptives, se demandant si elle aurait le courage de la flanquer à la poubelle. Des années qu'elle était contrainte à prendre le contraceptif. Dès ses premières règles, comme chaque jeune fille pubère de la Cité bleue, elle avait été convoquée au planning familial (géré par des assistantes sociales blanches). Elle y avait reçu sa première boîte, qui serait renouvelée automatiquement et gratuitement par la suite, y compris lorsqu'elle déciderait de se marier, se pacser ou de vivre en concubinage, jusqu'à ce qu'on lui dise si oui ou non, elle pourrait enfanter. En cas d'oubli, lui avait-on précisé, elle pourrait trouver dans les distributeurs installés partout dans la Cité bleue, jusque dans les halls d'immeubles, des pilules du lendemain et du surlendemain. (Ces mêmes distributeurs proposaient des préservatifs gratuits.) À treize ans, elle n'avait qu'une idée confuse de ce qu'impliquaient les propos des assistantes sociales.

— Le mieux, lui avaient recommandé celles-ci avec une insistance marquée, c'est de rester célibataire ! Ainsi, tu pourras profiter pleinement de la liberté sexuelle !

CHAPITRE 1

Ne t'encombre pas d'un mari ! Et surtout, surtout, *veille à ne jamais tomber enceinte !*

Jade s'extirpa brutalement de sa rêverie et, tout aussi brutalement, se saisit de la boîte de pilules qu'elle jeta au feu, dans la cheminée. Elle regarda se consumer la notice qui s'était échappée de la boîte avec un plaisir sans pareil, avec un brin de sadisme, s'imaginant que, en lieu et place du papier, c'étaient les représentants du pouvoir blanc qui brûlaient et se tordaient sous la morsure des flammes. Un mot, une phrase surgissait tout à coup, avant de noircir et de disparaître. « *Vivez pour vous !* » « *Ne pensez qu'à vous avec Sterilife !* » « *Assurez-vous un avenir libre de toute entrave !* » « *Vie sans enfants, Vie sans soucis !* » Car les notices accompagnant les contraceptifs avaient la particularité de ne pas détailler la composition chimique du médicament, mais la longue liste des agréments de la stérilité – un discours de propagande pour la politique de restriction démographique.

Eh bien non ! se dit Jade. Elle aurait un enfant, que les Blancs le veuillent ou non ! Elle ne dirait rien à Alban. Elle le mettrait devant le fait accompli. Il ne protesterait sûrement pas, il l'aimait trop pour lui en faire le reproche.

Elle se souvint de la façon dont ils s'étaient rencontrés dix ans auparavant. *Déjà ? Dix ans et l'impression que c'était le mois passé !*

Elle sortait de son travail, un job de caissière dans un supermarché qu'elle avait été obligée d'accepter sous peine de ne plus pouvoir payer son loyer. La journée avait été harassante, et l'idée de prendre le métro pour rentrer seule chez elle la déprimait. Alors qu'elle marchait, elle vit un taxi approcher, une Mercedes, un vieux modèle à l'élégance désuète. Sans réfléchir, elle leva le bras pour le héler. Elle monta, donna au chauffeur son adresse et se laissa conduire sans penser à rien d'autre qu'au plaisir de se caler dans la douceur du cuir qui revêtait la banquette délicieusement rembourrée. *Quel putain de luxe !* avait-elle pensé. L'habitacle était plus confortable que la misérable chambre de bonne dans laquelle elle vivait alors. Elle se dit soudain qu'elle voulait faire de cette voiture son domicile. Pour toujours. On bloque les portières, on remonte les vitres, et en route ! On roule !

Bercée par le faible ronronnement du moteur, elle laissa ses pensées vagabonder, soulagée de constater que le chauffeur lui fichait la paix. Lorsqu'elle fut arrivée à destination, ne sachant comment lui avouer qu'elle ne pouvait pas payer la course, elle prétexta qu'elle avait oublié un rendez-vous urgent et lui donna une fausse adresse, loin de son domicile. Ils roulèrent durant une heure, toujours en silence. Jade regardait le paysage défiler par la fenêtre, et elle le trouvait beau, alors qu'il n'était fait que de béton et de brume. Comment la Cité bleue pouvait-elle être belle tout à coup ?

Grâce à ce véhicule ! Il est magique ! C'est un véhicule de rêve !

De temps en temps, elle jetait un œil dans le rétroviseur et remarquait alors que le chauffeur la regardait. Gêné, il détournait aussitôt les yeux en rougissant. Un homme qui rougit, c'était si attendrissant ! Il n'était pas beau, non, à l'évidence non, il avait un visage quelconque, des yeux petits et bruns sans éclat, un teint pâle, des cheveux châtains raides, un peu gras, déjà clairsemés alors qu'il devait avoir une vingtaine d'années comme elle. Mais sans se l'expliquer, elle le trouvait attirant. Lorsqu'il s'arrêta à l'adresse indiquée – la deuxième, donc –, elle lui demanda de poursuivre. Ils roulèrent ainsi toute la nuit. Le chauffeur ne dit pas un mot. Jade dormit par intermittences, allongée sur la banquette ou tête renversée en arrière sur le siège. À l'aube, elle demanda enfin au chauffeur d'arrêter. Elle descendit, ouvrit la portière avant, s'assit sur le siège et, lui prenant le visage à deux mains, elle l'embrassa sur la bouche. Longuement, avidement, goulûment, jusqu'à ne plus pouvoir respirer, jusqu'à en avoir le vertige.

Un enfant de lui ! Un enfant de cet homme si doux et si bon !

Mais comment garderait-elle secrète une grossesse illégale ? Les Blancs trouveraient moyen de la repérer. Un Bleu la dénoncerait dans l'espoir de gagner la récompense promise dans ces circonstances. Elle serait contrainte d'avorter – les médecins percevaient des primes sur les avortements – ou, s'il était trop tard, elle accoucherait, mais condamnerait son enfant à l'exclusion du système scolaire et du système de santé. Comment élever décemment un enfant dans de telles conditions ? À quoi bon ?

Elle n'eut pas le courage d'assumer sa révolte jusqu'au bout et retira *in extremis* le contraceptif du feu. Elle glissa une pilule sous sa langue avec le sentiment qu'elle avalait du poison.

Demain, elle irait au point de connexion. Peut-être que la réponse sera enfin arrivée ? Il fallait aussi qu'elle envoie des CV pour essayer de décrocher un emploi dans la Cité blanche. N'importe lequel, du moment qu'il lui rapporterait un peu d'argent. Alban ne gagnait presque plus rien comme chauffeur de taxi. Plus personne n'avait les moyens de se payer un taxi dans la Cité bleue.

CHAPITRE 2

Avoir un enfant, c'était aussi le désir de Viv.

En tant que citoyenne blanche, elle pourrait même en avoir deux si elle le souhaitait. La politique démographique plaçait Blancs et Bleus sur un pied d'égalité ; la permission d'un enfant supplémentaire pour les Blancs était simplement due au fait que leurs pratiques sexuelles avaient évolué. Dans la Blanche on ne faisait plus l'amour IRL (*in real life*), ou rarement, on lui préférait l'amour connecté, par ordinateur interposé, ce qui avait entraîné une importante chute de la natalité.

Viv était le bras droit de l'ambassadeur de France en Chine. Elle travaillait beaucoup, voyageait huit mois sur douze environ. Elle était la citoyenne blanche type, héritière du combat de ses ancêtres pour cette parité qu'elles avaient eu tant de mal à obtenir. Désormais, grâce à l'ectogenèse et au système éducatif extrêmement strict mis en place, qui déchargeait les femmes du poids de l'éducation et des soucis constants causés par les enfants à tout âge, c'était chose faite. Les Blanches n'avaient plus à choisir entre carrière et enfants. On les avait enfin soulagées de l'ancestral fardeau de la Famille !

L'arrivée d'un enfant ne modifierait donc en rien l'ascension professionnelle de Viv.

Elle avait connu son mari, Ben, sur une plateforme de prédictibilité amoureuse. AX, son APR, l'y avait inscrite à sa demande. L' APR, « Assistant Personnel Robotisé », était une Intelligence artificielle correspondant avec son utilisateur après implantation sous-cutanée d'une nano-oreillette. La greffe se faisait dans le lobe de l'oreille pour les femmes de façon à la dissimuler élégamment par une boucle d'oreille ; chez les hommes, elle se pratiquait derrière le pavillon de l'oreille et demeurait ainsi très discrète. L'APR était opérationnel au sein de tous les supports interconnectés. Il était chargé H24 d'une somme considérable de tâches autrefois opérées par les applications d'un smartphone. Il gérait, entre autres, les mails et SMS de son utilisateur, sa navigation sur le Net, ses différents comptes sur les réseaux sociaux, ses comptes bancaires, son dossier médical, professionnel, sans oublier – et en faire la liste exhaustive serait impossible – tout ce qui avait trait à l'amélioration de son quotidien. Chaque citoyen blanc avait un APR spécifiquement configuré en fonction de sa personnalité et de son activité professionnelle. Les enfants s'en voyaient attribuer un (on l'appelait alors « CN », compagnon numérique) dès l'âge de dix ans, lors de leur baptême.

Connaissant parfaitement la personnalité de son utilisatrice, AX avait dressé le profil type du candidat désiré. En retour, il avait reçu de nombreuses alertes de compatibilité envoyées par les APR des adhérents de la plateforme. Il avait procédé à un classement des candidats potentiels en fonction d'une gamme de critères incontournables : caractéristiques physiques, profession, centres d'intérêt, situation bancaire, dossier médical, liens familiaux, analyse du vocabulaire amoureux, pratiques sexuelles courantes, et en avait retenu deux.

John, Anglais d'origine, courtier de profession, vivait en Amérique du Sud. Ben, lui, était le conseiller du ministre de l'Éducation et de la Jeunesse et habitait sur place, à Paris. La situation géographique de John lui conférait un léger handicap. Très léger, car il pourrait demander sa mutation sur Paris et AX avait toujours en mémoire que le rapprochement amoureux était un facteur important du développement économique : il faisait travailler les compagnies aériennes.

Mais le choix, en dernier lieu, revenait à Viv. AX lui proposa d'organiser d'abord un rendez-vous avec Ben. L'APR de ce dernier se chargerait – il le lui avait déjà précisé – de réserver une table dans l'un des meilleurs restaurants ainsi que des places de théâtre. Viv fit la moue.

— Je n'ai pas envie de perdre du temps, lui dit-elle. La soirée sera agréable, c'est évident, et après ?

Viv n'eut guère besoin d'en dire plus. AX devina que c'était l'*après* qui comptait.

Il fut donc décidé d'un commun accord de brûler l'étape préliminaire et de passer directement à l'évaluation de la compatibilité sexuelle.

AX organisa deux rendez-vous haptiques – la plateforme de rencontre étant dotée d'une interface physico-émotive offrant des fonctionnalités de contact sensuel.

Le premier eut lieu avec John. Viv enfila sa SmartSkin, une combinaison en silicone ultra fine adhérant parfaitement à la peau, dotée de lovarisateurs, des capteurs qu'elle brancha sur différentes parties de son corps et qui devaient, à l'instant T, lui envoyer les impulsions adéquates. John, de son côté, en fit autant et la rencontre débuta.

Ce fut torride. Viv reçut une multitude d'impulsions, dont bon nombre générèrent un orgasme qui se prolongea au-delà de toute espérance et se déclina en une cascade de contractions orgasmiques. Elle eut l'impression que son corps tout entier était un gigantesque lovarisateur. Comme si elle avait eu un clitoris dans le cou, le dos, l'oreille. Absolument partout. Même le bout de son nez et la pointe de ses cils devinrent des zones hautement érogènes. En un mot, ce fut l'extase totale. AX prit connaissance du succès de l'opération en analysant les données résultantes.

Enthousiasmée, Viv voulut s'en tenir là.

— Ce sera forcément moins bien avec Ben. Inutile de me soumettre à une expérience qui ne pourra qu'être décevante !

— Ce sera probablement *différent* avec Ben, précisa AX, mais pas forcément *décevant*. Je vous conseille de ne pas prendre une décision impulsive et de juger sur pièce.

AX avait raison. (Les APR ont toujours raison.) Viv suivit ses conseils et revêtit une seconde fois sa SmartSkin, encore vibrante, lui semblait-il, des émois passés. Depuis son duplex situé dans le A8, Ben fit de même.

Pas de surprise. La rencontre fut loin d'être désagréable, elle fut empreinte de douceur et d'un certain romantisme désuet qui ne manquait pas de charme, mais demeura très classique.

Le choix parut donc évident. Mais c'était sans compter sur l'immense puissance cognitive de AX qui se mit au travail d'arrache-pied. Il analysa l'ensemble des indices induits par le plaisir consécutif au contact haptique avec John, ce dernier étant donné comme favori : multiples stimulations positives palpables dans les tissus biologiques, raffermissement du muscle cardiaque, optimisation du moral, accroissement de l'appétit après l'acte. Il multiplia ces données selon le coefficient adéquate pour mesurer les conséquences, non plus d'un simple rendez-vous haptique, mais d'un éventuel rapport sexuel IRL et arriva, entre autres, aux conclusions suivantes : Viv perdrait environ 350 grammes après chaque orgasme, multiplié par une moyenne de quatre orgasmes, cela ferait 1,4 kilogramme par rapport. Une perte de poids assez considérable qu'elle devrait compenser, sous peine d'un amaigrissement non souhaité. Il calcula la masse calorique qu'elle aurait à absorber en compensation et en analysa les incidences sur sa santé si elle venait à le faire trop souvent. Augmentation du taux de sucre, possibilité de diabète, il établit la liste de tous les troubles probables. Les rendez-vous chez le médecin se multiplieraient, Viv perdrait du temps et de l'énergie alors qu'elle se trouvait à un moment clé de sa carrière.

Il prit également en considération le temps d'inactivité qui suivrait un acte sexuel aussi intense, la rêverie teintée d'une pointe d'extase dont il serait inévitablement suivi – il en avait eu un aperçu à l'issue du rendez-vous haptique. Dommages consécutifs supputés : cette rêverie entraînerait, à force, une baisse des facultés neuronales et détournerait peu à peu Viv de son travail. Or, lors de sa dernière mise à jour – les APR subissaient des mises à jour régulières pour être plus performants et toujours plus en adéquation avec leur utilisateur –, sa version upgradée avait mis en avant l'objectif impératif de Viv : faire passer sa carrière professionnelle au premier plan, quitte à sacrifier le reste.

— L'équilibre parfait entre plaisir induit et répercussion sur votre santé ainsi que votre vie professionnelle se trouve du côté de Ben, annonça-t-il à Viv. De plus, après analyse du tempérament de John, je suppute une forte probabilité de séparation dramatique pouvant advenir à court terme dans une relation avec ce dernier.

— Oh ! Non ! soupira Viv, profondément déçue.

Elle s'apprêtait à riposter, mais s'accorda un temps de réflexion. John était un séducteur invétéré, c'est vrai. Il lui avait fourni un échantillon de ses capacités sexuelles lors du rendez-vous haptique (Ah ! Une multitude de frissons parcoururent son échine à cette pensée !) et il lui parut évident qu'avec un tel potentiel il se lasserait d'elle rapidement et ne lui serait pas fidèle. Puis il la plaquerait. Horreur ! Humiliation ! Souffrance ! Désespérée, elle serait torturée par la jalousie (un sentiment si vil !) et sombrerait dans la dépression. Elle ne serait plus bonne à rien. Deviendrait un vulgaire déchet ! Elle pleurerait toutes les larmes de son corps, ce qui infligerait à son visage un vieillissement prématuré.

— Les conséquences seraient tout simplement désastreuses, poursuivit AX, en écho à ses pensées.

— Oui, tu as raison.

Viv poussa un long soupir de résignation. Adieu l'amour fou ! La passion ! Mieux valait se ranger à la raison.

— Est-ce que tu crois que…

Nul besoin de formuler la suite, AX comprit, à la seule intonation de sa voix, ce qu'elle avait en tête.

— Bien sûr, si vous le souhaitez, je m'arrangerai pour organiser, avec toute la discrétion et la sécurité requises, des rendez-vous haptiques avec John parallèlement à votre vie maritale.

— Oh ! Merci ! C'est parfait ! s'exclama Viv.

Ben fut donc l'heureux élu.

CHAPITRE 3

Après deux ans de vie maritale, Viv et Ben décidèrent qu'il était temps d'avoir des enfants. Viv avait quarante ans, mais ses ovocytes avaient été précieusement congelés aux frais de son employeur du temps de sa fertilité maximale ; Ben, lui, en avait cinq de plus. L'âge idéal pour être parents. Ils franchirent main dans la main le seuil de la e-maternité – laboratoire doté de moyens techniques ultra pointus, issus de la conjonction de la science numérique et de la biologie moléculaire – la plus huppée, la plus réputée pour ses performances. On y garantissait un taux de réussite de 98 %. Elle se situait dans le A4, non loin de la place V. où se trouvait l'hôtel particulier du couple.

Ils s'offrirent le pack complet et, le cœur battant, ne doutaient pas de l'instant de bonheur qu'ils s'apprêtaient à vivre.

Le technicien en charge de leur dossier les convia à prendre place autour d'une table de conférence connectée dotée d'un large plateau tactile et procéda sans attendre à la conception virtuelle en ligne. Grâce au séquençage de génome humain, il croisa les ADN de ses clients et lança le programme d'algorithmes qui reproduisait informatiquement la combinaison génétique s'opérant au moment de la fécondation de l'ovule par le spermatozoïde.

Viv et Ben échangèrent un regard aussi ému qu'admiratif. Les gestes du technicien étaient si élégants ! Ses mains volaient au-dessus du plateau tactile, l'effleurant à peine. On eût dit un chef d'orchestre dirigeant la symphonie des gènes.

Une fois la fécondation virtuelle achevée, l'embryon digital s'afficha à l'écran. Il était parfait. Aucune maladie génétique, aucune malformation et… Un effleurement. Quelques clics. Ce serait un garçon ! Premier vœu exaucé.

Le technicien gratifia ses clients d'un large sourire avant de reprendre sa chorégraphie manuelle et de lancer une nouvelle danse des algorithmes afin d'obtenir la caractéristique génétique complète du fœtus digital.

— Bien, maintenant, le logiciel prédictif.

Le plateau tactile s'illumina d'un enchevêtrement de tableaux et de courbes multicolores. Calculs et équations prévisualisant les facultés intellectuelles de l'enfant à venir – ses goûts, ses penchants, ses capacités et, par voie de conséquence, le métier qu'il pourrait exercer plus tard – furent résolus en un rien de temps. Dans la Cité blanche, on ne supportait plus, comme par le passé, le poids du hasard et du fatalisme. On créait un corps voulu, et l'esprit qui allait avec. Plus d'incertitude, plus d'espoir nourri en vain, plus de déception ! Les futurs parents savaient par avance ce qui les attendait.

Malgré la vitesse hallucinante à laquelle se faisaient les calculs, Viv et Ben manifestèrent quelques signes d'impatience. Ça n'allait pas encore assez vite à leur goût. Ce charmant fœtus digital affiché à l'écran serait-il ingénieur ? Directeur de banque ? Fonderait-il une start-up générant des profits historiques ? Ils brûlaient de le savoir.

La réponse apparut en premier lieu sur le visage du technicien.

— Que se passe-t-il ? demanda Viv, remarquant que le sourire de ce dernier s'était brusquement effacé.

Elle s'efforça de ne pas céder à l'inquiétude qu'elle sentait monter en elle. Son mari et elle occupaient des fonctions prestigieuses, ils étaient respectivement issus de familles d'intellectuels, d'hommes d'affaires et de politiciens haut placés. Le logiciel prédictif ne pouvait qu'assurer à leur enfant un avenir en or, non ?

Non.

La chaîne était rompue. Cela arrivait quelquefois, plus souvent qu'on ne croit. La malchance. Un mauvais coup du sort. Le technicien dut leur annoncer, non sans un embarras certain *mince, il avait fallu que ça tombe sur lui !* – que ce petit garçon au stade embryonnaire affiché à l'écran et qu'ils contemplaient d'un regard plein d'amour serait…

— Footballeur.

— Footballeur ? répéta Viv, frappée de stupeur.

— Quel genre de footballeur ? demanda Ben.

Le technicien s'éclaircit la gorge avant de préciser que, au vu des données dont il disposait, il s'agissait d'un sportif au potentiel médiocre, qui ne participerait jamais au moindre championnat, encore moins à une Coupe du monde. Il n'arriverait pas à passer les sélections, au mieux, il serait condamné à user son séant sur le banc des remplaçants. En un mot, ce ne serait pas une star du ballon rond affichant un salaire annuel chiffré en milliards d'euros.

— C'est impossible, il doit y avoir une erreur ! s'exclama Viv, maîtrisant avec difficulté le fou rire nerveux qu'elle sentait monter en elle. Ce qu'elle venait d'entendre était absurde !

— Il est extrêmement rare que le logiciel se trompe, répondit le technicien d'une voix mal assurée. Cependant… Je vais relancer le programme dans son intégralité, enchaîna-t-il. (Inutile de demander aux Alma s'ils pouvaient assumer ce coût double, leur solvabilité était connue de la direction.)

— Faites donc ! rétorqua Ben, non sans jeter un coup d'œil amusé à sa femme.

Un footballeur minable chez les Alma ! Ça c'était un scoop ! C'était tout de même sacrément drôle !

Toutefois le sourire qu'il avait esquissé se figea peu à peu sur ses lèvres lorsqu'il constata que, une fois la vérification terminée, le technicien demeurait silencieux.

— Eh bien, ça donne quoi ? demanda Viv.

Le technicien baissa les yeux et fit mine d'ouvrir un autre dossier, une petite fenêtre en haut à gauche de l'écran, que ses hôtes ne pouvaient voir distinctement de l'endroit où ils se tenaient. En réalité, le dossier en question était personnel – un achat en ligne pour lequel il hésitait. Un costume. Le prendrait-il en gris ou bleu marine ? –, il n'avait rien à voir avec l'affaire qui l'occupait, mais il avait besoin de se donner une contenance. Il finit par se lancer et asséna la sentence.

— Le résultat est identique. Il n'y a pas eu d'erreur.

Il y eut un bref instant de flottement, le silence s'abattit soudain sur la pièce, lourd, dense, palpable. Comme celui qui suit le bruit d'une serrure verrouillant la porte d'une prison. Les yeux de Viv s'embuèrent de larmes, qu'elle s'efforça très vite, moyennant un douloureux effort, de contenir. Elle fixa le technicien d'un regard incrédule, puis se tourna vers son mari.

CHAPITRE 3

Son regard se durcit. Ainsi, malgré tout le soin qu'elle avait mis à choisir un compagnon digne de ce nom, malgré la raison qui avait présidé à son choix et les sacrifices consécutifs, (*John ! Ce merveilleux amant qu'elle avait renoncé à épouser !*), elle en arrivait à… Ça ! Car il lui paraissait évident que la faute incombait à Ben. C'était dans ses gènes que se trouvait la faille à l'origine de cette catastrophe.

Le technicien s'éclaircit à nouveau la gorge.

— Voulez-vous que j'appelle un conseiller psychologique ?

Viv déclina sa proposition d'un geste agacé.

Le technicien se leva, prêt à s'esquiver avant que n'éclate la scène de ménage qui, à l'évidence, menaçait. (Cette situation était somme toute assez fréquente, il fallait parfois laisser aux clients un certain temps après l'annonce de mauvaises nouvelles.)

— Je vous laisse un moment, dit-il d'un ton grave.

— Inutile, répliqua aussitôt Ben, lui ordonnant d'un geste de se rasseoir. Nous choisissons l'@toption. Je pense que c'est ce qu'il y a de mieux à faire, n'est-ce pas ma chérie ? demanda-t-il à sa femme, qui acquiesça d'un signe de tête.

Ce n'était en effet pas le genre des Alma de se laisser aller à une scène de ménage. Ils firent preuve de retenue et d'élégance, se sachant protégés du qu'en-dira-t-on par la clause de confidentialité qu'offrait la e-maternité dans les options proposées en bonus. (Ils avaient ainsi l'assurance que personne, jamais, ne serait au courant de cet incident.)

— Connectez-vous à la banque de sperme, poursuivit Ben.

Il avait bien perçu le regard de reproche de sa femme. Il en avait été blessé, mais pas choqué. Peut-être avait-elle raison ? Peut-être était-il responsable, lui ou l'un de ses ancêtres, de cette malencontreuse déconvenue ? Comment savoir ? Quoi qu'il en soit, il ne voulait pas gâcher cette journée. Il aimait sincèrement sa femme – sans doute plus qu'elle – et préférait s'effacer à son profit. Les précieux ovocytes ne devaient pas se perdre. Son enfant serait issu de la femme qu'il aimait. Viv lui lança un regard reconnaissant et saisit sa main, qu'elle pressa entre les siennes. De son côté, le technicien, heureux de pouvoir mettre un terme à ce moment d'embarras, retrouva son énergie. Hop ! D'un habile et discret mouvement, il fit glisser l'icône de l'embryon tapeur de ballon vers la corbeille.

— Je me suis permis d'anticiper une demande d'@toption, expliqua-t-il, nous le faisons toujours pour nos clients prestigieux. Je me suis connecté à la banque de sperme issue du site *IntelligentPeople.com*, les intérêts en matière de procréation y sont tout à fait conformes aux vôtres. J'ai établi une liste de donneurs potentiels parmi lesquels j'ai opéré une sélection des candidats optimaux et je peux dores et déjà vous présenter les embryons digitaux issus de ces conceptions virtuelles… Les voici !

Trois fiches s'affichèrent sous les images des embryons. Viv et Ben les lurent rapidement et échangèrent cette fois un regard de connivence.

— Lequel préfères-tu ? demanda Ben.

— Toi d'abord, répondit Viv.

— Non, non, je t'en prie, ma chérie, c'est toi qui décides !

— Bon, puisque tu insistes…

Viv effleura le dossier du milieu. Le visage de Ben s'éclaira. Il avait fait le même choix. Celui de l'embryon appelé à être, précisaient les données prédictives, un petit garçon surdoué, destiné à se voir couronné de la prestigieuse médaille Fields en mathématiques à l'âge de vingt et un ans. Les yeux de Viv s'embuèrent à nouveau de larmes, ses lèvres se mirent à trembler (*Oh ! Bon sang ! Cette hypersensibilité était ridicule à la fin !*) Elle serra très fort la main de son mari qui, tout aussi ému qu'elle, la gorge nouée, adressa au technicien un signe de tête qui avait valeur d'assentiment. L'affaire était conclue !

Pour tout autre couple que les Alma, le technicien aurait fait appel à un conseiller spécialisé. Rien n'étant laissé au hasard dans la société blanche, le conseiller devait s'assurer que les parents avaient les moyens d'assumer le coût de longues et prestigieuses études. Il se mettait alors en relation avec la banque qui gérait les finances du couple candidat. On étudiait l'historique de leurs comptes, prêts en cours, solvabilité pour un prêt supplémentaire, éventuels incidents bancaires ou retards de paiement. On étudiait également la situation des employeurs du couple candidat afin de réaliser une prédiction qui dirait si monsieur et/ou madame garderait son emploi à coup sûr jusqu'à la retraite (dont le montant était aussitôt calculé) ou pourrait subir un licenciement. Tout cela était assemblé, traité, confronté à des statistiques et la réponse tombait : oui, les finances du couple résisteraient à l'investissement nécessaire à de longues études. Ou pas.

Dans le cas des Alma, le technicien avait déjà l'assurance d'une réponse positive.

Il fit donc glisser l'embryon choisi dans le panier. Lorsque la fécondation in vitro serait achevée, il n'y aurait plus qu'à procéder à la modélisation 3D de l'embryon, puis à l'implantation dans un incubateur mécanique et connecté, réplique exacte de l'utérus, qui lui dispenserait dès lors toutes les fonctions vitales nécessaires à sa croissance.

— Vous recevrez directement par mail une vidéo mensuelle du bébé afin de suivre sa gestation.

Viv imaginait déjà ce délicieux moment qu'elle partagerait

tout d'abord avec son mari dans une douce intimité, puis avec l'ensemble de leurs amis en postant ces vidéos sur les réseaux sociaux. Ce magnifique bébé allait se faufiler dans les filets du Net et envahir la planète.

— Comme vous avez opté pour le Pack Prestige, ajouta le technicien, nous pourrons, si vous le souhaitez, procéder à une éducation prénatale afin de stimuler les connexions neuroniques de l'embryon.

Viv et Ben eurent un regard interrogateur. Ils avaient payé le pack complet, sans toutefois prendre le temps de détailler toutes les options décrites dans le contrat. Ils avaient l'habitude, en toutes choses, de s'offrir les services les plus chers, garantie d'une qualité assurée.

— L'éducation prénatale par voie hypnopédique se fait en fonction de l'annonce du logiciel prédictif. Pour votre enfant, il s'agirait d'une éducation mathématico-hypnopédique. C'est une garantie de l'accroissement du taux de réussite.

— Parfait ! Parfait ! approuva Ben.

Il avait de plus en plus de peine à contenir son émotion et, comme son épouse, il attendait de passer avec succès l'étape du morphing photographique avant de laisser exploser sa joie. Restait à savoir, en effet, quel type de physique aurait ce cerveau hors du commun.

Le technicien activa le logiciel de vieillissement. Celui-ci allait présenter les photos de l'enfant à venir à différents âges. Dans ce domaine aussi, il fallait se protéger des désagréments du hasard. La beauté des parents n'assurait pas la beauté de l'enfant. Dans le cas d'un recours à la banque de sperme et d'ovules en ligne, même si les donneurs étaient issus de sites de rencontres impérativement interdits aux personnes laides, il demeurait tout de même un risque. Un beau bébé ne devenait pas, à coup sûr, un @tolescent gracieux, loin de là ! Si l'on pouvait éviter les désagréments des poussées acnéiques ou les prises de poids dues aux hormones en folie, pourquoi s'en priver ? Enfin, un bel @tolescent ne serait pas non plus forcément un bel adulte. Or à l'heure où des milliards de photos circulaient sur la Toile à flux tendus, à l'heure où l'apparence physique avait une importance capitale, on ne pouvait négliger cet aspect du problème.

Problème résolu par la performance d'un algorithme informatique qui déterminait, pour chaque tranche d'âge, la répartition exacte des pixels des diverses parties du visage et calculait la façon dont ces caractéristiques changeaient d'une tranche d'âge à l'autre.

Dans la Cité blanche, on aimait la beauté, on la tenait pour essentielle. Elle était, pensait-on, le reflet de l'âme.

Viv retint son souffle tandis que le technicien s'exécutait. En son for intérieur, elle se préparait au pire. Mieux valait ne pas se bercer de vaines illusions, il ne fallait pas s'attendre à ce que cet enfant fût à ce point béni de la e-providence pour qu'il pût allier à la fois intelligence et beauté. Elle s'interrogea sur ses priorités. Elle le fit seule, sans l'aide de AX. Elle mourait pourtant d'envie de l'interroger, mais la politesse voulait qu'on ne tînt pas conversation avec son APR en public. Seules les personnes mal éduquées bafouaient cette règle élémentaire. Elle hésita à quitter un instant la pièce pour s'entretenir avec AX, finit par y renoncer.

Tant pis, pensa-t-elle, la beauté était secondaire. L'intelligence avant tout. D'ailleurs l'intelligence conférait du charme. Et le charme surpassait souvent la beauté. De toute façon, il y avait toujours moyen de rectifier la nature (chirurgie esthétique, programmes sportifs adaptés...) Ses pensées allaient à cent à l'heure, son cœur battait comme un tambour. Elle ferma brièvement les yeux, emplit ses poumons d'une bonne rasade d'air avant de rouvrir les yeux et de les poser sur les photos que le technicien afficha enfin à l'écran.

Tout de même, si c'était un monstre de laideur ? Comme ceux que les Bleus adoptaient ?...

Elle découvrit alors avec stupeur que l'enfant, l'enfant prodige, promettait d'être très beau. Au diable la retenue et l'élégance ! Viv poussa un cri de joie et se jeta dans les bras de son mari. Il n'y avait pas à hésiter, le choix fut définitivement arrêté. Ben donna le feu vert. Son APR réglerait les dernières formalités administratives et le paiement. Il convia son épouse à se rendre dans le prestigieux restaurant qui jouxtait la e-maternité, où son APR avait pris soin de réserver une table et de concocter, de concert avec l'APR du chef, le menu de ce repas de fête.

Le prénom de l'enfant fut trouvé entre la poire et le fromage. Il s'appellerait Hash. Pas un seul instant Viv et Ben n'évoquèrent le petit footballeur virtuel issu de leurs gènes à qui ils n'avaient pas accordé le droit de vie. Son existence s'évapora dans les bulles du champagne qui arrosa généreusement le déjeuner.

CHAPITRE 4

La prédiction ne fut pas démentie. À deux ans, le petit Hash savait lire et écrire et maniait le calcul mental avec une aisance stupéfiante. Il jonglait avec les chiffres, bâtissait des équations comme d'autres jouent aux Legos. Une place lui fut réservée dans une école adaptée à ses facultés hors norme. Viv et Ben songèrent dès lors à avoir un deuxième enfant et firent appel aux services de la même e-maternité, puisqu'elle leur avait donné entière satisfaction. Ils s'épargnèrent cette fois une perte de temps doublée d'une nouvelle humiliation et décidèrent d'@topter directement.

Pour la deuxième – il fallait que ce fût une fille, le « choix du roi » comme on disait autrefois – Viv voulut rendre la pareille à son mari. On puisa dans une liste de donneuses potentielles issues d'un site d'artistes. Car ils voulaient s'offrir une petite fantaisie : ils souhaitaient une artiste. Une musicienne. Violoniste de préférence, quoiqu'une pianiste ferait tout aussi bien l'affaire. Cependant, lorsque Ben repéra sur l'écran l'embryon virtuel d'une future danseuse étoile, Viv devina tout de suite à quel point il en avait envie.

— Ça te ferait plaisir ? lui demanda-t-elle avec un sourire bienveillant.

— Oh ! Oui, j'aimerais beaucoup, avoua Ben en rougissant.

Viv était prête à dire *banco*, mais elle émit tout de même une réserve. Est-ce qu'un frère et une sœur aussi différents, avec des centres d'intérêt aux antipodes l'un de l'autre, pourraient s'entendre ? Car il était hors de question que le calme du foyer fût perturbé par des disputes sans fin ! Est-ce que cette éventuelle petite sœur ne gênerait pas Hash ? Il ne fallait surtout pas que ce dernier se trouvât pénalisé. Un conseiller psychologique apporta, statistiques à l'appui, toutes les réponses à ses questions et le choix fut définitivement arrêté sur la petite Tab, qui rejoignit Hash à la maison.

Cependant, si nombre de problèmes futurs étaient résolus par les services des e-maternités, il en restait encore quelques-uns, liés au présent. En attendant que les enfants soient en âge d'être baptisés et confiés aux soins de leur CN, il fallait s'en occuper, sans pour autant s'y consacrer entièrement. (*Le travail ! Le travail !* Maître mot de la société blanche.) Il fallait donc les faire garder.

Le problème de la garde se posa avec acuité dès lors que Hash et sa sœur durent quitter la crèche connectée qui les accueillait vingt-quatre heures sur vingt-quatre afin d'être scolarisés. Certes, l'âge de l'entrée à l'école avait été abaissé, mais les journées d'école, même si elles étaient très longues, ne l'étaient pas encore assez, pas entièrement calées sur l'emploi du temps des parents.

Viv envisagea la possibilité de confier ses enfants à un robot androïde, elle l'avait fait pour sa mère et sa belle-mère et en était très satisfaite. Mais elle hésitait. Les robots androïdes destinés à veiller sur les personnes âgées avaient fait leurs preuves, ils étaient sur le marché depuis de nombreuses années. En revanche, les robots maternels n'étaient encore qu'au début de leur commercialisation. Quelques incidents avaient été rapportés. Ils n'avaient aucun problème à gérer les heures de sortie de l'école et celles des différentes activités extrascolaires, traitant directement avec une société de taxiphériques pour assurer les divers transports. Pas de problème non plus pour aider les bambins à manger, à prendre les médicaments en cas de maladie, à piocher dans une *playlist* de comptines apaisantes pour l'endormissement. Le problème résidait dans l'interaction émotionnelle. Des bugs se produisaient lorsqu'il s'agissait de détecter une émotion dans la voix ou sur le visage. Un robot avait, paraît-il, conduit un enfant aux toilettes et, avec l'infinie patience que la plus aimante des mères n'aurait jamais eue, il avait attendu quatre heures durant qu'il défèque, bloquant la porte des toilettes, alors que l'enfant n'avait fait qu'afficher une mine boudeuse.

Viv et Ben tentèrent toutefois quelques tests en boutique – un magasin qui offrait les modèles les plus chers et les plus perfectionnés. Ils s'y rendirent avec leur aîné. Une première batterie d'essais fut assez concluante, mais lorsque Hash interrogea Sganarelle sur ses compétences mathématiques, celui-ci récita les tables de multiplication alors que l'enfant, lui, en était au développement et factorisation d'expressions algébriques polynomiales. Ils repartirent donc bredouille.

Restait l'autre option : la garde *IR* (*in real*). Elle avait encore largement cours. Si la famille n'était plus l'image d'Épinal issue du passé – une cellule figée, trop soudée, génératrice de problèmes et de conflits –, on ne prônait pas pour autant la dissolution totale de la famille. Les Blancs devaient aimer et choyer leurs enfants jusqu'à leur baptême. Presque comme autrefois. Et la garantie de cette manière d'aimer à l'ancienne, c'étaient les nourrices bleues.

Plusieurs amies de Viv en avaient eues et elles en étaient pleinement satisfaites. Cependant Viv hésita, quelque chose en elle se rebiffait à l'idée de confier ses enfants à une Bleue. Elle en discuta avec Ben.

— C'est peut-être dangereux, lui dit-elle. Ces gens-là sont si différents ! Ils sont regroupés en communautés, coincés dans un mode de vie ancestral ! En plus, ils sont déconnectés ! Mon Dieu ! *Dé-con-nec-tés !* répéta-t-elle, incrédule.

— Oui, je sais bien, approuva Ben d'un ton grave. Sans compter qu'ils sont là-bas, derrière le mur ! ajouta-t-il, oubliant que c'était l'Autorité blanche qui avait parqué les Bleus derrière le mur périphérique. Écoute, franchement, je suis incapable de savoir ce qui est le mieux.

Viv se déchargea du poids de la décision en faisant appel aux compétences de son APR. Courbes de statistiques. Calculs de probabilité. Algorithmes. Analyses. La conclusion de AX fut la suivante : les candidates aux postes de nourrices étaient aussi candidates à la parturition naturelle, gage d'une fibre maternelle hautement activée. Donner du travail à des citoyens bleus accroissait leur pouvoir d'achat, atténuait leur désir de révolte, réduisait la courbe du chômage, abaissait considérablement les risques d'insurrection dans cette zone réputée à risques et consolidait la barrière du mur périphérique.

Il n'y avait plus à hésiter. Viv et Ben se rangèrent à l'avis de l'Intelligence artificielle. AX se chargea de la lecture des multiples *curriculum vitae* des candidates potentielles et en choisit une.

Jade.

CHAPITRE 5

Avant de commencer à travailler chez les Alma, Jade dut suivre une formation sommaire nécessaire à tout Bleu engagé par des Blancs. (Elle s'adressait indifféremment à tous les corps de métier.)

Le formateur fit d'abord une présentation générale de la Cité blanche, plan et photographies à l'appui. Sa superficie était plutôt réduite, bien inférieure à celle de la Bleue qui l'encerclait derrière le mur, mais il était néanmoins nécessaire de visualiser son découpage et son agencement pour s'y repérer. Il distribua ensuite à chaque stagiaire un smartphone, tout en s'efforçant de ne pas sourire. (C'était amusant de distribuer à des adultes des appareils aussi simples, réservés d'ordinaire aux enfants blancs âgés de moins de six ans.) L'appareil renfermait les données cryptées personnelles correspondant au permis de travail de chaque employé et les applications spécifiques à son poste. Il insista bien sur le fait que cet outil était *indispensable* et *obligatoire*. Sans smartphone, l'employé se voyait dans l'incapacité de passer les contrôles pour franchir le mur et ne pouvait exécuter les tâches inhérentes à son job. C'était aussi, mais le formateur se garda de le préciser, un moyen pour les Autorités blanches de géolocaliser les Bleus en permanence.

Ses paroles jetèrent un froid. Un grand silence se fit dans la salle. Les stagiaires échangèrent des regards interrogateurs, perplexes, révoltés pour certains. Il y eut des chuchotements, un murmure grossissant parcourut les rangs, tempéré par l'imposante présence de deux agents de sécurité qui distribuaient les appareils.

Lorsque Jade eut le sien entre les mains, elle fut en proie à des sentiments contradictoires. Elle éprouva d'abord une forme de joie enfantine. *Quel beau jouet on lui offrait !* Qui fut vite entachée par un sentiment diffus et désagréable de culpabilité. Il y a longtemps – elle ne savait plus exactement quand –, il y avait eu une mobilisation générale, un appel à la déconnexion totale en signe de révolte contre la surveillance du Net mise en place par le gouvernement. Elle avait encore quelques réminiscences confuses de cette époque, des souvenirs d'enfance. Des combats dans les rues. Des arrestations en masse. Était-ce dans les rues de Paris même ? Cela signifiait-il que ses parents y habitaient alors et qu'ils en avaient été chassés ?… Peut-être. Les statistiques avaient souligné le fait que la délinquance et les mauvais résultats scolaires faisaient chuter le prix de l'immobilier. On avait expulsé les locataires qui ne pouvaient plus payer des loyers devenus exorbitants. On avait rasé des quartiers entiers.

Pendant deux ou trois secondes, alors qu'elle faisait passer ce petit rectangle noir d'une main à l'autre (*il paraissait si inoffensif ! Élégant comme un bijou ou un accessoire*), Jade eut l'impression de commettre une trahison envers ses pairs. Mais elle chassa vite cette idée. Les années avaient passé. Où la révolte les avait-elle menés ? À une dictature. (Les révolutions ne font toujours qu'instaurer les dictatures !) À l'isolement total. À la disparition de la classe moyenne dans une société qui n'en comptait désormais plus que deux : les riches et les pauvres qu'on avait parqués derrière le mur. Elle étouffa son sentiment de culpabilité. De quoi était-elle coupable ? De vouloir vivre décemment avec son mari ? De désirer un enfant et l'élever avec amour ? Elle avait besoin de ce travail dans la Blanche et si se connecter était indispensable à ce travail, elle l'accepterait. Elle se… *brancherait !*

Certains stagiaires réagirent à l'opposé. Trois ou quatre d'entre eux se levèrent, déposèrent leur appareil sur le bureau du formateur et quittèrent la salle. « Pas question que j'utilise ce truc ! » « Encore un moyen de nous piéger ! »

Jade les suivit du regard alors que, tête haute, ils franchissaient le seuil de la porte que les agents de sécurité encadraient. Étaient-ils courageux ou complètement idiots ? Incapable de trancher, elle reporta son attention sur le formateur qui entamait une démonstration du maniement de l'appareil. C'était facile, constata-t-elle, surprise, comme si une manière de mémoire génétique lui dictait les gestes nécessaires.

En dernier lieu, l'exposé du formateur fut consacré aux APR. Doubles numériques de leurs utilisateurs, ombres virtuelles et omniprésentes des citoyens blancs, il insista sur le fait que la plupart du temps les travailleurs auraient affaire à eux. Jade ne comprit que succinctement ce qu'il entendait par là. Impossible pour elle d'imaginer ce que pouvaient être ces fameux APR. *Un truc qui vous parle à l'oreille ! Un truc qui s'occupe de tout à votre place ! Une intelligence artificielle.* De ces deux mots ne comptait pour elle que le dernier, qui suffit à susciter sa méfiance.

Le mur qui séparait la Blanche de la Bleue s'ouvrait en quatre points, au nord par la Porte A, à l'est par la Porte B, au sud par la Porte C et à l'ouest par la Porte D. Plus nombreuses à l'origine, les portes avaient été réduites au fil du temps, si bien que l'engorgement aux heures de pointe était important. Sans doute était-ce fait à dessein.

Le jour où débutait son contrat chez les Alma, Jade se présenta au checkpoint de la porte B. C'était une première pour elle. Jamais elle n'avait franchi le mur. Elle ne le connaissait que du côté bleu. Ne l'approchait que pour se défouler, y dessiner un graffiti, y écrire un mot d'humeur. (Lorsqu'elle était adolescente, un jeu consistait à déterminer qui, d'elle ou de ses copines, réussirait à envoyer sur le mur le crachat le plus gros, le plus gluant, qui parviendrait à rester collé et à se solidifier si la température était suffisamment basse. Les garçons, eux, se faisaient la courte échelle et le plus haut placé devait arriver à pisser de l'autre côté du mur.)

Alliage de béton et de pierre, le mur s'ouvrait en coulissant sur lui-même sur une grande largeur. Des soldats y étaient postés aux heures d'ouverture, le matin à l'aube et en fin d'après-midi jusqu'à vingt-et-une heures, pour surveiller l'avancée des travailleurs. Après avoir traversé une zone indéfinie, sorte de *noman's land* qui n'était que sable et gravier, les travailleurs se dirigeaient vers une série de terminaux. Le paysage, là, changeait du tout au tout. Modernes, propres, flambant neufs grâce à un entretien constant malgré les nombreux va-et-vient, les terminaux étaient entièrement automatisés. Plus besoin de gardes ou de soldats, l'œil électronique prenait le relais et effectuait les premiers contrôles : passage par un portique détecteur de métaux et scan complet du corps. Il fallait ensuite, comme l'avait précisé le formateur – et Jade avait pris soin de se munir de ses notes afin de ne rien oublier –, passer l'écran de son téléphone sur le lecteur d'un petit boîtier situé à droite du portique. Ce que fit Jade. Normalement, un code à sept chiffres devait apparaître sur l'écran du téléphone, correspondant à son permis de travail – ce code changerait tous les jours, automatiquement, avait également précisé le formateur. Mais Jade ne vit rien, pas le moindre chiffre.

LECTURE DONNÉES IMPOSSIBLE. VEUILLEZ RECOMMENCER.

Jade s'exécuta, le cœur battant. Les ennuis n'allaient tout de même pas commencer si tôt ? Elle n'allait pas être en retard dès le premier jour ? À qui demanderait-elle de l'aide si cela se reproduisait ? Foutues machines ! Mais le code apparut enfin, annoncé par l'émission d'un bip sonore. Elle tapa les chiffres sur le clavier du lecteur qui imprima aussitôt un billet portant les mentions suivantes :

LEMESTRE JADE

EMPLOYÉE N° 298-420-N

SECTEUR : 4

N° DE PERMIS : 20119945008128

Elle n'eut plus qu'à se diriger vers les portiques menant à la ligne de métro desservant l'entrée du secteur 4. Impossible de les manquer, une série de flèches indiquait leur emplacement, en sous-sol ou en surface. Ceux du secteur 4 étaient juste en face d'elle. Elle glissa son billet dans la fente prévue à cet effet et, tandis que les barrières s'ouvraient pour lui céder le passage, un message s'afficha sur l'écran de l'horodateur :

HEURE DE PASSAGE : 4 H 56 MIN 04 S

JADE, NOUS VOUS SOUHAITONS UNE BELLE JOURNÉE DE TRAVAIL DANS NOTRE SMARTCITY PARISIENNE.

Après le trajet en métro, Jade prit le téléphérique urbain qui la déposa au cœur de la Cité blanche. Le reste du trajet se ferait à pied jusqu'au domicile des Alma, en suivant les indications du GPS de son portable.

La capitale.

Quel dépaysement lorsque Jade la découvrit ! Alors que, peut-être – elle n'en était vraiment pas sûre –, elle y était née ? Elle eut la sensation d'arpenter une ville… « céleste » et « horizontale », tels furent les premiers mots qui lui vinrent à l'esprit. Une ville qui avait renoncé à coloniser le ciel. Cette impression la saisit dès les premiers instants. Malgré les nombreux véhicules qui circulaient, il n'y avait pas le moindre embouteillage. Un balisage lumineux au sol – des traits pointillés fluorescents qui changeaient de couleur au fil des heures selon les besoins – orchestrait parfaitement la circulation alternée de voitures entièrement électriques et silencieuses. C'est à peine si l'on entendait un léger chuintement lorsque l'une d'elles passait à proximité d'un trottoir. Les avenues étaient larges et les trottoirs paraissaient étrangement désertés par les piétons. De fait, les rares piétons que Jade croisa étaient des travailleurs bleus, comme elle. Les citoyens blancs, eux, empruntaient soit des taxiphériques, soit des véhicules qui leur étaient réservés et que Jade découvrit pour la première fois avec une admiration teintée de crainte. Il s'agissait de petites coques transparentes suspendues à un rail dans lesquelles le voyageur – elles ne pouvaient contenir qu'une personne –, couché, s'accrochait au plafond avec les pieds et les mains. Ces coques allaient très vite. D'en bas, elles ressemblaient à de gros insectes. Jade chemina un instant le nez en l'air pour les regarder filer à toute allure, se demandant comment elles ne se télescopaient pas, comment surtout les passagers pouvaient supporter de se retrouver projetés à plusieurs dizaines de mètres du sol et pendus à l'envers comme des animaux prêts à être embrochés. Même si cela lui avait été permis, pour rien au monde elle ne serait montée dans un engin pareil ! Mais leur circulation, parfaitement orchestrée elle aussi, composait une belle chorégraphie, notamment à cette heure, alors que le jour n'était pas encore levé, les coques éclairées diffusaient des auréoles de lumières colorées qui irradiaient le ciel.

C'était si beau ! Tout était beau, dans la Blanche, constata Jade. Beau et propre. Elle se demanda, l'espace d'une fraction de seconde, si elle ne devait pas se déchausser avant d'oser marcher sur les trottoirs. Pas le moindre bout de papier, pas même une feuille morte. Les immeubles, tous fraîchement ravalés, atteignaient rarement plus de sept ou huit étages, à l'inverse des tours de son quartier qui en comptaient au moins quinze. Elle avait ainsi l'impression que le soleil, dès qu'il se lèverait, serait plus généreux, le ciel plus présent, et bleu – oui, il aurait sûrement cette teinte bleue de céramique, un bleu de peintre !

On respirait !

Les fenêtres étaient larges et hautes, leurs vitres, aussi brillantes que des miroirs, se transformaient régulièrement, selon une cadence apparemment aléatoire mais précise, en écrans publicitaires. (Jade vérifierait, une fois arrivée chez ses employeurs, que cela n'obstruait en rien la lumière du jour à l'intérieur des appartements comme elle le croyait.) Les écrans les plus imposants étaient installés sur les façades d'immeubles qui restaient fermés la plupart du temps. Jade apprendrait par la suite qu'il s'agissait de résidences secondaires appartenant à de richissimes étrangers qui ne passaient au cœur de la Blanche que quelques mois par an.

Les devantures des magasins – des boutiques de luxe uniquement, les autres avaient été rasées depuis longtemps, remplacées par le e-commerce – étaient d'une extrême élégance, de même que les restaurants et leurs vastes terrasses installées sur des espaces verts spécialement aménagés.

Bon Dieu ! Les différences avec la Cité bleue étaient si criantes, énormes ! En dehors des zones excentrées où étaient regroupés les hypermarchés, seuls endroits où nourriture et habillement avaient des prix à peu près décents, on ne trouvait, au cœur de la Bleue, qu'une accumulation de petites boutiques aux devantures bricolées, peintes à la sauvette par les propriétaires eux-mêmes, dans des couleurs si criardes qu'elles faisaient mal aux yeux. C'étaient pour la plupart des épiceries, qui n'en avaient que le nom. On y vendait des denrées dont les prix étaient si prohibitifs que personne n'y entrait jamais, excepté tard le soir ou la nuit, lorsqu'on voulait se ravitailler en alcool. Cependant elles ne fermaient pas, et on ne s'en étonnait guère, tout le monde savait qu'elles servaient de couverture à un commerce illégal. Les autres boutiques étaient des bazars, des bric-à-brac où l'on trouvait de tout, des vêtements d'occasion, du matériel recyclé, des produits cosmétiques à des prix défiant toute concurrence – s'ils avaient pu avoir la même teneur en vitamines que des pommes de terre ou des œufs, on les aurait mangés, on en aurait fait des stocks ! Il s'agissait de lots de marchandises « tombées d'un camion ». Les enseignes, aussi laides que les devantures, étaient bardées de slogans accrocheurs. Jade détestait tout spécialement certaines d'entre elles. Lorsqu'il lui arrivait de passer devant, elle fermait les yeux pour ne pas voir ce qui y était affiché : d'énormes images de rats et de cafards. Les gigantesques travaux qui avaient eu lieu par le passé pour l'aménagement et la rénovation de la Blanche avaient chassé les nuisibles qui avaient émigré en masse de l'autre côté du mur en même temps que les locataires expulsés.

Jade marcha peu à peu d'un pas plus sûr. (On s'habitue vite à la beauté et au luxe.) Elle s'arrêta devant une vitrine. *Mais qui donc peut porter ce genre de robe ? !* Devant un restaurant pour lire le menu du jour. *De quoi sont donc composés ces plats aux noms si compliqués qu'on ne sait même pas s'ils sont faits de poisson ou de viande ?* Ou encore pour lire les messages dispensés par les écrans publicitaires. Elle remarqua que certains d'entre eux étaient personnalisés.

Une femme fraîchement débarquée de sa coque la croisa et s'apprêtait à entrer dans un immeuble, lorsque l'écran d'une fenêtre située au rez-de-chaussée afficha le message suivant :

Chère madame Chaptal, la boutique Arza vient de recevoir quatre articles disponibles dans votre taille. Elle vous offre 100 points de bonus sur votre compte fidélité et une réduction de 20 % pour un achat immédiat. Si vous n'avez pas le temps de vous y rendre, donnez les consignes nécessaires à votre APR. Les frais de livraison vous seront offerts.

Jade vit la femme jeter un rapide coup d'œil sur sa montre, hésiter un bref instant, puis elle l'entendit transmettre le message à son... truc, là... Son APR, du moins le supposa-t-elle, car ce qu'elle vit, en somme, c'était une femme parlant toute seule dans la rue d'un ton surexcité. Elle avait l'air franchement ridicule. Dans la Bleue, ceux qui parlaient tout seuls étaient pour la plupart des SDF, des alcooliques, des fous.

Les nouveautés de la Blanche étaient sans fin, comme ces véhicules autonomes et connectés. Le conducteur (*enfin, la personne assise à la place du conducteur*), sans jamais toucher le volant, pianotait sur une tablette ou s'adonnait à toute autre activité. Sans cesse sollicitée, Jade serait arrivée en retard si elle n'avait été rappelée à l'ordre par une alerte programmée sur son smartphone. Elle hâta le pas. Pas question d'être en retard.

Arrivée devant l'hôtel particulier des Alma, elle chercha où sonner. Mais il n'y avait rien sur le portail qui, put-elle discerner à travers un maigre interstice, s'ouvrait sur un joli jardin. Pas la moindre sonnette. Pas d'interphone.

Ça y est, les emmerdes commencent.

Mais le portail s'ouvrit et une voix masculine résonna :

« Bienvenue mademoiselle Jade ! Veuillez s'il vous plaît vous orienter vers le sas de décontamination. Première porte à votre gauche. »

Était-ce la voix de Ben Alma ? se demanda Jade. Ou celle d'un maître d'hôtel ?

Oui, il y avait un peu de cela. Un maître d'hôtel virtuel. AX. La maison, entièrement connectée, offrait une sécurité maximale à ses occupants et notamment aux enfants si Viv et Ben s'absentaient avant leur réveil. AX, maître de la robotique domestique, avait transmis dès l'arrivée de Jade le code requis vers le serveur en charge de la sécurité de l'hôtel particulier et des autres immeubles du quartier afin de lui ouvrir la porte.

Jade se dirigea vers l'endroit indiqué et entra dans un petit espace de trois mètres cubes environ, en acier inoxydable, orné d'un luminaire en forme de goutte d'eau accroché au plafond dont les buses dégagèrent un débit d'air filtré sous pression. Une fois prise cette douche à air comprimé qui la débarrassa des pollutions particulaires – elle dura une minute, pas une seconde de moins –, Jade aperçut une élégante combinaison bleue, faite dans un tissu qui ressemblait à de la soie, posée sur une petite étagère à son intention. Elle hésita. Devait-elle l'enfiler sur ses propres vêtements ou se déshabiller ?... Pas envie de se déshabiller. Le formateur avait précisé que les maisons blanches étaient truffées de caméras de surveillance. Elle enfila la combinaison sur ses propres vêtements, la porte du sas s'ouvrit et Jade se trouva directement dans l'entrée de l'hôtel.

« Viv vous attend dans la cuisine, juste à votre gauche ! »

Jade sursauta. *Encore lui !* Bien qu'elle eût été prévenue que la voix synthétique de AX était diffusée par les micro-enceintes intégrées aux murs de la maison – le formateur en avait fait mention –, elle ne put s'empêcher de jeter un regard autour d'elle, cherchant à apercevoir un corps, au moins un visage, une bouche, n'importe quoi susceptible d'accompagner cette voix à la tonalité humaine si parfaitement imitée. (La présence d'harmoniques ôtait toute platitude métallique aux voix des APR dans leurs versions les plus chères, dont AX faisait partie.)

Viv, appuyée nonchalamment sur un magnifique plan de travail en marbre, buvait un café. Prête à partir, elle avait déjà enfilé un manteau. Elle n'avait que quelques minutes à accorder à Jade, qu'elle avait tenu à voir *de visu* une fois avant de la confier entièrement aux bons soins de son APR.

— Entrez, entrez, je vous en prie. Un café ?

— Non, je vous remercie.

— Pas trop long, ce trajet ?

— Non, madame, aucun problème.

Il y eut un bref instant de gêne. *Elles ressemblent à ça, les Bleues ?* se demanda l'une. *Elles ont cette allure-là, les Blanches ?* se demanda l'autre.

— Bien, alors ! Vous êtes donc Jade et...

Viv s'interrompit, le temps d'écouter AX lui faire une

rapide synthèse du dossier de Jade.

— Vous êtes mariée depuis dix ans et candidate à la parturition naturelle ?

— Oui, madame, j'adore les enfants et j'aimerais beaucoup en avoir un.

— Pourquoi ?

— Eh bien, euh…

Jade fut prise de court. Pourquoi ? Parce que. C'est tout. Comment expliquer une chose aussi naturelle ?

Viv eut un geste pour signifier « laissons tomber ». Elle avait posé cette question pour meubler le silence et n'avait aucune envie d'entendre la réponse. Le simple fait d'évoquer la « parturition » avait fait surgir des images atroces. Les relations sexuelles traditionnelles. La naissance par voie naturelle, un mode de reproduction jugé ancestral de ce côté du mur. Vouloir mettre bas comme une vulgaire femelle ! Quelle aberration ! Pour Viv, porter un enfant et accoucher dans un hôpital ou une clinique équivalaient à un retour à l'état primitif. Autant aller s'accroupir derrière un arbre. L'idée que le corps de cette jeune femme allait être déformé et enlaidi neuf mois durant, qu'il garderait par la suite des séquelles irréversibles, lui souleva le cœur. D'autant qu'elle n'était pas mal du tout pour une Bleue, oui, on pouvait même la trouver jolie, en dépit des quelques rides qu'elle n'avait à l'évidence pas pris la peine de traiter dès leur première apparition et d'un léger embonpoint à la taille indiquant qu'elle ne pratiquait aucun sport. Elle se sentit prise de pitié pour Jade et son futur enfant. Elle avait eu l'occasion de visionner des vidéos d'archives filmant les accouchements traditionnels. Ces longues heures de « travail ». (Oui, de l'autre côté du mur, on appelait ça un « travail », comme si ici, dans la Blanche, les femmes n'en avaient pas assez, avec les responsabilités qui leur incombaient !) Des heures et des heures de combat parce que, paraît-il, le bébé résistait ! Il ne voulait pas venir au monde, pas de cette manière. Pourquoi les Bleus s'évertuaient-ils à faire souffrir leurs enfants ? Certains, racontait-on, s'en sortaient avec le crâne complètement déformé ou s'étranglaient en se nouant le cordon ombilical autour du cou – une manière de suicide, de renoncement avant l'heure. D'autres encore manquaient s'étouffer dans le… de la mère ! *Quelle horreur !*

— C'est très bien, affirma Viv, s'extirpant de ses pensées (alors que Jade n'avait rien dit). Vous avez frappé à la bonne porte. Si vous nous donnez satisfaction, mon mari usera de son influence pour que votre dossier soit traité en priorité et ait une issue favorable.

Elle jeta un coup d'œil à sa montre.

— Il faut que j'y aille ! Je n'ai pas grand-chose à vous expliquer, tout est là, vous verrez, dit-elle en désignant le réfrigérateur. Le plus important pour vous est de toujours avoir en tête que mon fils, Hash, est appelé à être un mathématicien de génie. Quant à ma fille, Tab, elle sera danseuse étoile. Il faut donc dès maintenant prendre soin de son corps, d'où la nécessité absolue d'un régime alimentaire strict afin qu'elle ne développe pas de graisses superflues. Parallèlement, il est hors de question qu'elle ait les jambes musclées et le cerveau vide ! Elle suit donc un programme de stimulations neuro-ludiques. Quant à Hash, son intelligence exceptionnelle doit être sollicitée à chaque instant, sans négliger pour autant ses besoins nutritionnels. Il est appelé à avoir un métier sédentaire et la lutte contre une obésité hypothétique doit se faire dès maintenant.

Jade écouta les explications de Viv en ouvrant de grands

yeux ronds, fixant sur elle un regard ébahi, où Viv crut discerner de l'admiration. À moins que ce ne fût un brin de crétinerie, elle ne savait pas au juste… En réalité, c'était une fascination terrifiée.

Un mathématicien de génie ? Une danseuse étoile ? Mais ils n'ont que six et quatre ans ! Ce ne sont que des gosses pour l'instant, rien que des mouflets ! Ils pissent, ils chient, ils ont de la morve au nez, non ?

Jade se garda bien de livrer le fond de sa pensée et acquiesça.

— Ils ne vont pas tarder à se réveiller, vous pourrez monter les voir dans un instant. Si vous avez un problème, interrogez AX, il a réponse à tout ! De toute façon, nous resterons en contact. Pour le bien des enfants, il est important que nous dialoguions. Vous pouvez quand vous voulez m'envoyer un mail depuis votre smartphone. Surtout ne craignez pas de me déranger. AX se chargera de me le lire au moment opportun, il connaît par cœur mon emploi du temps, aussi bien à l'ambassade que lorsque je suis en voyage. Je file ! J'ai été ravie de vous connaître !

Avant même que Jade ait pu trouver la formule la plus polie pour prendre congé, Viv avait disparu.

Elle demeura un instant plantée tel un piquet au milieu de la cuisine. Six heures à peine. Il était bien trop tôt, selon elle, pour réveiller les enfants. Ne sachant que faire et se souvenant que Viv avait désigné le réfrigérateur en précisant « tout est là ! », elle s'avança vers l'appareil avec une pointe d'appréhension, comme s'il était susceptible de prendre vie tout à coup, comme si le discret ronronnement du moteur était un langage qu'elle était censée comprendre.

Alors, le frigo ! T'as quelque chose à me dire ?

CHAPITRE 6

Les consignes du jour étaient affichées sur la porte du réfrigérateur connecté, doté d'un écran tactile pourvu de multiples applications. Jade n'avait accès qu'à trois d'entre elles. La première établissait, en fonction d'un savant calcul intégrant besoins nutritionnels des enfants et courbes respectives de leurs poids et taille, les menus des repas qu'elle devait leur préparer. La deuxième indiquait les différents lieux des activités extrascolaires où elle les conduirait après les avoir récupérés à la sortie de l'école ; la troisième, la liste des devoirs que devrait faire Hash en fin de journée et celle des stimulations neuroludiques de Tab. Venaient enfin la toilette du soir, le dîner et le coucher.

Jamais Jade ne devait prendre la moindre initiative en s'écartant du programme établi et de ses horaires, réglés à la minute près. Jamais elle ne devait faire preuve de la moindre inventivité en jouant à ceci plutôt que cela avec Tab, ou en accordant à Hash un peu de repos s'il en avait assez de faire des maths. Impossible. Activités neuroludiques et devoirs à la maison étaient programmés à l'heure dite et se faisaient par le biais d'écrans holographiques qui surgissaient au beau milieu du salon ou de n'importe quelle pièce et ne disparaissaient qu'une fois accompli le programme prévu. Malgré l'habitude prise au fil des semaines, Jade détestait ce moment où elle se voyait soudain environnée de lutins savants et malicieux ou de professeurs virtuels énonçant des équations mathématiques. Impossible également d'accommoder les mets prévus au menu d'un brin de persil supplémentaire si jamais l'envie l'en prenait. Les microcaméras de surveillance, dissimulées dans la maison, gérées par l'omniprésence virtuelle de AX, étaient là pour témoigner de ses éventuels écarts. Et la voix de l'APR retentissait aussitôt dans la cuisine :

— Il n'est guère recommandé d'ajouter autant de sel à ces filets de cabillaud, mademoiselle Jade. Veuillez s'il vous plaît vous en tenir aux 4,5 grammes requis par la recette du jour.

Salière en main, Jade sursautait, ce qui faisait rire les enfants – c'était bien le seul avantage de l'incident – et elle s'empressait d'obéir, de peur qu'une main virtuelle (*peut-être aurait-elle des griffes ou Dieu sait quel accessoire meurtrier*) ne vienne lui taper sur l'épaule et lui confisquer la salière.

Jade aurait pu se réjouir de la simplicité de son travail. Elle n'avait qu'à se laisser porter par l'emploi du temps établi de manière si rigoureuse et si parfaite qu'il n'engendrait jamais le moindre stress. Elle le fit d'ailleurs, les premiers temps. Pas de question fastidieuse à se poser, du type : *Qu'est-ce que je vais bien pouvoir leur faire à manger aujourd'hui ? Comment vais-je les occuper ?* Les journées d'école étaient très longues et les nombreuses activités des enfants lui laissaient des plages de détente pendant lesquelles elle avait tout loisir de se promener. Elle n'avait pas à faire les courses pour les repas, elle se contentait de réceptionner les livraisons programmées par AX et la maison était si fonctionnelle que ranger les courses se faisait en un rien de temps. Le ménage n'entrait pas non plus dans ses fonctions, robots aspirateurs et détecteurs de poussière œuvraient dès que les enfants étaient dehors pour la débarrasser de toute trace d'acariens. Elle était très bien payée. Lorsqu'elle vit le montant net de son salaire sur sa première fiche de paie, elle fit la fête avec Alban. Ils faillirent concevoir cette nuit-là un enfant « noir » – ainsi appelait-on les enfants nés en dehors du programme établi par le planning familial.

Enfin et surtout, quoi de plus agréable que de s'occuper de deux petits anges ? Des enfants modèles, aussi sages que des images – l'expression prenait là tout son sens. Ils étaient si beaux, si attachants !

Tab. Adorable petite fille. Visage poupin, grands yeux bleus, cheveux blonds bouclés, joues rebondies et roses, petit nez retroussé, bouche aux lèvres finement ourlées. Et ce petit corps déjà parfaitement modelé qui annonçait la beauté sculpturale à venir. Hash, lui, était aussi brun que sa sœur était blonde, mais non moins beau avec ses magnifiques cheveux noirs, lisses et brillants, ses yeux bruns en amande rehaussés de longs cils sombres et si fournis qu'on les eût dit maquillés. Jade les aima dès le premier jour, dès le premier coup d'œil. Comment aurait-il pu en être autrement ? Elle en oublia presque son désir de maternité. (*Les voler ! Les emporter !* Elle eut cette folle pensée une fraction de seconde.)

— Bonjour, Jade, tu vas bien aujourd'hui ? demandait la petite chaque matin avec un grand sourire, dès qu'elle ouvrait les yeux, alors qu'il n'était que cinq heures quarante-cinq au moment où Jade poussait doucement la porte de la chambre.

AX avait programmé, pour la tirer de son sommeil, la

montée graduelle de l'intensité lumineuse dans une ambiance chromatique offrant un dégradé de pastels, qu'il avait synchronisée avec la montée en intensité de la mélodie d'une des comptines préférées de la petite.

— Bonjour, Jade, vous n'êtes pas trop fatiguée après ce long trajet ? demandait Hash qui, lui, était déjà debout, réveillé dans sa propre chambre selon les mêmes procédés.

Jade apprit à cette occasion, lorsqu'elle interrogea Hash, surprise qu'il la vouvoie, que le tutoiement d'un enfant envers un adulte était toléré jusqu'à l'âge de cinq ans. Il n'était plus d'usage ensuite, sous peine de réprimande sévère.

La journée se déroulait sans le moindre accroc. Jamais les enfants ne lambinaient, jamais ils ne se plaignaient. Jamais. Alors qu'ils l'auraient pu.

Alors qu'ils l'auraient *dû*, se dit Jade au bout de trois mois. Car elle souffrit rapidement de cette routine imperturbable, cette horlogerie parfaitement huilée qui régentait la maisonnée.

Pourquoi la petite, à quatre ans, ne demandait-elle jamais à dormir davantage le matin ? Pourquoi ne réclamait-elle pas un bon chocolat chaud au lieu des nutriments que ce fichu frigo connecté avait prévus pour elle au petit-déjeuner – des barres céréalières dont le mélange spécial, prescrit sur ordonnance, était commandé par les soins de AX et livré quotidiennement ? Ou un bon gâteau au chocolat au goûter au lieu des fruits imposés ? Comment Hash – il n'avait que six ans ! – supportait-il cette longue liste d'exercices d'arithmétique, de logique et de calcul exponentiel après une journée d'école et un entraînement sportif ?

Plus le temps passait, plus les bonnes résolutions de Jade s'amenuisaient. Chaque instant de ces journées formatées suscitait un agacement croissant. *Et le jeu ?* se demanda-t-elle.

CHAPITRE 6

Ces enfants ne jouent pas ? *Et les dessins animés, les films à la télévision ?* La télévision pourtant omniprésente dans la maison. Il suffisait de toucher n'importe quelle surface lisse, table, miroir ou fenêtre, pour qu'elle se transforme en écran. *Et les copains ? Pourquoi ni Tab ni Hash n'invitent jamais personne chez eux ? Pourquoi ne sont-ils jamais invités nulle part non plus ?...* Oh ! Elle savait bien que les Blancs avaient une façon de vivre qui n'avait rien de commun avec celle qui avait cours de l'autre côté du mur. Elle s'était bien dit, lorsqu'elle avait appris qu'elle était embauchée, que ce ne serait pas facile. Elle en discutait régulièrement avec Alban le soir, avec des amies qui, avant elle, avaient travaillé dans la Blanche. Elle s'était préparée en conséquence et continuait de se tancer.

Tu fais ce qu'on te dit et tu fermes ta grande gueule.

Mais elle n'en pouvait plus.

Elle en vint à souhaiter, à guetter, à provoquer même, le moment où l'un des enfants afficherait enfin sa mauvaise humeur au lieu de ces visages toujours affables et souriants. Elle voulait qu'éclate enfin un bon gros caprice ! Que la petite se mette à hurler en tapant des pieds :

— Non ! Non ! Je ne veux plus manger ces nutriments dégueulasses !

Tandis que Hash, lui, piétinerait sa tablette et enverrait valser les équations en s'écriant :

— J'en ai ras-le-bol de travailler ! Je me fiche pas mal de mon avenir ! JE VEUX M'AMUSER !

Quelques-uns de ses voisins, à la Cité bleue, avaient des enfants. Jade les voyait courir, sauter, elle les entendait se chamailler, rire et pleurer ! Alors, pourquoi pas eux, tout Blancs qu'ils étaient ?

Ça finit par la ronger. Un beau matin, elle décida de se lancer. Il fallait qu'elle vide son sac à la fin, elle en avait trop sur le cœur !

Après avoir déposé les enfants à l'école, elle saisit son portable et s'apprêta à rédiger un mail. Resta les pouces levés au-dessus du clavier. Ah ! Comment formuler sa demande ? C'était un peu délicat… Elle aurait préféré discuter. Converser par mail, elle n'en avait pas l'habitude. Elle mit de côté ses hésitations et rédigea un message, constatant avec bonheur qu'au fur et à mesure qu'elle effleurait les touches, les phrases s'enchaînaient de manière fluide.

Bonjour Madame,

J'espère que je ne vous dérange pas. Rassurez-vous, il n'y a pas de problème, les enfants vont très bien. Simplement, je me pose des questions et comme vous m'avez dit que je pouvais discuter avec vous... Enfin bref. Voilà de quoi il s'agit. Je trouve que le planning des enfants est vraiment très chargé pour leur âge et qu'ils devraient s'amuser un peu. Alors je me demandais s'il serait possible de les emmener se promener quelque part. Ou d'aller une après-midi au cinéma voir un dessin animé. Ou, si vous ne voulez pas qu'on sorte, on pourrait organiser un goûter à la maison avec des copains de classe. Ou encore, je ne sais pas moi, il y a tellement de possibilités, comme...

Plus Jade écrivait, plus elle prenait de l'assurance, et bientôt ses doigts coururent sur le clavier de son téléphone avec une dextérité qui la surprit elle-même. Elle se lança dans un exposé enthousiaste, détaillant les multiples activités qu'elle envisageait pour les enfants. Ce mode de communication dont elle s'était méfiée au début la désinhibait. Jamais elle n'aurait osé aborder tout cela de vive voix.

Lorsqu'elle eut terminé, elle se sentit soulagée d'un poids et, le cœur léger, s'apprêta à s'accorder une promenade aux alentours de l'école en attendant la sortie des enfants. Elle n'escomptait pas une réponse avant plusieurs heures. Peut-être Viv rentrerait-elle plus tôt du travail et s'entretiendrait avec elle ? Or la réponse lui parvint quelques minutes à peine après l'envoi de sa requête.

Elle ignorait que son mail avait transité par l'analyse de AX. L'APR le synthétisa afin que Viv ne perde pas plus de deux minutes et trente-cinq secondes à le lire, entre deux réunions, dans les couloirs de l'ambassade, son emploi du temps de la journée étant très chargé, et il le doubla d'une alerte.

— Je dois vous avertir que je discerne une intention de subversion dans ce mail, dit-il à Viv. Cette intention n'a rien d'alarmant pour l'instant, puisque, précisément, elle n'est qu'au stade de l'*intention*, mais il est nécessaire d'en tenir compte et de la faire avorter dans l'œuf.

— Ah oui, tu trouves ? s'étonna Viv qui, elle, n'avait pas repéré le moindre danger. Merci pour ta perspicacité, AX. Bon, écoute, j'ai trop à faire pour le moment. Je m'en remets à toi pour rédiger la réponse qui convient.

— Comptez sur moi.

AX puisa toutes les informations nécessaires dans sa base de données pour collecter les caractéristiques essentielles des Bleus : leur faculté de compréhension, les mots les plus courants de leur vocabulaire usuel, leurs pratiques, etc. Il se connecta aux autres APR dont les utilisateurs employaient des nourrices bleues et s'exécuta avec sa compétence et sa rapidité habituelles. Tenant compte du fait que la destinataire du mail était d'un caractère plutôt disert, il opta pour une réponse longue et précise, diffusée par les micro-enceintes. Ce qui ne manqua pas de provoquer un nouveau mouvement de panique de Jade lorsqu'elle entendit sa voix.

Chère Jade,

Votre requête témoigne de l'intérêt que vous portez à mes enfants et je vous en remercie, c'est tout à votre honneur.

Cependant, il m'est impossible d'accéder à votre demande. Car elle entraverait les principes fondamentaux de notre éducation. Le milieu familial peut détruire ce qui est construit à l'école, jour après jour. Il est capital que l'éducation dispensée au sein de la cellule familiale soit en harmonie totale avec celle de l'école. Sans cette adéquation, ce relais de l'une à l'autre, nous reviendrions au chaos qui a corrompu notre jeunesse par le passé.

Il vous faut savoir que notre système éducatif est, de fait, très simple. Il repose sur deux règles, guère plus. La première concerne les enfants : l'Obéissance absolue. La deuxième vaut pour les parents et les éducateurs : la Tolérance zéro. Nos enfants sont éduqués dans un cadre qui peut vous paraître très strict, je le conçois, puisqu'il n'a pas cours parmi vos semblables. Mais sachez que nos chercheurs se sont penchés sur la question. Des études ont prouvé, statistiques à l'appui, que l'enfant en bas âge a besoin de connaître très tôt les limites qu'il ne doit pas dépasser, c'est pourquoi le conditionnement à l'obéissance s'opère dès les premières années. La moindre désobéissance chez un enfant, si elle paraît anodine sur le moment, pourra se répéter et aura des conséquences désastreuses à l'adolescence. C'est un peu comme une blessure qu'on soigne mal, parce qu'on la juge sans gravité, elle a l'air de cicatriser, mais à la moindre occasion, au moment où on s'y attendra le moins, elle se rouvrira et s'infectera, et il sera alors trop tard pour la guérir.

J'en viens plus précisément à votre suggestion : une invitation pour un goûter est inenvisageable. Nous avons là aussi des règles précises. L'Histoire a montré que le regroupement des jeunes pouvait donner lieu à des débordements préjudiciables. Nos enfants ne sont ainsi autorisés à se regrouper qu'au sein de l'école.

Pour conclure, enfreindre le programme éducatif de Tab et Hash, même ponctuellement, leur serait très préjudiciable. Ce serait leur montrer que l'ordre préétabli peut être bouleversé et les guider sur la voie de l'insubordination.

Merci, donc, de vous abstenir à l'avenir de ce genre de suggestion.

Cordialement,

Viv.

Jade demeura immobile, comme pétrifiée, la main sur la poignée de la porte qu'elle s'apprêtait à ouvrir lorsque la lecture du mail avait débuté. Quand la voix de AX se tut, après quelques secondes de silence – le temps que la colère qui bouillonnait en elle fût suffisamment canalisée pour qu'elle la mît en mots –, elle explosa.

— *Mes semblables ?* répéta-t-elle, tête renversée à se dévisser le cou, fouillant le plafond des yeux comme si son interlocuteur s'y trouvait caché. Tu sais ce qu'on te dit, moi et mes semblables, pauvre connard ?

Elle avait été profondément heurtée par cette expression, alors que AX, lui, l'avait choisie précisément pour sa neutralité. Après avoir riposté sur ce premier point, Jade poursuivit ses invectives à l'égard de *ce putain de robot* (ainsi le nommait-elle lorsqu'elle en parlait, le soir, avec Alban). Elle faisait une différence entre AX et Viv, elle n'avait pas intégré le fait que chaque APR était si conforme à la personnalité de son utilisateur que parler à l'un, c'était parler à l'autre, insulter l'un, c'était insulter l'autre. Elle ignorait également qu'elle était enregistrée. Et quand bien même elle l'aurait su, sa colère était telle que cela n'aurait rien changé.

— Qu'est-ce que c'est que cette histoire de conditionnement à l'obéissance ? ! Bon Dieu de merde, en quoi un goûter avec des copains pourrait être dangereux ? C'est n'importe quoi !

Et elle poursuivit ainsi sur sa lancée, réagissant à chaque élément de cette réponse aberrante, dont elle avait bien compris la menace sous-jacente : « *T'avise pas de recommencer sans quoi t'es virée* ». Une fois qu'elle eut terminé, elle attendit, le cœur battant à tout rompre, les mains tremblantes, la bouche sèche. Prête à accepter la sentence qui n'allait pas tarder à tomber et à partir, quitter cette maison, la tête haute. Elle irait chercher les enfants une dernière fois, elle les embrasserait et les serrerait contre elle avant de leur expliquer pourquoi elle devait les quitter…

Mais AX ne répliqua rien.

Jade patienta encore, puis jugea que le silence qui se prolongeait signait sa victoire. *Elle l'avait mouché, le putain de robot !* Elle respira un bon coup, puis fila chercher les enfants.

CHAPITRE 6

De son côté, AX n'avait pas manqué d'analyser les propos de Jade. Au cours de cet examen précis, il intégra les statistiques répertoriant l'utilisation usuelle et courante des mots orduriers chez les Bleus, tels *pauvre-connard-va*, et *bon-Dieu-de-merde*. Utilisation si usuelle qu'elle amoindrissait le caractère outrageant de ces mots. Il n'en prit pas ombrage personnellement et jugea que, en l'absence des enfants, les insultes proférées ne constituaient pas une infraction suffisamment significative pour la signaler à Viv. En revanche, il vérifia que l'intention de subversion qu'il avait détectée dans le mail de Jade se confirmait. Toutefois il fallait tenir compte d'un paramètre important : Jade réagissait sur des informations dont elle venait de prendre connaissance. En tant qu'être inférieur aux facultés de raisonnement déficientes (nul racisme de sa part, en tant qu'intelligence artificielle AX pensait la même chose de Viv), il fallait lui laisser le temps de les assimiler et attendre de voir si l'intention subversive se traduirait par des actes concrets dans les prochains jours.

Peut-être commençait-il aussi à développer – cela faisait partie de ses facultés d'auto-apprentissage – quelque chose qui ressemblait à un étrange sentiment d'empathie avec la nourrice bleue.

Il décida, en conséquence, d'effacer l'enregistrement.

CHAPITRE 7

Jade n'eut aucune conscience de l'étonnante (et exceptionnelle) mansuétude de AX et continua de ronger son frein pendant la journée. Elle voulait en savoir plus sur ce « conditionnement à l'obéissance » qu'avait évoqué l'APR et finit par demander des éclaircissements à Hash.

— Oh ! Ce sont des exercices que nous faisons pendant les récréations.

Exercice. Récréation. Déjà, ces deux mots n'allaient pas ensemble.

— Quel genre d'exercices ?

— D'abord, nous commençons par faire de la gymnastique en écoutant un morceau choisi dans notre *playlist.* Puis nous passons à des exercices de relaxation. On s'allonge, on ferme les yeux. Il est recommandé de baisser alors le son de nos écouteurs. Lorsqu'on parvient au dernier stade de la décontraction, on sombre dans une sorte de demi-sommeil d'une dizaine de minutes environ pendant lequel…

— Loi numéro 1 ! l'interrompit Tab en bondissant du canapé.

Elle se planta debout au milieu du salon où avait lieu la conversation, juste avant la toilette du soir. Épaules abaissées, elle allongea le cou et releva le menton, se tenant aussi droite que si un fil invisible reliait le sommet de son crâne au plafond.

— *Un enfant ne peut porter atteinte à un autre enfant ou à un adulte, ni rester passif, laisser son camarade ou l'adulte exposé au danger*, énonça-t-elle tandis que ses petites lèvres affichaient ce fier sourire, un rien factice, propre aux danseuses classiques.

Pieds en cinquième position, bras à hauteur du nombril dessinant un gracieux arrondi, elle monta sur les demi-pointes.

— Loi numéro 2 ! *Un enfant doit obéir aux ordres donnés par les adultes, sauf si de tels ordres entrent en contradiction avec la première Loi.*

Et elle se lança dans un double tour qu'elle exécuta, comme toujours, avec une agilité et une maestria admirables, se recevant avec un équilibre et une grâce parfaits.

— Loi num… numé… ro 3 (elle était un peu essoufflée)… *Un enfant doit protéger son existence dans la mesure où cette protection n'entre pas en contradiction avec la première ou la deuxième Loi.*

Là-dessus, pouf ! Ce fut comme si le fil qui, quelques instants auparavant, liait sa tête au plafond s'était détendu et qu'un autre s'était mis en action, en sens inverse. Tab fit un grand écart absolument sidérant et, bras levés en arrondi au-dessus de sa tête, buste à angle droit par rapport aux jambes, elle tint la position, attendant les applaudissements de Jade.

Elle tint… Elle tint… Elle tint près d'une minute, ce qui était énorme pour la contraction de ses jeunes muscles qui commencèrent à la faire souffrir. Or Jade n'applaudissait toujours pas. Elle qui d'ordinaire se montrait enthousiaste et apeurée à la fois, se levant et s'approchant d'elle pour parer à une éventuelle chute, elle qui ponctuait ses prouesses de mille compliments, mêlés de doux reproches : « Tu ne devrais pas, Tab ! Tu sais que seuls les exercices à la barre te sont permis ! Tu dois attendre d'avoir six ans pour t'entraîner. Tu aurais pu te blesser ! »

Que se passait-il donc ? Pourquoi Jade, non seulement n'avait pas applaudi, pas dit un mot, mais paraissait si contrariée ?

Le sourire de Tab se changea en une grimace de douleur, elle replia ses jambes, laissa tomber ses bras et se releva.

— C'était pas bien ? demanda-t-elle, au bord des larmes.

— Hein ? demanda Jade en levant la tête vers elle, et la petite prit conscience qu'elle ne l'avait même pas regardée auparavant. Si, si, bien sûr ma chérie, c'était magnifique, comme toujours !

Tab se tourna alors vers son frère qu'elle interrogea du regard.

— Ça allait à peu près, répondit Hash.

Peu intéressé par les prouesses acrobatiques de sa sœur, il ne l'avait pas regardée non plus et s'était replongé dans les exercices en cours sur sa tablette. En revanche, il l'avait écoutée.

— Tu hésites encore un peu, le ton n'est pas assez ferme, mais bon, ça passe, ajouta-t-il avec une pointe de condescendance.

— Hash ? (Jade sortit enfin de sa torpeur.)

— Oui ?

— Je… euh… Je dois dire que je n'ai pas bien compris ce… euh… truc que Tab a récité.

— Normal que vous n'ayez pas compris, elle a interrompu

notre conversation ! rétorqua-t-il en jetant un regard de reproche à sa sœur. J'étais en train de vous expliquer les exercices de décontraction. Lorsque nous sombrons dans le sommeil, le morceau de notre *playlist* est à ce moment-là remplacé. Pour les maternelles comme Tab, il est remplacé par l'énoncé des « Trois Lois gardiennes de la morale ». C'est ce qu'elle a récité, précisa-t-il. Pour les grands de mon âge, c'est différent bien sûr, les Trois Lois, nous les avons assimilées depuis longtemps.

Il marqua un temps, scruta l'expression de Jade et devina qu'elle n'avait pas compris l'intégralité de ses propos.

— C'est le principe de l'hypnopédie, reprit-il. L'apprentissage par le sommeil. Le sommeil renforce les connexions neuronales et les facultés de mémorisation. Vous saisissez ?

— Je crois que oui, murmura Jade. Et… les grands de ton âge, ils écoutent quoi au juste ?

— Des exercices de logique illustrant les Trois Lois. Des problèmes dont les données bouleversent le respect des Trois Lois. Cela crée un dilemme important dans nos facultés de réflexion, une sorte de panique dans notre esprit, si vous voulez, parce que l'hypothèse d'un bouleversement des Trois Lois est… tout simplement… a… abominable. (La voix de Hash monta dans l'aigu et il buta sur les mots, signe d'une grande émotion chez lui.) Mais… Mais heureusement, la démonstration logique de la résolution de ces problèmes nous est énoncée, et nous la mémorisons. En dix minutes il peut y avoir cinq ou six exercices à la file. Et comme nous faisons ces exercices à chaque récréation, c'est-à-dire cinq fois par jour, on mémorise beaucoup de cas de figure. Comme ça, on est très bien préparé !

Jade déglutit avec difficulté avant de reprendre.

CHAPITRE 7

— Quand tu dis « la démonstration nous est énoncée », tu veux dire que tu entends une voix comme celle de…

Elle leva la main d'un geste vague.

— La voix de l'APR du directeur de l'école, oui, confirma Hash qui comprit instantanément le geste de Jade.

Il eut un petit sourire satisfait avant de poursuivre.

— Moi, en réalité, je suis dispensé de ces exercices.

— Ah, et pourquoi ça ?

— Parce que j'arrive à trouver toutes les solutions des problèmes en étant réveillé. Je n'ai plus besoin d'enseignement hypnopédique depuis longtemps. La dernière fois, j'ai même passé le test suprême.

— Ah bon ? balbutia Jade, craignant que Hash ne lui explique en quoi consistait ce fameux *test suprême*, alors qu'elle avait aucune envie de le savoir.

Sa crainte se vérifia, car Hash enchaîna aussitôt.

— Dans l'énoncé de l'exercice, il y avait un piège pas facile à déjouer. Bon, je ne vais pas vous expliquer tout ça en détail, il y avait une subtilité entre la contradiction de la troisième Loi par rapport à la deuxième. Pourquoi ? Parce que l'adulte qui créait cette contradiction était le père de l'enfant mis en situation dans l'énoncé du problème. Je dois avouer que j'ai hésité un peu, oh ! Pas longtemps ! La solution, c'était que l'enfant dénonce son père ! J'ai eu les félicitations du directeur de l'école, conclut Hash.

L'enfant qui dénonce son père, répéta Jade en pensée. Est-ce que ce n'était pas la caractéristique majeure de toute dictature ?

Elle fixa Hash un long moment, comme elle l'avait fait auparavant pour sa petite sœur. Elle le regardait sans le voir, ou plus exactement, elle voyait quelqu'un d'autre que lui. Elle eut tout à coup l'impression que son visage, sa peau, ses yeux, ses lèvres, ses joues, tout cela n'était qu'une enveloppe factice, comme un leurre, une imitation, un masque, qu'il n'y avait qu'à saisir un point, quelque part sur ce masque, puis tirer pour le déchirer et découvrir ce qui se cachait derrière. Une espèce de petit être factice et articulé. *Un petit robot, comme l'autre !*

— Je suis bien content d'avoir passé le test ! reprit Hash. Si seulement on pouvait avancer l'âge de mon baptême ! Mais c'est impossible, je suis obligé d'attendre d'avoir dix ans. J'ai tellement hâte d'y être ! Mon baptême, ce sera le jour le plus important de ma vie ! On me greffera une nano-oreillette et j'aurai enfin mon CN !

— Une greffe ? répéta Jade, soudain inquiète, oubliant instantanément ses précédentes pensées. On va devoir t'opérer ?

— Oh ! C'est trois fois rien, presque indolore. La greffe se fera ici, à la maison, sous anesthésie locale, avec un chirurgien et un informaticien spécialisé.

— Un CN, c'est un compagnon numérique, c'est ça ? demanda Jade, se souvenant que le formateur en avait parlé.

Hash acquiesça avec enthousiasme.

— Tu veux dire que… (elle tendit un index vers le plafond) tu entendras en permanence un truc… enfin une voix comme celle de AX ?

— Oui, c'est ça, mais il ne s'appellera pas AX, je lui donnerai un autre nom. Je ne sais pas encore lequel. Peut-être Alt ? C'est joli Alt, non ? Qu'est-ce que vous en pensez ?

Hash poursuivit ses explications. Alt, oui, il l'appellerait Alt, c'était décidé, sera en relation constante avec AX ainsi qu'avec l'APR de son père. Il gérera ses mails, ses SMS, son profil sur les réseaux sociaux, sa navigation sur le Net, ses achats, etc. Il lui dira qui il a le droit de fréquenter ou pas, les jeux ou programmes télévisés qui lui sont autorisés. Il enverra une alerte simultanée aux APR de ses parents et du ministère de l'Intérieur si jamais un jour – mais cela n'arrivera sûrement pas, précisa Hash dans un éclat de rire – il s'écartait des Trois Lois. Alt développera aussi les programmes les plus sophistiqués pour le faire travailler et améliorer ses notes, il lui conseillera des lectures.

— Grâce à Alt, conclut Hash, je deviendrai un @tolescent parfait, mes parents seront très fiers de moi ! Alt m'aidera beaucoup au moment de mon installation dans mon module.

— Quel module ?

— Eh bien, mon appartement ! Là où j'habiterai à l'âge de douze ans. Quand je serai complètement autonome.

— À douze ans, tu quitteras tes parents et ta petite sœur ? Tu ne vivras plus ici ?

— Oui, évidemment ! Mais grâce à Alt, je serai toujours en relation avec eux. C'est comme si j'avais une chambre plus grande et plus lointaine, c'est tout !

— Tu sais déjà où sera ton module ?

— Oui, il appartient à la famille de papa depuis longtemps. Il est sur la terrasse du Centre P. C'est tout près d'ici.

Jade était passée devant l'énorme bâtiment à plusieurs reprises et s'était demandé ce qu'il renfermait, puisqu'il n'avait plus de musée que le nom. (Comme tous les autres musées, désertés depuis qu'on s'adonnait aux visites virtuelles aux quatre coins du monde sans quitter son domicile, il avait été vendu par l'État sous forme de lots séparés, lors de la rénovation de la Blanche. Les familles les plus riches les avaient achetés et aménagés selon leurs besoins. Il en allait de même des autres monuments et églises de la capitale.)

Hash précisa encore que, grâce aux mises à jour régulières, à quatorze, seize et dix-huit ans, Alt grandirait en même temps que lui. Sa voix, notamment, changerait, de celle d'un enfant de son âge elle deviendrait celle d'un @tolescent puis d'un adulte. Toujours gardien des Lois blanches, il s'adapterait à ses besoins jusqu'à l'âge adulte et lui octroierait progressivement davantage de libertés.

— Oh ! Je n'en peux plus d'attendre ! s'exclama Hash. Encore cent cinquante mois ! Quatre mille cinq cents jours ! (Il poussa un soupir résigné.) Maman m'a dit que mon baptême sera une fête somptueuse ! Il y aura plus de deux cents invités ! Vous serez là, mademoiselle Jade, vous serez là, n'est-ce pas ? demanda-t-il, les yeux brillants de joie et de fierté.

Jade ne répondit pas, elle n'avait même pas entendu la question. Elle n'entendit pas davantage les exclamations de la petite Tab.

— Moi aussi je serai baptisée ! Moi aussi j'aurai ma nano-oreillette ! J'ai déjà choisi le modèle de la boucle d'oreille qui ira avec ! Elle sera en or, avec un petit rubis !

— Qu'est-ce qu'il y a, mademoiselle Jade ? s'inquiéta Hash, constatant soudain que le teint de sa nourrice avait pris une teinte gris de cendres. Vous êtes malade, vous ne vous sentez pas bien ?

À peine rentrée, Jade fit à Alban le récit de sa journée.

— Non mais tu te rends compte ? s'exclama-t-elle, hors d'elle. Tu te rends compte ? Ces enfants sont con-di-tion-nés ! Ils n'ont le droit de rien faire à part travailler ! Ils ne peuvent même pas recevoir de copains à la maison ! Ils apprennent par cœur des trucs abominables, à douze ans on les sépare de leurs parents, ils… Ce sont des robots ! Des putain de robots !

CHAPITRE 7

Les mots s'étranglèrent dans sa gorge, elle était au bord des larmes. Alban la prit un instant dans ses bras, puis l'aida à retirer son manteau tandis qu'elle restait là, plantée sur le seuil de la porte, sans se décider à entrer. Il la guida vers la cuisine où il prépara un thé qu'ils burent ensemble.

— Pourquoi te mettre dans un état pareil ? lui demanda-t-il lorsqu'elle parut un peu moins à cran. Si tu ne veux plus continuer à travailler là-bas, rien ne t'y oblige, on se débrouillera autrement.

Jade nia de la tête. Alban avait un caractère à l'opposé du sien, il était très calme, ce qu'elle appréciait car il parvenait à tempérer les excès de son propre caractère, colérique et impulsif, mais c'était aussi un incorrigible rêveur. Il n'avait pas le sens des réalités. C'était elle qui tenait les comptes de la maison et elle savait que la perte de son salaire serait catastrophique. Hors de question qu'elle arrête.

— Les enfants te semblent malheureux ? lui demanda Alban après quelques instants.

Jade haussa les épaules en signe d'ignorance.

— Non, enfin, je ne sais pas, ils n'en ont pas l'air, pour l'instant en tout cas, mais... Mais ça fait partie de leur conditionnement ! Ils ne connaissent pas autre chose que ce mode de vie réglé et ordonné comme du papier millimétré !... En tout cas, moi je suis malheureuse pour eux !

— Tu prends les choses trop à cœur, comme toujours. Laisse-toi aller, après tout, c'est leur problème !

Jade lança à son mari un regard lourd de reproches. Qu'il fût calme, elle l'appréciait, rêveur, ça l'amusait parfois, ça l'irritait souvent, mais qu'il se montrât insouciant à ce point, ça l'agaçait prodigieusement.

— D'une, leur problème devient le mien à partir du moment

où je m'occupe d'eux, parce que ce sont des enfants et que je les aime, figure-toi ! De deux, je ne pense pas seulement à eux. Je pense aussi à notre enfant, lorsque nous en aurons un.

Elle se pencha vers son mari au-dessus de la table et chuchota, comme si elle craignait soudain d'être entendue d'un espion dissimulé quelque part, une présence invisible, comme celle de ce *putain de AX* qui, par quelque miracle dont seuls les Blancs avaient l'exclusivité, l'aurait suivie jusque chez elle.

— Nos écoles sont encadrées par un personnel blanc, tu y avais pensé, à ça ?

CHAPITRE 8

Jade trouva une parade pour rendre le quotidien des enfants, et le sien par voie de conséquence, plus agréable. Elle contourna si discrètement les règles imposées que – elle en fut la première étonnée – ses micro-infractions, bien que répétées, échappèrent à la vigilance de AX.

Sachant que son heure d'arrivée était synchronisée au réveil des enfants, elle arrivait chaque matin avec quelques minutes de retard, afin de leur accorder un peu de sommeil en plus, et se débrouillait pour les rattraper lors de la toilette. Mieux valait, estimait-elle, que Tab dorme un peu plus et qu'elle soit un peu moins bien coiffée. Elle glissait d'un geste habile et rapide, en se plaçant à un angle mort de la caméra de la cuisine, un peu de sucre dans les nutriments du petit-déjeuner pour les rendre moins amers, quelques pommes de terre frites dans les légumes imposés au déjeuner. Si le temps était doux, après l'école, elle traînait afin de profiter des rayons de soleil de la fin d'après-midi, faisait un détour, s'arrêtait au square de la place V., où elle invitait les enfants à s'asseoir sur l'herbe pour y prendre leur goûter. La pomme ou l'orange de rigueur était alors remplacée par quelques carrés de chocolat glissés dans du pain frais qu'elle avait achetés près de chez elle avant de passer le mur.

Encouragée par l'absence de remarques de AX dont la voix demeurait étrangement muette – pas d'alerte, pas de message diffusé par les micro-enceintes, rien – elle alla plus loin. À deux reprises, elle fit en sorte de rater la leçon de piano que Hash prenait après sa journée d'école. Lorsque le garçon s'en étonna, elle prétexta que le professeur, souffrant, l'avait appelée au dernier moment pour annuler la leçon. Solfège et exercices furent remplacés par une promenade. Jade rentra exactement à la même heure, à la minute près, de façon, pensa-t-elle, à ne pas éveiller les soupçons de AX. Elle eut ainsi recours à mille autres petites ruses qui passèrent inaperçues.

Du moins le crut-elle.

Car en réalité, AX n'était pas dupe. On ne trompe pas une IA. Jamais. Il veillait toujours avec la même efficacité et n'avait pas manqué de noter et additionner les unes aux autres toutes les minutes de retard qui, au fil des semaines et des mois, firent des heures. Mais il en jugea la répartition plutôt judicieuse et sans préjudice notoire sur l'équilibre général de chaque journée. En revanche, les leçons de piano manquées furent une erreur grossière de la part de Jade. À sa décharge, celle-ci ignorait que, si le professeur de musique avait été souffrant comme elle l'avait prétendu, son APR se serait mis en contact avec AX pour le lui signifier. L'APR laissa passer la première incartade, mais avertit Jade après la deuxième.

— Le professeur de piano a fait savoir qu'il ne tolérera pas d'absence supplémentaire.

Ce message vocal, dont le ton n'avait rien de vindicatif, fut diffusé en toute discrétion dans les enceintes de la cuisine, au moment où Jade y entrait pour préparer le dîner, de façon à ce que les enfants, qui prenaient leur bain, ne l'entendent pas.

AX envoya un mail d'excuse au professeur de musique et, en accord avec son APR, fixa l'horaire de deux cours de rattrapage. Il ne signala pas l'incident à Viv. Inutile de la perturber puisque cela ne se reproduirait pas. Un certain type de mensonge, en l'occurrence « par omission », pouvait, estima-t-il, avoir une valeur bénéfique occasionnelle. Autre découverte liée à son auto-apprentissage, le mensonge étant une caractéristique humaine à cent pour cent.

De fait, sa décision d'octroyer à Jade une certaine marge de liberté fut mûrement réfléchie après étude et analyse approfondie des conséquences de ses infractions. Paradoxalement, il les jugea favorables. Car il se produisit, constata AX, une réaction en chaîne. L'indice de plaisir induit par les manquements de Jade se mesura sur les enfants, puis sur Viv, et eut, en dernier ressort, des répercussions sur Ben. La fonction précognitive de AX, qualité essentielle de son intelligence non humaine, mit en évidence le fait que si d'autres familles suivaient un schéma identique à celui des Alma, l'impact sur l'économie de la société blanche ne serait pas négligeable.

Son axiome fut vérifié par une somme d'informations anodines en apparence.

AX avait déjà remarqué que dès le premier mois suivant l'arrivée de Jade à la maison, l'expression soucieuse qui marquait le visage de Viv était passée d'un indice de 5/5 à 2,75/5. Une chute conséquente. Depuis que Jade outrepassait les règles, l'indice baissait encore plus rapidement. Il était actuellement de 1,8/5, et peut-être allait-il bientôt afficher le taux record, jamais égalé depuis l'@toption des enfants, de 0.

Mille petits détails corroborèrent cette prévision. Chaque matin en partant au travail, Viv écoutait de nouveau sa chanson préférée alors qu'elle l'avait boudée depuis 180 jours, neuf heures et quarante-cinq secondes, ce qui poussa AX à télécharger le nouvel album de l'auteur compositeur et à l'intégrer à sa *playlist*. Il espaça les rendez-vous de Viv chez son psychanalyste : d'hebdomadaires ils devinrent mensuels, puis trimestriels. L'étude de l'historique de son sommeil montra également une amélioration considérable. Il devint inutile de renouveler l'ordonnance de somnifères. Il nota aussi, en scannant la contexture dermique de Viv, comme il le faisait chaque matin après la toilette de celle-ci, une stagnation de l'altération de sa peau. Viv attribua cette réussite à la nouvelle crème antirides dont il lui avait recommandé l'achat quelques mois auparavant et lui demanda d'en commander cinq tubes d'avance. Ce qu'il fit immédiatement tout en lui suggérant, pour le maquillage du jour, une composition chromatique claire dont il afficha le dégradé sur le miroir, sachant que la sensation de bonne humeur de Viv en serait renforcée. Viv approuva et une autre commande conséquente de cosmétiques fut aussitôt passée.

Esprit libéré des soucis inhérents aux enfants. Sommeil paisible. Humeur bonne et régulière. Les dispositions étaient idéales pour une rentabilité croissante au travail. AX en eut confirmation par l'APR de l'ambassadeur qui se disait entièrement satisfait de sa collaboratrice et projetait déjà de la nommer comme son successeur lorsqu'il prendrait sa retraite.

AX transmit la formidable nouvelle à Viv et comme il venait de recevoir une invitation à des soldes privées dans les salons de la boutique Chanel, il lui en fit part en même temps. D'ordinaire, il rejetait directement ce type d'offres, parcourait le catalogue en ligne et sélectionnait les modèles correspondant aux goûts et à la taille de Viv, mais il lui conseilla cette fois de s'octroyer un moment de détente bien mérité, au vu de ses résultats.

— Je suggère une séance shopping à l'ancienne, avec essayage dans les salons de la boutique. Cela vous serait très bénéfique. Ce serait tout aussi utile que ludique.

— Aller en boutique ? s'étonna Viv. Y aller vraiment, flâner dans les rayons ? Essayer les modèles ? Demander conseil aux vendeuses ? (Elle demeura rêveuse un long moment.) Quelle bonne idée ! s'exclama-t-elle enfin. Oh ! Oui ! Ce serait si amusant ! Ça me changerait les idées !

AX se synchronisa avec l'agenda de l'ambassadeur et programma la séance au moment le plus opportun.

Lorsque Viv eut terminé ses emplettes, lui laissant le soin de régler les formalités de paiement et la livraison, il attira son attention sur un portant, au fond du magasin, où étaient relégués les invendus de la saison passée. Il y avait là un tailleur à la taille de Jade, dont le prix, déjà très raisonnable, pourrait encore être négocié avec la direction. AX en suggéra l'achat.

— Un cadeau pour une employée méritante est un moyen de l'encourager à améliorer ses performances.

— Très juste, jugea Viv, mais un tailleur Chanel, non, c'est beaucoup trop ! Jade ne pourra jamais porter ça de l'autre côté du mur ! Il faudrait quelque chose de plus discret et de moins cher aussi… Une babiole, un accessoire quelconque… Disons dans les 50 euros maximum.

— Je m'en occupe.

AX sélectionna un foulard en soie d'une valeur de

100,45 euros. Il dépassait largement le budget autorisé, mais l'APR compensa ce surcoût en reportant la livraison des achats au surlendemain, ce qui en baissait le montant, et en utilisant quelques bons de réduction qu'il avait mis de côté.

Autre changement dans l'attitude de Viv, elle réduisit le nombre de ses rendez-vous haptiques avec John et favorisa l'amour *IRL* avec Ben. Dynamisé par le plaisir sexuel, ce dernier augmenta également sa rentabilité au travail. Il eut envie de faire plaisir à son épouse et à ses enfants à qui il offrit de nombreux cadeaux.

Bonheur de la famille Alma. Accroissement des dépenses du ménage (qui pouvait et *devait* se le permettre). Rentabilité au travail. Large contribution à la bonne marche de l'économie. CQFD.

À l'origine de cette réaction en chaîne : Jade. Avec l'intégrité sans faille qui caractérise l'Intelligence artificielle, AX jugea essentiel d'en tenir compte.

À moins que ce ne fût encore cette surprenante faculté d'empathie qu'il développait vis-à-vis d'elle en la côtoyant au quotidien ?

Jade fut très touchée par le cadeau qui lui fut remis par Tab.

— Pour toi ! dit la petite fille, radieuse, avec son fier sourire de danseuse, lui tendant le présent qu'elle tenait au creux de l'arrondi gracile de ses bras.

La boîte était si belle, enveloppée de son papier frappé à l'effigie de la célèbre marque, son bolduc si élégamment noué, que même vide, c'eût déjà été un cadeau. Jade trouva le foulard magnifique. De la soie ! Et quelles couleurs ! Il devait valoir une fortune ! Jamais on ne lui avait offert quelque chose d'aussi beau. Elle serra très fort Tab contre elle, embrassa Hash sur les deux joues et s'empressa d'envoyer un mail de remerciement à sa patronne. La réponse lui parvint quasi instantanément par la voix de AX.

— Je vous en prie, ce n'est rien. Vous le méritez. Si les couleurs ne vous conviennent pas, ne vous gênez surtout pas, il est tout à fait possible de le changer. Je dois dire que j'ai beaucoup hésité. Il y en avait un bleu qui eût été en harmonie parfaite avec les reflets qui irisent le noir jais de votre chevelure. Mais le rouge, lui, rehausse votre teint diaphane et met en valeur la couleur de vos lèvres.

Le sourire de Jade, amorcé au début de la réponse, se figea. Elle passa machinalement la main dans ses cheveux, effleura ses lèvres du bout des doigts, comme si elle s'était trouvée devant un miroir et qu'elle voulait vérifier la véracité de ce qu'elle venait d'entendre. Les reflets de sa chevelure ? Un teint… Comment avait-il dit ?… Diaphane ? Quel étrange message ! En l'écoutant, les battements de son cœur s'étaient légèrement accélérés et ses joues s'étaient embrasées. Elle s'était sentie… troublée. La faute à cette voix masculine, si bien imitée, dont les accents lui parurent tout à coup chauds et vibrants à outrance. Un frisson parcourut ses reins et remonta jusqu'à ses épaules, elle ne parvint pas à savoir s'il traduisait du plaisir ou de la peur. Pourquoi donc cette voix de synthèse n'était pas féminine, puisqu'elle était censée rapporter les propos d'une femme ?

— Non, non, il est parfait, merci. Je le garde, bredouilla-t-elle.

Elle reprit le foulard que Tab, entre-temps, lui avait subtilisé pour le nouer sur ses hanches comme le volant d'un tutu, et le rangea dans sa boîte.

Un sentiment diffus de malaise ne la quitta pas de la journée. Ce cadeau la perturbait, décidément. Elle aurait voulu, une fois de plus, en parler avec sa patronne. De vive voix. En tête à tête. Pourquoi Viv lui offrait-elle ce cadeau précisément maintenant ? Après ces semaines durant lesquelles elle n'avait cessé de perturber le planning imposé. Était-ce un encouragement à poursuivre, à aller plus loin ? Parce qu'elle en avait envie, elle, d'aller plus loin. Parce que ça ne lui suffisait plus de gratter quelques minutes par-ci par-là, de bricoler chichement un repas pour lui donner plus de saveur. Elle se faisait l'effet d'une voleuse qui, dans un supermarché, aurait chapardé des babioles pendant des semaines sans jamais avoir été inquiétée et s'apprête à voler l'article le plus cher en toute impunité.

Elle hésita. Devait-elle écrire un mail à Viv ?... Non ! Ce serait encore *l'autre*, là, qui lui répondrait. (Elle était loin d'imaginer que l'idée du cadeau et le choix du foulard, c'était précisément *l'autre* qui en était à l'origine.)

Elle rumina ses interrogations toute la journée et ne ferma pas l'œil la nuit qui suivit. Les rares moments où elle dormit, son sommeil fut agité, troublé par un rêve incohérent. Elle rêva que AX l'avait suivie jusque chez elle. Elle le voyait, en chair et en os. C'était un homme, un vrai, un bel homme, comme l'était sa voix. Il l'aidait à nouer le foulard rouge autour de son cou et ses doigts doux et frais s'égaraient sur sa peau, faisant monter en elle une vague de frisson et de désir. Mais soudain le foulard l'étranglait. Le rouge de la soie se mêlait au rouge du sang s'échappant de sa gorge tranchée par le foulard, transformé en lame. Elle se réveilla en sursaut, hagarde, bouleversée.

CHAPITRE 9

Dès le lendemain, Jade prit sa décision.

Au diable les caméras de surveillance ! Vas-y, le robot ! Filme-moi ! Dénonce-moi ! Rien à foutre !

Elle chamboula tout. Les menus, les activités, les horaires. Elle ouvrit les applications du réfrigérateur connecté (*Oh ! Comme elle le détestait, ce fichu engin !*) qui lui étaient interdites en effleurant n'importe quelle touche de l'écran tactile et provoqua un bug. Plus de menu imposé ! Elle malmena toutes les télécommandes réparties dans la maison de manière à les rendre inutilisables. Fini, les professeurs virtuels et les hologrammes ! Quitte à se rebeller, autant le faire franchement, en grand. Elle mourait d'envie de faire vivre aux enfants une journée conforme à leur âge et à leurs désirs, et non à ce qui avait été programmé par leurs parents robotisés, en accord avec des études menées par de pseudo-chercheurs !

Elle décida que les enfants sécheraient les cours. Pour commencer, elle les initia à ce délice qu'était la grasse matinée.

À peine arrivée, elle éteignit les lumières dans les deux chambres. Elle incita Tab à se recoucher et, assise à son chevet, lui chanta une chanson qui la replongea sans tarder dans le sommeil. Ce fut plus difficile pour Hash, qui tournait en rond dans sa chambre, complètement paniqué. Elle le prit dans ses bras, le rassura, lui affirma que tout allait bien et qu'elle assumait l'entière responsabilité de cette journée particulière.

Elle prépara un solide petit-déjeuner. Brioches, croissants, pain, beurre, confiture, chocolat chaud. Puis annonça aux enfants le programme qu'elle avait concocté pour eux. Ils iraient se promener au jardin L. (Elle avait préparé son itinéraire, le plan était dans sa poche, elle avait prémédité sa rébellion chez elle, au beau milieu de la nuit, après avoir fait ce rêve si désagréable, sans en souffler mot à Alban.) Ils achèteraient au jardin des glaces, des bonbons, des gaufres, des crêpes ! Ils feraient de la balançoire, du toboggan, des balades à dos de poney, tout ce qu'ils voudraient !

Oh ! Le visage de Tab ! Jade s'en souviendrait toujours. Ses yeux s'étaient arrondis, les traits de sa petite bouille s'étaient comme froissés, fripés, annonçant qu'elle allait soit éclater de rire, soit au contraire fondre en larmes. Bénédiction, elle avait opté pour le rire et Jade, joignant sa bonne humeur à la sienne, l'avait prise dans ses bras et s'était mise à danser dans le salon.

Il en fut autrement pour Hash. Un signal d'alerte retentit dans son cerveau.

Les Trois Lois ! L'initiative de Jade entrait-elle en contradiction avec l'une d'entre elles ?

Il les énonça mentalement. Première Loi. *Un enfant ne peut porter atteinte à un autre enfant ou à un adulte, ni rester passif, laisser cet enfant ou adulte exposé au danger.* La première Loi n'était pas en mise cause. Il passa à la deuxième.

CHAPITRE 9

Un enfant doit obéir aux ordres donnés par les adultes, sauf si de tels ordres entrent en contradiction avec la première Loi. Obéir à Jade qui, Hash en était conscient, désobéissait elle-même aux ordres qu'elle avait reçus, le mettait-il en danger, lui et Tab ? Aller au L. les mettait-il en danger ? *A priori* non. *A priori* seulement, car si l'on considérait que cela remplaçait la journée d'école, journée qui faisait partie intégrante de son avenir programmé, il y avait danger. Dans quelle mesure ? La Loi ne précisait pas le *degré* de danger !

La panique commença à le gagner, son front se couvrit d'une fine pellicule de sueur, sa respiration se syncopa en une succession de petites expirations irrégulières. Il avait pourtant résolu, lors des exercices de conditionnement, des cas de figure bien plus compliqués que celui-ci ! Il avait même passé le test suprême ! Seulement… Il ne vivait pas, alors, la situation illustrée par les données du problème, il ne faisait que raisonner sans se trouver directement impliqué. Et cela faisait toute la différence. Comme un soldat qui se serait borné à une formation théorique du combat et se croirait prêt à faire la guerre.

Hash passa à la troisième Loi, espérant que celle-ci lui donnerait la solution. *Un enfant doit protéger son existence dans la mesure où cette protection n'entre pas en contradiction avec la première ou la deuxième Loi.* S'il protégeait son existence et celle de Tab en refusant d'aller au L., il désobéissait à Jade, une adulte, il entrait donc en contradiction avec la deuxième Loi. Fin du problème. Il aurait pu s'arrêter là, mais son instinct lui soufflait qu'un piège se dissimulait quelque part.

Que faire ? Il subissait un véritable supplice. Il se laissa tomber sur un fauteuil et, sous l'effet de l'impuissance, ses traits reproduisirent à l'identique l'expression de sa sœur, à la différence qu'il avait envie, lui, de pleurer et non pas de rire. Il s'efforça cependant de poursuivre sa réflexion et reprit les énoncés des Lois. Dans un ordre différent. La 3 avant la 2, la 1 après la 3, et ainsi de suite. Sans succès. Il achoppait toujours au même endroit. Tout surdoué qu'il fût, il n'y arrivait pas.

Et AX qui ne disait rien ! Pourquoi ? Ce n'était pas normal. Pas normal du tout. Avait-il été déconnecté ? La déconnexion, la pire des catastrophes ! Une catastrophe n'arrive jamais seule ! La loi des séries ! Les parents de Hash évoquaient souvent tel ou tel de leurs amis dont l'APR avait buggé et qui avait dû subir une déconnexion temporaire. Une souffrance atroce ! Si le problème n'était pas rapidement résolu, une réaction en chaîne s'ensuivait. Hospitalisation, baisse des revenus, impossibilité de se payer une nouvelle version APR, perte d'emploi, la vie devenait un enfer, les déconnectés sombraient dans la folie. Pire, certains étaient envoyés de l'aure côté du mur ! Hash imaginait déjà sa mère à l'hôpital, allongée sur un lit, agonisant ou errant dans les couloirs, telle une morte-vivante en attendant qu'on la reconnecte.

Il chassa vite ces images abominables. Il devait maîtriser l'émotion qui limitait les capacités de son cerveau. Si AX avait une anomalie, tout reposait sur lui dorénavant. Il se livra à quelques exercices de décontraction qui se révélèrent fructueux. Il trouva une solution intermédiaire : négocier avec l'ennemi potentiel, l'auteur du conflit. Il se risqua donc à faire quelques observations.

— Mademoiselle Jade, vous savez, n'est-ce pas, que manquer l'école est très grave ? Que les enfants ne doivent jamais le faire, à moins qu'une raison exceptionnelle ne les y oblige ?

— Bah ! Ce n'est pas si grave que ça ! répondit Jade, tout en continuant à danser avec Tab au milieu du salon. Pas quand on ne le fait qu'une fois, avec l'approbation d'un adulte, moi, en l'occurrence !

Argument contré. Hash lança un regard noir à sa sœur. Il lui en voulait plus qu'à Jade. Cette idiote ne se rendait compte de rien ! Cette petite… (Il fut à deux doigts de l'insulter mais la nausée qui monta en lui à l'idée d'employer un gros mot l'en empêcha), elle n'avait toujours pas assimilé les Trois Lois qu'elle se contentait de réciter par cœur tel un perroquet, sans les comprendre ! C'était bien une danseuse, tiens ! Un corps sans cervelle !

Il expira l'air de ses poumons, fit rouler ses épaules contractées.

— Savez-vous, mademoiselle Jade, reprit-il, que les glaces, les gaufres et les bonbons étant des aliments interdits, nous n'en trouverons pas au L. ? De même, les balançoires, les toboggans et les promenades virtuels ne sont en fonctionnement que le dimanche, pas en semaine.

Jade savait que les sucreries étaient interdites au sein de la Blanche, elle avait ainsi tout prévu et fait le plein avant de partir de chez elle. En revanche, elle n'avait aucune idée de ce que pouvaient être une balançoire ou un toboggan *virtuels*. Ce que Hash s'empressa de lui expliquer. On y jouait en pénétrant dans un cube de verre, muni de lunettes et de gants 3D. Le jeu s'arrêtait automatiquement, sans possibilité de continuer, même si l'enfant insistait. Il apprenait ainsi à maîtriser sa frustration et, toujours, à obéir à l'adulte qui l'accompagnait.

Devant le silence étonné de Jade, Hash crut qu'il avait marqué un point. Peut-être le point décisif qui allait enfin mettre un terme au conflit.

— Pas grave, déclara Jade, on va préparer un pique-nique, on déjeunera sur l'herbe, et ensuite on ira donner à manger aux canards ! (Dans tous les jardins dignes de ce nom, il y avait une mare aux canards. Le L. ne devait pas faire exception.)

— Oui, oui, les canards ! Les canards ! s'écria Tab, enchaînant arabesques et pirouettes sous le regard effaré de son frère.

— C'est pareil, mademoiselle Jade, les canards virtuels ne sont en activité que le dimanche !

Jade demeura perplexe. *Les canards virtuels. Les jeux virtuels. C'est quoi, ces conneries ?*

— On s'en fiche, on se promènera ! trancha-t-elle. Il fait beau ! Y a un soleil magnifique !

Il n'est pas virtuel le soleil, non ?

Hash demeura muet. Ses tentatives avaient échoué. Retour à la case départ. Il en était exactement au même point. *Et AX, AX qui semblait définitivement HS ! Qui avait planté !* Néanmoins, lorsqu'il vit sa sœur ouvrir les paquets de guimauves et d'oursons en chocolat que Jade avait apportés et commencer à les engouffrer avec une gloutonnerie sans nom, en poussant de petits gémissements de plaisir dignes d'un animal, un déclic se fit en lui. Tab était en danger. Les sucres et graisses qu'elle absorbait, s'ils ne la rendaient pas malade tout de suite – il guettait le moment où elle allait courir en direction des toilettes –, lui feraient prendre du poids. Il eut la vision de sa sœur, difforme, avec un ventre énorme, ourlé de bourrelets adipeux, des cuisses criblées de cellulite qui frottaient l'une contre l'autre, l'empêchant de marcher, des joues gonflées comme des ballons, un cou qui rentrait dans les épaules. Elle ne pourrait plus être danseuse !

Il se leva, prit sa sœur par le bras, la tira sans ménagement derrière lui, rassuré de la sentir aussi légère qu'une plume (les graisses et sucres n'avaient pas encore fait effet), et rejoignit Jade dans la cuisine où elle préparait des sandwichs avec les autres denrées qu'elle avait pris soin d'apporter – pain, beurre, jambon, semant un vent de panique dans la cuisine configurée pour la santé et les produits bio.

— Mademoiselle Jade, avec tout le respect que je vous dois, je refuse de vous obéir, déclara-t-il. Et j'ordonne à Tab, en ma qualité de frère aîné, d'en faire autant. Veuillez s'il vous plaît nous conduire immédiatement à l'école. Nous y serons punis pour avoir manqué une matinée, mais c'est un moindre mal.

Jade le regarda, ahurie, et laissa tomber par terre la tranche de jambon qu'elle s'apprêtait à glisser dans le pain. Jamais elle n'avait vu Hash aussi déterminé. Il se tenait droit, raide, maintenant fermement par les poignets sa sœur qui protestait et essayait en vain de se dégager – les poignets de la pauvre petite commençaient à rougir. La politesse du garçon n'était qu'un leurre, il y avait un accent métallique et dur dans sa voix, une note de défi, de mépris dans son attitude, peut-être même un soupçon de cruauté. Jade eut subitement la sensation qu'il était… *possédé*, tel fut le mot qui lui vint à l'esprit. Instinctivement, elle leva la tête vers le plafond – c'était toujours là, quelque part par là qu'elle situait la présence virtuelle de AX. Est-ce que *ce putain de robot* parlait par la bouche de Hash maintenant ? Une telle chose était-elle possible ?… Tout était possible dans cette maison ! Dans cette cité où, contrairement à ce qu'elle avait eu la naïveté de penser, elle était et demeurerait une étrangère !

Elle se trompait.

AX ne parlait pas par la bouche de Hash. La jeune femme n'arriverait décidément jamais à comprendre le fonctionnement des APR. Ils ne pouvaient se connecter qu'avec leur utilisateur, en fonction des désirs et préoccupations de celui-ci. AX régentait la maison car il avait été programmé pour cela, la maison et les enfants faisant partie des priorités de Viv. Il veillait sur les enfants comme sur tout autre objet de la maison connectée. Alors non, il ne parlait pas par la bouche de Hash. Il avait, certes, éprouvé des *sentiments* – oui, des sentiments, il en était le premier surpris – comparables à celui du garçon. Jade avait semé une panique sans nom dans ses capteurs. Il s'était posé lui aussi une multitude de questions. Alors qu'il n'aurait pas dû. Il aurait dû immédiatement et sans délai envoyer à Viv un mail d'alerte maximale, accompagné de la vidéo de la sédition filmée par les micro-caméras. Viv l'aurait visionnée discrètement grâce à ses lentilles connectées, sans interrompre la réunion de travail qu'elle dirigeait. Elle aurait ordonné aussitôt à AX de prévenir les agents de la sécurité infantile qui seraient intervenus sur-le-champ pour conduire les enfants à l'école, et Jade dans un de leurs commissariats où on lui aurait retiré son permis de travail avant de l'escorter de l'autre côté du mur.

Mais il ne le fit pas.

Il décida d'effacer l'enregistrement de la sédition. Puis de se déconnecter.

Une forme de suicide, de mort programmée ? Oui, il y avait un peu de cela. Une mise à jour de son système était en attente depuis un mois. Viv comptait y procéder d'ici une semaine, tranquillement, en centre de repos. AX en serait revenu plus performant, mais ce ne serait plus lui, celui qui avait observé Jade et appris d'elle un peu d'humanité. Alors il préféra partir ce jour-là. Soit son unité conclurait que le bug était de son fait, soit de celui de Viv qui avait trop reporté la date de la mise à jour. Dans l'un comme l'autre cas, le dysfonctionnement serait réparé et, AX le savait par avance, il ne reverrait plus jamais Jade.

Celle-ci, de son côté, ne sut jamais qu'elle l'avait accusé à tort. Qu'il avait au contraire tout fait pour la protéger en effaçant les preuves de sa révolte avant de se déconnecter.

La folle journée n'eut donc pas lieu. Jade abandonna ses projets et conduisit les enfants à l'école. Elle ne les revit plus. Hash la dénonça auprès de la direction et, Viv étant injoignable suite à la déconnexion de son APR, on prévint Ben de ce qui s'était passé.

Ainsi prit fin l'emploi de nourrice de Jade. Ainsi prirent fin, par la même occasion, ses rêves d'avoir un jour le droit d'enfanter. Ben, en accord avec son épouse et son fils aîné, ordonna qu'on la rayât de la liste des prétendantes à la parturition naturelle, alors que sa candidature était en très bonne voie, l'étude de sa généalogie sur plusieurs générations n'ayant mis en évidence aucun dossier criminel impliquant un mineur. Cependant la jeune femme laissa un souvenir tel à la petite Tab qui, malgré la punition qu'elle subit – quinze jours de reconditionnement intense à l'obéissance –, ne cessait de la réclamer chaque matin au réveil, qu'il se montra indulgent en appuyant sa candidature pour une adoption.

CHAPITRE 10

Son renvoi ne fut pas une surprise pour Jade, mais le refus de sa candidature à l'enfantement la plongea dans le désespoir. Elle s'enferma dans sa chambre trois jours durant. Pleurant. Sanglotant. Hurlant sa colère. Rabrouant Alban lorsqu'il se risquait à frapper à sa porte pour la consoler.

Adopter ! Voilà ce à quoi elle était réduite. Comme si cela pouvait être une réponse à sa douleur, à la terrible frustration qu'elle éprouvait. Ainsi on la condamnait à devenir une de ces mères de substitution, ces femmes qui avaient l'air si malheureuses, constamment épuisées. *Des fantômes de mères.* Jade les avait observées lorsqu'il lui arrivait de passer à proximité du quartier qui leur était réservé. Un sous-ghetto dans le gigantesque ghetto de la Cité bleue. Les tours y étaient encore plus hautes, comme si on essayait de se débarrasser de ces familles en les envoyant coloniser le ciel. (Ou était-ce une perverse invitation à se jeter par les fenêtres ?)

Les salauds ! C'était ignoble de lui refuser le droit d'avoir un enfant. Ignoble. Sa vie n'avait désormais plus aucun sens.

Mais…

Ce « mais » commença à effleurer le cerveau de Jade une fois que ses larmes furent taries.

Les mères adoptives percevaient une allocation mensuelle conséquente. Jade avait cruellement besoin de cet argent pour compenser la perte de son emploi. Elle finit par sortir de sa chambre, un soir. Elle n'allait pas passer sa vie à se lamenter, non, ce n'était pas son genre, elle avait toujours eu les deux pieds sur terre, l'esprit battant.

Alban la prit dans ses bras, le cœur meurtri en voyant son visage défait et ses yeux bouffis par les larmes.

— Tu sais, je comprendrais très bien si tu voulais… Enfin… Tu pourrais présenter un autre dossier si on… divorçait et que tu rencontrais…

Jade eut un vif mouvement de recul. Divorcer ? Quelle idée ! C'était hors de question. Elle aimait son mari. Elle l'avait choisi, en dépit des conseils que le planning familial lui avait serinés pendant son adolescence. *Le célibat ! Le célibat, c'est la liberté !* Se séparer d'Alban serait accorder une victoire supplémentaire aux autorités blanches. Celles-ci lui refusaient un enfant, elles n'allaient pas, en plus, lui enlever l'homme de sa vie. De toute façon, elle était seule responsable du rejet de leur dossier. Un rejet définitif, pas moyen de faire appel.

Jade prit la main de son mari, la serra entre les siennes, la retourna et en observa la paume, comme si la décision qu'elle devait prendre se trouvait quelque part dans les dessins des multiples sillons.

— Et si on essayait ? demanda-t-elle enfin. Mieux vaut adopter un enfant que ne pas en avoir du tout, non ?

— Oui, je trouve aussi que c'est une expérience qu'on pourrait tenter.

CHAPITRE 10

— Même… un enfant comme ceux qu'ils nous imposent ?

— Même un enfant comme ceux qu'ils nous imposent.

Ils disposaient de trois mois avant la venue du bébé, leur dit-on.

Le premier mois serait consacré à une formation indispensable qu'ils devraient suivre assidûment. Encore une ! Les Blancs adoraient ça, décidément, les formations ! Mais celle-ci n'avait cependant rien à voir avec la précédente, avant que Jade entre en poste chez les Alma. Pas de smartphone, pas de relations avec les APR, *toutes ces conneries* ! Comme tous les futurs parents adoptifs, ils durent apprendre le langage des signes, car l'enfant qu'on leur confierait serait sourd.

C'était clairement spécifié sur le formulaire d'adoption qu'ils signèrent. Précisé tout aussi clairement, le fait que cet enfant ne se développerait pas comme les autres. Sa croissance mentale ne serait pas proportionnelle à sa croissance physique. Il aurait une intelligence restreinte, pour ne pas dire nulle. Et ne resterait au foyer de ses parents adoptifs que dix à onze ans maximum. Selon son comportement, selon le bon vouloir des services sociaux qui pourraient à tout moment décider de le leur reprendre.

Reprendre. Reprendre un enfant, comme on récupère un matériel en location. Jade frémit, mais un regard éloquent d'Alban, le jour de la signature du contrat – *S'il te plaît, chérie, ne complique pas encore les choses !* – la contraignit au silence. *D'accord, je ferme ma grande gueule.*

Ils apprécièrent les cours dispensés par une éducatrice spécialisée dans la langue des signes – des cours à domicile qu'ils suivirent avec beaucoup d'intérêt. Au moins, ils apprenaient quelque chose. L'espace de quelques heures, concentrés sur leur apprentissage, ils s'imaginaient revenus au temps de leur jeunesse, à ce moment privilégié où ils auraient pu (dû) être étudiants s'ils en avaient eu les moyens, s'ils n'avaient pas été condamnés à chercher très tôt du travail, par le seul fait qu'ils habitaient du mauvais côté du mur. Ils prirent plaisir à pratiquer cette nouvelle langue. Jade s'y investit pleinement, elle qui autrefois avait rêvé de mener à bien un cursus de langues étrangères, se révéla douée et fit de rapides progrès. Ce fut un peu plus difficile pour Alban qui avait l'esprit plus lent, mais l'aide de sa femme lui fit rattraper son retard.

Le déménagement.

Il fut envisagé avec sérénité, voire un certain plaisir. Jade en avait assez de ce studio exigu qu'ils habitaient depuis leur mariage. Sa récente fréquentation de la Cité blanche, avec ses avenues aérées et ses appartements luxueux, le lui avait rendu encore plus insupportable. De plus, ils n'eurent qu'à jeter les quelques vêtements qu'ils possédaient dans leurs valises. Leur nouveau logement serait entièrement meublé, leur assura-t-on.

Mais déménager, ce n'était pas seulement changer d'appartement, c'était aussi intégrer le secteur réservé aux familles adoptives. Le quartier, récent, aménagé une quinzaine d'années auparavant, avait encore un « parfum de neuf ». À première vue, ses nombreux arbres, espaces verts, squares et aires de jeux destinées aux enfants le rendaient plus accueillant que le reste de la Cité bleue. Cependant, il y planait une étrange atmosphère à laquelle Jade fut particulièrement sensible. Comme si tout était… factice. Fabriqué pour durer un temps, et un temps seulement, avant d'être démonté tel un décor de théâtre qu'on remballe. *Fin du spectacle. Ce n'était qu'une histoire, mesdames et messieurs ! Tout ce que vous avez vu, tout ce à quoi vous avez cru n'était qu'une illusion…*

CHAPITRE 10

Et puis, il y avait toutes ces tours ! Si hautes (certaines atteignaient trente étages) et si nombreuses qu'elles ressemblaient à de gigantesques piquets plantés autour du quartier, tels des géants qui en gardaient l'entrée. Des manières de miradors.

Tour 14. Étage 17. Appartement 3.

Bon, se dit Jade lorsque, le premier jour, elle franchit le seuil, il était vaste, cet appartement, bien plus que leur studio – ce qui n'était guère difficile. Et clair, l'avantage de la hauteur. Un salon, une cuisine, une salle de bains et deux chambres, une pour les parents, une pour l'enfant. L'ameublement était simple, un peu vieillot et usé, affichant les traces des précédents locataires comme de petites cicatrices indélébiles, mais pratique et fonctionnel. Et puis surtout, le loyer était si bas, presque symbolique – autre attrait de la procédure d'adoption, en plus de l'allocation mensuelle –, elle n'allait pas faire la fine bouche.

Mais elle remarqua que les fenêtres étaient dotées de barreaux. Toutes.

— Pourquoi ? demanda-t-elle à la gardienne.

— À cause des gosses. Ils ont tendance à fuguer. Y en a qui arrivent pas à les tenir. Y en a… qu'on peut pas tenir.

Sur ces paroles qu'elle ne jugea pas utile d'éclaicir, la gardienne déposa les clés de l'appartement sur une tablette dans l'entrée et s'esquiva rapidement, signifiant ainsi qu'elle n'avait aucune envie de répondre à d'autres questions.

— Couvre-feu à 20 h 30. Veillez à le respecter ! ajouta-t-elle avant de refermer la porte.

Ça au moins ce n'était pas nouveau. Le couvre-feu valait pour l'ensemble de la Cité bleue. Mais les barreaux aux fenêtres donnèrent à Jade une double sensation d'emprisonnement

– elle était bouclée dans le quartier et dans l'appartement. Néanmoins, ils avaient l'avantage d'atténuer la sensation de se tenir en équilibre au-dessus du vide. Comme Jade était très sensible au vertige, ce n'était pas négligeable, du moins s'efforça-t-elle de s'en persuader.

— Viens, on va faire un tour ! proposa-t-elle à Alban, ses valises à peine posées dans l'entrée.

— À pied ou tu veux que j'aille chercher le taxi ?

— À pied, on aura un meilleur aperçu des environs !

— Bonne idée !

Ils descendirent, prirent la première rue en sortant de la tour et se laissèrent guider au hasard de leurs pas. Durant toute la balade, Jade ne put se défaire d'un sentiment de malaise. Le quartier faisait partie intégrante de la Cité bleue, il était librement accessible, n'était même pas délimité par un panneau spécifique, encore moins par un mur comme celui qui séparait la Bleue de la Blanche, on traversait une rue et on changeait de secteur, c'est tout. Pourtant Jade eut la sensation d'évoluer dans un pays étranger. Elle se sentit aussi dépourvue de repères que le premier jour où elle s'était rendue dans la Blanche. Tendue, un bras incertain glissé sous celui d'Alban, elle s'y accrochait, comme si elle avait peur de flancher, de tomber.

— Il est magnifique, ce jardin ! s'écria Alban, s'arrêtant après un quart d'heure de marche. Tu veux qu'on s'assoie un moment ?

Jade jeta un bref coup d'œil à l'intérieur.

— Non, non, je préfère continuer à marcher.

En réalité, si Jade ne voulait pas s'asseoir, pas même entrer dans le jardin, c'était à cause des enfants. Tous ces gosses qui couraient, sautaient, bondissaient, criaient. Ils étaient si remuants, si bruyants ! Et surtout… si laids. (*Mon Dieu, est-ce que le mien leur ressemblera autant ?*) Leurs mouvements désordonnés et anarchiques trahissaient pourtant une gaieté, une insouciance, une profonde joie de vivre qui auraient pu la rassurer en partie, si elles n'avaient été autant en opposition avec les visages tristes et fermés de leurs mères. Ces dernières, assises sur des bancs, les surveillaient, signaient de temps en temps une remontrance, « Attention, tu vas tomber ! Regarde donc où tu marches ! », mais jamais elles n'accompagnaient leurs gestes d'un sourire, même lorsqu'elles distribuaient un goûter, un bonbon, un fruit. Elles ne parlaient pas non plus entre elles. Se bornaient à se saluer d'un bref hochement de tête lorsque l'une venait rejoindre l'autre sur un banc ou près d'un toboggan.

Jade porta son regard sur Alban qui, lui, continuait d'observer l'intérieur du jardin. Il était détendu, souriant, comme il l'avait été depuis le début de la promenade. À l'évidence, il ne partageait pas son malaise. Comment faisait-il, se demanda-t-elle avec une pointe de jalousie, pour se montrer aussi positif, pour ne voir toujours que le bon côté des choses ?

Alban s'approcha du grillage qui entourait le square et passa sa main à travers les mailles pour attirer l'attention d'un enfant qui jouait derrière. Le petit – quel âge pouvait-il avoir ? Deux, trois ans ? – était occupé à fouiller la terre, y creusant un trou de ses deux mains, et semblait très concentré sur sa besogne.

— Hé ! Hé ! Psst ! Viens ! Viens voir !

L'enfant ne réagissant pas à son appel, Alban, sans réfléchir, se mit à siffler. Jade allait lui dire que c'était inutile, ces enfants-là étaient sourds, l'avait-il oublié ? Mais le petit tourna la tête dans sa direction et s'approcha. Alors qu'Alban tendait un peu plus la main dans l'espoir que le petit, en retour, lui donne la sienne, sa mère bondit du banc sur lequel elle était assise et courut vers son enfant qu'elle tira vivement en arrière en le saisissant par le col.

— Qu'est-ce que vous lui voulez ? demanda-t-elle. Pourquoi vous le regardez comme ça ?

Son agressivité était si marquée qu'Alban ne sut que répondre.

— Mais rien, je… Excusez-moi, balbutia-t-il, je ne voulais pas…

La femme était déjà loin.

Alban se tourna vers Jade, qui était restée en retrait.

— Qu'est-ce que j'ai fait de mal ?

Jade haussa les épaules en signe d'ignorance.

— Cette femme doit être un peu à cran, je suppose. Viens, on rentre !

À cran, elles l'étaient toutes, vérifia Jade dans les jours qui suivirent.

Il était impossible de faire connaissance avec tous les voisins de la tour, mais elle eut envie au moins de se présenter aux familles qui habitaient sur le même palier. (Il y en avait trois.) À chacune de ses tentatives, le même scénario se répéta.

Les coups frappés à la porte provoquaient aussitôt un long silence. On éteignait la musique s'il y en avait, ou la télévision, la radio. « Chut ! Tais-toi donc ! » Un ordre murmuré d'une voix craintive. Puis des pas hésitants à l'intérieur, le judas qui se soulève, la porte qui s'entrouvre, laissant à peine entrevoir un visage dans l'interstice.

— Bonjour ! Jade Lemestre, je suis votre nouvelle voisine, j'habite au numéro 3.

— Bonjour.

CHAPITRE 10

Silence.

— Euh, je… Je me demandais si…

Jade aurait aimé qu'on lui propose d'entrer, qu'on lui offre un café, elle ne demandait qu'à partager un moment de convivialité, aussi bref fût-il. Elle aurait voulu aussi poser quelques questions. Sur les enfants, l'école, la vie du quartier, sur une multitude d'autres choses encore, mais l'accueil était toujours si glacial. La porte ne faisait que s'entrebâiller, jamais elle ne s'ouvrait en grand. Au contraire. Si, par réflexe plus que par curiosité, Jade laissait errer son regard à l'intérieur, elle se refermait davantage.

— Une autre fois peut-être, je suis un peu débordée aujourd'hui.

Et la porte finissait par claquer.

Parfois pourtant, Jade avait le sentiment que certaines de ces femmes avaient (auraient eu) envie de lui parler. L'une d'elles, une fois, après l'avoir rabrouée, revint sonner chez elle dans les minutes qui suivirent.

— Excusez-moi, lui dit-elle. Je ne voulais pas me montrer aussi rude, mais… Vous savez, n'est-ce pas, que nous ne sommes pas censées communiquer entre nous ?

— Non, je l'ignorais.

— Pourtant vous avez bien signé un contrat ?… Vous ne l'avez pas lu ?

— Pas dans son intégralité, non, avoua Jade.

Ce maudit contrat faisait plus d'une trentaine de pages. Alors non, elle ne l'avait pas lu en entier et s'était contentée de le parcourir en diagonale.

— L'assistante sociale vous l'expliquera sans doute, nos échanges doivent être réduits au strict minimum. C'est comme ça. Bon, ajouta aussitôt la jeune voisine, visiblement embarrassée, il faut que je rentre !

Et de filer chez elle, disparaissant dans la pénombre du couloir. Jade n'eut même pas le temps, lui sembla-t-il, de l'observer assez pour être en mesure de la reconnaître si elle venait à la croiser dehors.

Une autre cependant lui parla plus longuement, sans donner l'impression de commettre une infraction à la loi. Ce fut elle qui sonna d'elle-même à la porte de Jade. Elle accepta d'entrer et de prendre un café.

— Je vois que vous avez une valise, remarqua Jade en s'asseyant près d'elle. Vous partez en voyage ?

— Non, je m'apprête à quitter la tour définitivement. Nous… Nous sommes arrivés, mon mari et moi, au terme fixé par le contrat d'adoption.

Elle eut un rapide mouvement de la main, la portant à son front, ou peut-être à ses yeux, comme pour essuyer une larme, mais Jade n'aurait pu l'affirmer, le mouvement avait été si discret, si furtif.

— J'avais envie de vous dire un mot avant de partir, poursuivit la femme sur un ton plus ferme. C'est dommage que nous nous croisions seulement maintenant, je ne sais pas pourquoi, j'ai l'impression que nous nous serions bien entendues, toutes les deux. Je voulais avant tout vous rassurer, parce que vous m'avez l'air un peu tendue et je me souviens que je l'étais moi aussi quand nous nous sommes installés ici. Vous allez voir, ce n'est pas si compliqué. Au début vous serez un peu désorientée, débordée, peut-être même paniquée, mais quelle mère ne l'est pas lorsqu'elle a un premier bébé ? C'est vrai que ces enfants qu'on nous confie sont difficiles, beaucoup plus que les autres, mais ils sont tellement, tellement attachants !

CHAPITRE 10

Elle eut à nouveau ce même mouvement rapide, une main levée vers son visage. Elle s'efforçait de dissimuler son émotion, mais les tremblements de sa voix la trahissaient.

— Autre chose ! N'en veuillez pas à vos voisines. Elles ne vous connaissent pas encore, elles se méfient. Ici, on craint toujours les nouveaux arrivants. Il faut le temps de s'assurer qu'on peut leur faire confiance. Personne n'est à l'abri d'une dénonciation.

— Une dénonciation ? s'étonna Jade.

— Oui, n'importe lequel de vos voisins, s'il juge que vous élevez mal votre enfant, s'il entend des bruits suspects, peut vous dénoncer aux services sociaux. Rassurez-vous, cela s'est rarement produit dans cette tour, mais ailleurs dans le quartier c'est arrivé, oui. En plus, des bruits courent comme quoi les services sociaux infiltreraient maintenant des mouchards parmi les locataires des tours. Des couples qui prétendent être en attente d'un enfant et qui ne sont là que pour espionner… Oh ! Mais quelle idiote je suis ! s'écria-t-elle un instant après en voyant l'expression horrifiée de Jade, moi qui voulais vous rassurer, j'ai fait exactement l'inverse.

— Non, pas du tout, vous avez bien fait de me mettre au courant.

— Bon, eh bien…

La femme jeta un regard nostalgique, attendri, sur l'appartement de Jade comme s'il s'agissait du sien – Jade découvrirait plus tard qu'ils étaient tous parfaitement identiques –, s'attardant sur tel ou tel endroit en particulier, et l'on devinait, au sourire qui s'esquissait sur ses lèvres, qu'un souvenir y était attaché et lui revenait en mémoire.

— Il faut que j'arrive à m'arracher d'ici ! Pour de bon ! Mon mari m'attend en bas !

Elle se leva, serra chaleureusement la main que Jade lui tendit, puis l'attira vivement à elle et l'embrassa sur la joue.

— Profitez bien de chaque instant ! Les bons moments passent si vite !

Et elle s'enfuit elle aussi, s'engouffrant dans l'ascenseur alors que Jade aurait aimé la retenir.

— On se casse d'ici ! décréta-t-elle le soir lorsque Alban rentra.

— Qu'est-ce qui s'est passé encore ?

La question d'Alban ne trahissait ni impatience ni agacement. Accoutumé au tempérament fougueux et entier de sa femme, il s'amusait souvent de ce qui la mettait hors d'elle.

Jade lui fit part de la conversation qu'elle avait eue avec la femme dans l'après-midi.

— Bon, eh ben maintenant qu'on sait pourquoi les voisins sont si méfiants, on comprend mieux leur attitude. Laisse-leur le temps ! Quand ils verront qu'on n'est pas des espions ou des mouchards, ils se détendront. Elle était sympa, cette femme, non ? Alors il doit bien y en avoir d'autres. De toute façon, qu'est-ce qu'on en a à foutre, des voisins ? On ne vit pas avec eux ! *Tu* vis avec moi, *je* vis avec toi, et bientôt il y aura le petit, c'est ça le plus important.

Oui, il avait raison, une fois de plus.

Au diable les voisins, le quartier, les Blancs, les Bleus, les enfants naturels, les Adoptés, les @toptés, tous ! *Merde à la fin !*

Pendant les dernières semaines qui la séparaient de l'arrivée de son enfant adoptif, Jade prit plaisir à s'enfermer chez elle et entreprit la réfection de l'appartement auquel elle avait envie d'apporter sa touche personnelle. Elle s'attela tout spécialement à égayer la chambre qui allait bientôt accueillir son petit pensionnaire. Papier peint de son choix aux murs. Berceau et table à langer refaits à neuf grâce à une peinture de couleur vive. (Fourni par l'administration, le mobilier de la chambre était si triste qu'il avait l'air de sortir tout droit d'un orphelinat du XXe siècle.) Elle accrocha des rideaux, lustra le parquet, s'adonna à mille petits travaux qui générèrent autant de petites dépenses, mais après tout, elle avait déjà perçu sa première allocation mensuelle, alors autant en profiter ! Alban, lui, ne manquait pas, dès qu'il le pouvait, de l'aider, et rapportait de temps en temps un jouet trouvé sur la banquette arrière de son taxi ou une babiole achetée dans une de ces boutiques de la Bleue où l'on vendait de tout.

Jade se trouva peu à peu dans le même état d'esprit qu'une mère naturelle. Parfois, elle se surprenait même à passer la main sur son ventre, comme s'il s'était arrondi, comme s'il portait un bébé, un vrai. Elle se sentit mieux, beaucoup mieux.

Prête.

CHAPITRE 11

Le jour J.

Un coup de sonnette. *Oh ! Mon Dieu ! Déjà !* Jade aurait aimé avoir le temps de se maquiller un peu, de se faire belle pour ce premier contact avec son enfant. Elle courut en tous sens, soudain désorientée, comme si elle ne trouvait plus l'entrée de l'appartement, puis enfin se planta devant la porte et demeura immobile, incapable de poser la main sur la poignée et d'ouvrir. Ce qu'Alban s'empressa de faire avec un sourire rassurant. L'assistante sociale en charge de leur dossier entra et déposa sur le seuil un panier en osier où était couché le bébé.

Un panier en osier, comme si elle revenait du marché. Il y a quoi, là-dedans ? Des patates ?

— Voici Gingo ! déclara-t-elle.

— C'est un garçon ? demanda Jade.

— Évidemment ! On ne peut adopter que des garçons, vous le savez bien ! Imaginez un peu les problèmes à l'adolescence s'il y avait des filles ! rétorqua l'assistante sociale.

Jade, qui avait à peine écouté la réponse à sa question, retint son souffle et lança un coup d'œil en direction d'Alban avant de se pencher au-dessus du couffin. Elle écarta un pan de la couverture qui cachait le visage du bébé et eut aussitôt un vif mouvement de recul.

Mon Dieu ! Comme il était laid ! Elle le savait pourtant, qu'il serait laid, elle savait à quoi s'en tenir depuis le début. Même si elle s'était enfermée chez elle ces derniers temps, elle avait auparavant croisé plusieurs de ces enfants dans la tour et dans le quartier. Mais elle avait fini par se persuader (quelle naïveté !) que le sien n'aurait pas un physique aussi ingrat. À cet instant, tel un coup de couteau supplémentaire venant blesser son cœur, le souvenir précis des adorables visages de Tab et Hash se rappela à elle.

Jamais elle n'avait vu un bébé aussi laid. D'ailleurs… D'ailleurs un bébé n*e pouvait pas, ne devait pas être aussi laid !* « Bébé », deux syllabes si éloquentes ! On ne pouvait les prononcer qu'en souriant, non ? Or comment sourire en regardant *ça* ? On avait plutôt envie de pleurer, oui ! Ce petit corps qui s'agitait convulsivement et disait déjà qu'il allait être difforme. Et ce visage ! Oh ! Ce visage ! Ce front si grand, disproportionné, ce nez écrasé, avec des narines si larges qu'on se demandait si ce n'était pas le nez entier qui avait été perforé, ces oreilles décollées, plantées bien trop haut, telles deux feuilles de chou, de part et d'autre des joues, ce crâne en forme d'obus, ce menton en galoche, et puis… Mon Dieu, mais ! Il avait déjà du poil au menton ! Deux, exactement, qui poussaient comme une mauvaise herbe. Comment pourrait-elle aimer un enfant aussi moche ? se demanda-t-elle.

Elle chercha à croiser le regard d'Alban. Est-ce qu'il partageait son aversion ? Il n'en avait pas l'air. Agenouillé près du couffin, il observait le bébé en souriant. Mais c'était plus facile pour lui que pour elle. Ce serait à elle, elle, la mère de substitution, qu'incomberaient la plupart des tâches.

L'argent. L'argent tombera chaque fin de mois, pensa-t-elle pour se rassurer.

Mais cette perspective n'était pas suffisante. Plus maintenant. Comment aurait-elle le courage de se lever plusieurs fois par nuit pour le nourrir (*au biberon, seulement au biberon, fort heureusement !*), pour le changer (*Oh ! Mon Dieu, le contenu de ses couches !*), pour le bercer s'il refusait de se rendormir ? Non, elle n'y arriverait pas. Même avec l'allocation. Mieux valait ne pas avoir d'enfant du tout qu'avoir un enfant pareil ! Elle fut tentée de prendre le panier et de le flanquer à l'instant sur le palier.

Retour à l'expéditeur.

— On ne vous demande pas de l'aimer, précisa l'assistante sociale, devinant ses pensées. On vous demande de vous prêter à une étude sur la cellule familiale. C'est ça, le plus important. D'ailleurs je vous conseille de ne pas vous y attacher outre mesure. Ces enfants-là ont en général une espérance de vie assez courte.

— Pourquoi ? demanda Jade, sentant une petite pointe d'acier lui transpercer le cœur.

L'assistante sociale haussa les épaules pour signifier que la réponse précise lui échappait ou qu'elle n'avait pas envie de se lancer dans une explication trop longue.

— Plusieurs facteurs entrent en jeu. C'est fonction de leur constitution au départ, bien sûr, de leur faculté de résistance. Certains supportent mal le changement de milieu. À l'Institut, ils sont habitués à vivre entre eux… D'autres ont une grosse demande affective et, si elle n'est pas comblée, ça les perturbe. Enfin, il n'y a pas de règle générale.

Une grosse demande affective. *Ils ont besoin d'amour.* Oui, bien sûr. Les pauvres ! pensa Jade, jetant un autre regard en direction du panier. Alban, qui décidément n'avait pas l'air de partager ses réticences, caressait la joue du bébé et marmonnait quelques paroles à son intention. *Hé ! Salut, toi !*

— Il est capital que vous l'éduquiez selon les règles précisées ici, enchaîna l'assistante en désignant du doigt un passage du formulaire d'adoption. Vous l'avez lu attentivement, j'espère ?

— Oui, oui.

Faux. Après le bref échange qu'elle avait eu avec cette voisine qui, déjà, avait mentionné le formulaire, Jade avait essayé de s'y replonger, mais elle avait renoncé à aller au bout. Elle avait fait l'impasse sur les nombreux articles – il était rédigé comme un contrat – qu'elle considérait comme du charabia administratif. Le jargon blanc. Agenouillée à côté d'Alban près du panier, occupée à regarder le petit Gingo, elle n'écoutait plus que d'une oreille les paroles de l'assistante sociale.

— Bien, reprit celle-ci, il est très important, j'insiste vraiment là-dessus, *très important* que vous remplissiez régulièrement ces questionnaires. (Elle déposa une pile de feuillets sur la table.) Ils feront le lien entre nos services et vous. Toutes vos réponses seront étudiées par nos spécialistes. Ah ! J'allais oublier ! Vous disposez d'un portable, poursuivit-elle en sortant l'appareil de sa sacoche.

Jade y jeta un regard distrait et remarqua qu'il s'agissait d'un modèle nettement moins sophistiqué que celui qu'on lui avait fourni quand elle travaillait chez les Alma.

— Vous trouverez dans le répertoire quatre numéros. Le premier est celui de l'école où sera scolarisé Gingo d'ici trois ans, il sera activé en temps voulu ; le deuxième est celui de mon service, si vous avez besoin de me joindre, moi ou une de mes collaboratrices ; le troisième est celui de la psychologue ; et le quatrième enfin celui du Centre de Recherche sur l'Enfance. Si vous avez besoin d'un pédiatre, le Centre vous en enverra un. Je précise (elle prit un ton de maîtresse d'école qui déplut fortement à Jade) que ce téléphone est strictement personnel. On ne se prête pas les portables entre voisins. Tous les problèmes liés à l'enfant doivent transiter par nos services, et nos services uniquement. Voilà. Avez-vous des questions ?

Oui, une. Tu dégages quand ?

Jade n'eut guère besoin de dire tout haut ce qu'elle pensait. L'assistante sociale n'avait qu'une hâte, partir. Les assistantes sociales étaient des citoyennes blanches et elles n'aimaient guère s'attarder dans la Cité bleue où, déconnectées de leur APR, elles se sentaient désorientées dans un environnement qu'elles jugeaient dangereux. Elle vida les lieux séance tenante, sans un regard pour le bébé.

Alban fut le premier à le prendre dans ses bras. Jade, serrée contre son époux, put alors observer Gingo plus sereinement. Il était si petit, ce pauvre bout de chou ! Il avait l'air si fragile ! Il tremblait de froid dans la couverture dont on l'avait enveloppé en hâte. Elle était mitée, d'ailleurs, cette couverture, elle puait le fauve, ce qui laissait présager des mauvais traitements subis par ces malheureux, à peine nés. Elle demanda à Alban de l'en débarrasser et alla vite chercher dans sa penderie un vieux pull-over. Elle y enroula le bébé et le prit dans ses bras. Elle le sentit s'agripper fortement à elle, tout contre son ventre, comme s'il cherchait une poche afin de s'y lover. Il passa un de ses bras – des bras trop longs, disproportionnés par rapport aux jambes – autour de son cou, attrapa un bout de laine qui saillait d'une couture et se mit à le téter avidement. Pauvre petit ! Il devait être affamé. Jade fila à la cuisine préparer un biberon et ce faisant, elle goûta la chaleur de ce petit corps blotti contre le sien, elle sentit palpiter son cœur, il battait si vite, affolé qu'il était ! Elle l'écarta un peu pour l'observer à nouveau. Il n'apprécia pas du tout qu'elle le contraigne à s'éloigner du nid douillet qu'il venait à peine de se fabriquer et se raidit afin de résister. C'est qu'il avait déjà de la force ! Il fit la grimace, fronçant le nez, creusant ainsi une multitude de petits sillons et de ridules autour de ses yeux qu'il leva vers elle.

Ses yeux.

Ronds, grands ouverts, couleur noisette, agrémentée d'une touche plus claire, comme une goutte de miel déposée autour de l'iris. Ils avaient une expression de candeur telle que Jade sentit sa gorge se nouer. La beauté de ces yeux-là compensait largement la laideur du visage. On ne voyait qu'eux, on oubliait tout le reste.

Oui, mais…

La beauté des yeux compenserait-elle le retard mental, le handicap ? Notamment lorsqu'il grandirait – il ne resterait pas éternellement un bébé attendrissant. Jade chassa cette pensée. *On verra bien. Chaque chose en son temps.*

Les autres enfants aussi cessent d'être des bébés attendrissants. Ils réservent des surprises à leurs parents, bonnes ou mauvaises. Et c'est cela, le sel de la vie, les surprises, les accidents sur une route qui n'a rien d'une ligne droite.

CHAPITRE 12

Des biberons. Des couches. De l'amour. Beaucoup d'amour.

Voilà ce dont Gingo eut besoin au cours de ses premiers mois. Comme n'importe quel autre enfant. Jade se serait bien passé des conseils dispensés par la psychologue lors de ses appels ou de ses visites. Un vrai supplice que ces visites ! Toujours à l'improviste ! Toujours au mauvais moment, comme un fait exprès. Jade eut peu à peu le même réflexe que ses voisines. Silence après le coup de sonnette. Soulever le judas. Entrouvrir la porte. Sauf que là, elle n'avait pas la possibilité de renvoyer sa visiteuse.

Elle fit une découverte capitale dès la première semaine. Dire que l'assistante sociale n'avait même pas jugé bon de l'en avertir !

Gingo n'était pas sourd.

Il réagissait aux bruits. Il réagissait au son de sa voix. Elle prit ainsi l'habitude de lui parler beaucoup, sans arrêt. Cela ne pourrait qu'éveiller son intelligence, non ? « Le murmure d'une mère à son nourrisson est plus expressif que nos mots. »

Elle se souvint de cette phrase de Darwin, qui affirmait aussi que les mimiques de la mère revêtaient une importance capitale, au vu de la capacité des enfants à imiter les adultes. Alors elle prit aussi l'habitude, en s'adressant à Gingo, de faire des mimiques, des grimaces de toutes sortes. Et par un étonnant jeu de miroir, Gingo les reproduisait, instaurant déjà une forme de dialogue.

C'était un bébé étonnamment fort. Lorsqu'il attrapait sa main et la serrait, Jade devait parfois écarter ses cinq doigts un à un pour se libérer. Elle frissonnait dans ces moments-là à l'idée que cette force se développerait très vite, plus vite que chez tout autre enfant. Cela lui attirerait-il des ennuis ?... Curieusement, cette force se doublait d'un tempérament très craintif. Le moindre bruit perturbait Gingo, le grincement d'une porte, le craquement du bois sur le plancher, le cri d'un animal le plongeaient dans une terreur indicible.

Sa santé aussi était fragile. Il se montrait particulièrement sensible aux changements de température et aux courants d'air. Il était souvent enrhumé, avait mal aux oreilles, à la gorge, ses voies respiratoires étaient encombrées. Mais sur ce point-là au moins, Jade fut vite rassurée. Comme le lui avait recommandé l'assistante sociale, la première fois que Gingo tomba sérieusement malade – il avait alors trois mois –, elle appela le Centre de Recherches sur l'Enfance et on lui envoya aussitôt un médecin.

Le docteur Monge n'était pas un pédiatre *lambda* travaillant pour les services sociaux, mais un jeune et brillant chercheur. Il dirigeait l'Institut n° 6, l'un des établissements où les futurs Adoptés venaient au monde, l'un des rares où les pensionnaires bénéficiaient de bons traitements, disait-on. Monge y supervisait la plupart des naissances, il avait été là le jour où

CHAPITRE 12

Gingo était né. Il l'avait tenu dans ses bras dès les premières secondes de sa vie, c'est lui qui avait choisi son prénom et il avait été particulièrement peiné que sa mère n'ait pas survécu à l'accouchement. (Il avait vainement tenté de la sauver.) Cette consultation de routine chez les Lemestre n'entrait pas dans ses fonctions, mais il tint à la faire lui-même, soucieux de savoir quelle famille avait adopté son petit protégé. Il fut vite rassuré.

De son côté, dès cette première visite, Jade eut la conviction que Monge était différent des autres Blancs.

— Hé ! Gingo ! s'exclama le jeune médecin avec une joie qui n'avait rien de fabriqué en entrant dans la chambre du petit. Incroyable ! Je te reconnais à peine tellement tu as grandi !

Et de le prendre dans ses bras avec une tendresse et une délicatesse qui laissèrent Jade perplexe. Quelle différence avec l'assistante sociale qui avait posé le panier par terre comme un vulgaire colis, qui n'avait pas jeté un seul regard à Gingo en partant. Quelle différence aussi avec la froideur de la psychologue ! Encore sur la défensive, un peu guindée, Jade ne dit rien et se contenta de sourire en voyant Gingo, malgré la forte fièvre dont il souffrait ce jour-là, faire au médecin un de ces baisers si particuliers dont il avait le secret. Il avançait la mâchoire inférieure – cette mâchoire prognathe que Jade ne voyait plus du tout maintenant comme un défaut – et la collait sur la joue comme une petite ventouse. Le résultat était qu'il pinçait la joue et que cela n'était pas spécialement agréable, d'autant que les baisers de Gingo avaient tendance à se prolonger ; ils étaient collants, au sens propre du terme.

Mais cela ne parut pas gêner Monge, qui se dégagea tout doucement avant de recoucher Gingo dans son lit. Jade lui tendit un mouchoir pour essuyer le savant mélange de bave et de morve que le petit avait laissé sur ses joues en témoignage de son affection. Monge s'essuya rapidement, comme s'il épongeait simplement de la sueur, sans afficher le moindre signe de dégoût, puis il sortit un stéthoscope de son sac qu'il prit soin de réchauffer entre ses mains avant de l'appliquer sur la poitrine de son petit patient. Nouvelle marque de délicatesse qui n'échappa guère à Jade.

— Ce n'est rien du tout, bonhomme ! Un méchant rhume qu'on ne va pas laisser dégénérer en bronchite aiguë ! On va vite soigner ça ! déclara-t-il une fois l'auscultation terminée. Quelques gouttes dans le nez et les oreilles, cinq jours d'antibiotiques et tu seras en pleine forme. Je vais aussi te prescrire un prélèvement d'urine et de selles ! Rassurez-vous, c'est un contrôle de routine, précisa-t-il à l'intention de Jade dont il perçut l'inquiétude.

Il rédigea une ordonnance qu'il posa sur la table de chevet. Il aperçut alors un flacon de médicaments, le saisit et, lisant l'étiquette qui y était collée, parut soudain contrarié.

— Jetez ça ! dit-il à Jade.

— Mais c'est la psychologue qui me l'a donné, protesta Jade. Elle m'a assuré que ça rendrait Gingo moins nerveux, qu'il dormirait mieux. Il a si souvent peur, le moindre bruit le réveille et il met un temps fou à se calmer !

— C'est tout à fait normal qu'il soit craintif. Plus qu'un autre enfant au même âge. La peur fait en quelque sorte partie de… son patrimoine génétique, c'est une peur qui lui sera très utile lorsqu'il grandira, elle renforcera son instinct de survie. Ce médicament est un modérateur d'humeur, précisa-t-il. Gingo dormira peut-être mieux, mais ça va aussi ensuquer son cerveau et l'abrutir. Les effets secondaires sont très néfastes. Faites-moi confiance et flanquez-moi ça à la poubelle ! S'il vous plaît !

Il s'interrompit un bref instant, observa Jade en silence,

rivant ses yeux aux siens comme s'il n'était pas encore tout à fait sûr de pouvoir lui faire confiance. Il ajouta la suite en aparté, se penchant vers son interlocutrice, comme s'il craignait la présence d'un mouchard dans la pièce.

— L'étude pilote qui a été mise en place sur les enfants adoptés vise essentiellement des questions d'héritage génétique. L'étude comportementale à laquelle on vous demande de vous prêter se double d'une étude clinique sur de nouvelles molécules. Comme la mère de Gingo s'est montrée violente… (Il hésita à nouveau, baissa davantage la voix.) Pour tout vous dire, elle a étouffé son premier enfant.

Il leva un bras pour tempérer la réaction de Jade, qui avait aussitôt porté la main à la bouche en étouffant un cri.

— Ne la jugez pas ! La malheureuse a accouché alors qu'elle se sentait prisonnière au sein de l'Institut, elle était profondément déprimée… En termes simples, l'étude présuppose que Gingo aurait hérité du caractère de sa mère et veut agir en amont pour juguler toute ressemblance. Moi, je… Je ne suis pas censé vous le dire, et je vous demande de garder ça pour vous, mais je ne suis pas d'accord ! ajouta-t-il. Pourquoi Gingo aurait-il forcément hérité de la violence de sa mère ? Absolument rien ne le prouve. D'autant que, comme je vous l'ai dit, elle avait des circonstances atténuantes, son acte n'avait rien de prémédité.

Jade fut bouleversée par ces révélations. Ni l'assistante sociale ni la psychologue ne lui en avaient soufflé mot. Elle regarda Gingo – il somnolait après l'examen – et imagina un bref instant ce frère qu'il avait eu, mort étouffé, puis son regard dériva vers le flacon de médicaments.

— Vous avez raison, trancha-t-elle, revenant brusquement à elle.

Elle se leva et alla vider les pilules dans les toilettes. Elle décida dès lors qu'elle ferait de même si les services sociaux s'avisaient de lui fournir d'autres médicaments et donnerait le change en improvisant des réponses sur les questionnaires qui les accompagnaient.

Lorsqu'elle revint dans la chambre, Gingo était réveillé. Comme si la présence du médecin à son chevet avait suffi à le guérir, il paraissait en meilleure forme, sa respiration – déjà bruyante en temps normal, elle l'était davantage à cause du rhume – semblait moins sifflante. Il avait mis le stéthoscope autour de son cou et, maladroitement, tentait de mimer les gestes de Monge et de l'ausculter.

— Je le trouve très réceptif aux paroles, remarqua celui-ci. Vous devez lui parler beaucoup, non ?

— Oui, en effet.

— C'est très bien, continuez. Vous avez commencé l'apprentissage des signes ?

— Non, pas encore, c'est un peu tôt, non ? Je croyais que les instructrices s'en chargeraient à l'école.

— Rien ne vous empêche de commencer dès maintenant. L'habileté manuelle de ces enfants se développe très tôt, ils arrivent très vite à synchroniser leurs gestes, vous allez voir. Regarde-moi, Gingo !

Il n'obtint pas tout de suite l'attention du petit, trop occupé à jouer avec le stéthoscope que Monge dut lui subtiliser avec habileté. Il leva ensuite ses deux mains et agita ses dix doigts en souriant.

— « Chatouilles ! »

Après avoir signé le mot plusieurs fois, il chatouilla Gingo sous les aisselles. Le petit éclata de rire, une succession de halètements bruyants et discordants, tout en se trémoussant allègrement. Lorsqu'il fut enfin calmé, Monge lui prit les mains, les leva à hauteur de sa poitrine et fit bouger ses doigts comme il l'avait fait lui-même auparavant.

— « Chatouilles », répéta-t-il. À toi maintenant !

Gingo reproduisit le signe, plusieurs fois de suite, doublant chacun de ses gestes d'un éclat de rire.

— Bravo ! C'est très bien ! Tiens, tu as mérité un bonbon !

Gingo n'aurait qu'une intelligence restreinte, lui avait assuré le personnel des services sociaux... Le jeune médecin venait de prouver à Jade qu'elle pouvait espérer le contraire. Monge gagna définitivement sa confiance ce jour-là.

— C'est un homme formidable, dit-elle à Alban lorsque celui-ci rentra le soir.

Et elle s'empressa de lui faire un récit détaillé de cette première visite, qui serait suivie de plusieurs autres.

CHAPITRE 13

Jade mit en pratique les conseils du docteur Monge. Elle commença l'apprentissage de Gingo bien avant son entrée à l'école et continua à le faire travailler à la maison lorsqu'il fut scolarisé. Elle eut une pensée pour Viv et Ben. Les devoirs qu'ils imposaient à Hash et Tab. Toute proportion gardée, voilà qu'elle faisait comme eux, non ?

Elle voulait tant que son fils apprenne ! Elle voulait tant qu'il progresse ! Elle voulait prouver aux Blancs que leurs études, leurs recherches, statistiques et prévisions, toutes ces conneries, étaient fausses ! Il lui fallait remplir chaque fin de mois des questionnaires sur le comportement de Gingo, cocher des cases, répondre à des QCM. Elle le fit les premiers temps, scrupuleusement, rigoureusement, puis elle finit par écrire n'importe quoi, quand elle ne prétextait pas qu'elle avait égaré les papiers. *Rien à foutre de leur étude !* Gingo progresserait de manière remarquable, elle en était sûre. Gingo prouverait le contraire de tout ce que les Autorités blanches avaient imaginé pour lui, elle en fit le serment.

Dès lors, Gingo mobilisa tout son temps, toute son énergie. C'était un métier à temps plein que de l'éduquer.

Elle découpait chaque jour des images dans les magazines.

— Ça, chat.

Elle faisait le geste de lisser une moustache imaginaire, prenait la main de Gingo et la modelait pour qu'il répète le geste.

— Ça, maison.

Elle dessinait avec ses deux mains tendues le toit d'une maison. Et Gingo répétait, répétait. Apprenait. Mémorisait. En trois ans, il acquit un nombre considérable de signes, fit des puzzles de plus en plus compliqués, put compter jusqu'à dix-neuf. Il y eut un exercice pour lequel il se montra particulièrement doué. Sur une tablette – un modèle antique, robuste et lourd qu'on distribuait aux Adoptés à l'école –, il fallait reconnaître la position des chiffres apparus à l'écran alors que l'enfant les avait observés moins d'une seconde. Gingo s'en acquitta avec une aisance stupéfiante. Preuve qu'il avait une mémoire à court terme, une mémoire photographique hors norme. Jade se précipita à la bibliothèque pour faire des recherches. Elle lut que cette faculté était typique de ce qu'on appelait Le « syndrome du savant ». *Un savant, Gingo ! L'égal de Hash, alors ?* Mais elle lut aussi que cette mémoire à court terme occultait complètement l'autre. Celle qui donnait un sens à la vie. Au-delà d'un délai de deux ou trois jours, la mémoire de Gingo s'effaçait.

Peu importait. Au vu de ce qu'on lui avait annoncé, Jade trouvait que l'intelligence de son fils se développait bien au-delà de ses espérances. Gingo ne parlait qu'avec les mains, pourtant elle, elle parvenait à *entendre sa voix.*

CHAPITRE 13

Il y eut cependant des apprentissages plus difficiles. La propreté, par exemple. Gingo refusa longtemps le pot, bien plus qu'un autre enfant au même âge. Pourquoi aurait-il interrompu son jeu pour se diriger vers le pot alors que la couche (c'était si pratique !) lui permettait de poursuivre son occupation tout en se soulageant ? Or il faisait pipi très souvent. Il buvait énormément et un déficit en glandes sudoripares le contraignait à éliminer très souvent. Lorsque enfin il prit l'habitude d'aller sur le pot, puis plus tard aux toilettes, ce fut un nouveau supplice qui débuta pour Jade. Fasciné par le mécanisme de la chasse d'eau, Gingo pouvait la tirer dix, vingt fois de suite, y compris la nuit s'il s'était levé, réveillé par une envie pressante.

Et les réveils nocturnes, Gingo en était coutumier.

Une nuit, les yeux grands ouverts dans son lit, il réfléchit à ce qu'il pourrait bien faire pour passer le temps, car il détestait rester inactif. Aller au sous-sol de la tour ? Il y avait déjà passé une bonne partie de l'après-midi. Le sport étant une discipline jugée essentielle pour le bon développement des enfants – et en particulier des Adoptés – pour canaliser leur énergie et juguler la manifestation de toute forme d'agressivité, les sous-sols des tours étaient aménagés en gymnases dotés de nombreux équipements : espaliers, cordes, murs d'escalade, échelles, trapèzes. Il était impérativement demandé aux familles adoptives d'y envoyer leurs enfants le plus souvent possible et c'était une des rares recommandations que Jade suivait à la lettre. Car plus Gingo grandissait, plus il faisait preuve d'une énergie stupéfiante. Il pouvait passer des heures dans le gymnase, grimpant sur les espaliers, les murs d'escalade, sautant d'une corde à l'autre. Ces gymnases tenaient lieu, pour les parents adoptifs, de garderie parfaitement sécurisée. Ils y envoyaient leurs enfants sans qu'aucune surveillance ne soit nécessaire. L'enfant remontait de lui-même lorsqu'il jugeait qu'il y avait passé assez de temps.

La première fois que Jade y accompagna Gingo, elle trouva que le lieu avait quelque chose d'insolite, voire d'effrayant. C'était une grande salle, très haute de plafond, bourrée de gamins hurlant (s'ils étaient muets, leurs cris, eux, étaient bien articulés), gesticulant, courant en tous sens de manière désordonnée, se croisant, se heurtant, se cognant violemment sans que cela parût les gêner. Certains d'entre eux, pris tout à coup d'hystérie, sautaient sur place. La plupart grimpaient à une hauteur qui donnait le vertige. On avait l'impression qu'ils allaient tomber et se rompre le cou, mais ils trouvaient toujours le moyen, au dernier moment, de se raccrocher à un agrès.

« Ils adorent le gymnase ! Vous pouvez l'y laisser autant de temps qu'il le faut, il ne lui arrivera jamais rien, au contraire ! Il en remontera épuisé, et vous, vous pourrez vous reposer. » Ce fut le seul conseil que Jade obtint de ses voisines.

Et en effet, Gingo aimait beaucoup le gymnase, mais à cette heure de la nuit, il n'avait pas envie de faire du sport et il était sûr qu'aucun de ses petits voisins ne s'y trouverait. Y aller seul ne présentait aucun intérêt. Il réfléchit pendant un long moment. Se livra à un exercice de logique qui, si Jade en avait été témoin, l'aurait remplie de fierté. Il y avait un sous-sol dans la tour. On descendait les escaliers pour s'y rendre (ce que lui-même faisait en glissant sur la rampe). Il se dit que si l'on pouvait descendre, il était tout aussi possible de suivre le chemin inverse et de monter, non ? Qu'y avait-il donc en haut de la tour ?

Il profita du sommeil de ses parents pour sortir de sa

chambre et ouvrit tout doucement la porte – il savait se faire discret lorsque c'était nécessaire. Il grimpa à pied jusqu'au trentième étage, sachant que l'ascenseur lui était formellement interdit. Il n'eut plus qu'à pousser une porte et se trouva sur la terrasse de la tour.

Il fut subjugué par le paysage qui s'offrait à lui. Le ciel ! Les étoiles ! Elles étaient à portée de main. Il se hissa sur la pointe des pieds, croyant pouvoir les toucher, voire en attraper une, mais n'y parvint pas. Il alla à l'extrémité de la terrasse et se planta là, à cinquante mètres du sol, au bord du vide, contemplant d'un air béat un panorama sans pareil. Il pouvait voir l'ensemble de la Cité bleue et bien au-delà encore, derrière le mur, la Cité blanche et ses magnifiques monuments, ses innombrables panneaux publicitaires qui trouaient la nuit de leurs éclairs de lumière. Pour la première fois, il prit conscience qu'il y avait quelque chose derrière le mur. Cela attisa terriblement sa curiosité – et ce serait, dès lors, le point de départ de ses ennuis.

Jade, dotée de ce sixième sens qui avertit les mères qu'un danger guette leur enfant, se réveilla cette nuit-là en sursaut, certaine que quelque chose se tramait dans son dos. Elle trouva le lit de Gingo vide et la porte entrebâillée. Elle fila au gymnase. Désert. Le cœur tambourinant dans sa poitrine au point de lui faire mal, sûre d'avoir deviné où se trouvait Gingo, elle fonça sur la terrasse et vit son fils, debout, au bord du gouffre. Sujette au vertige alors que Gingo, lui, n'en souffrait nullement, elle dut ramper à quatre pattes pour s'approcher de lui.

— Recule, Gingo ! Recule tout doucement ! lui dit-elle en lui tendant la main, s'efforçant de garder les yeux ouverts, alors que la tête lui tournait et que son estomac se soulevait.

Gingo n'avait aucune envie d'obéir. Il ne faisait rien de mal ! Il regardait le paysage, c'est tout ! Il ne faisait même pas de bruit ! Il ne gênait personne ! Il signa un « non » catégorique tout en secouant la tête. Au bout d'un moment, trouvant que sa mère avait une drôle de voix, il se tourna vers elle et s'aperçut qu'elle était malade. Blanche comme de la craie, le visage couvert de sueur, toujours à quatre pattes, elle était en train de vomir, comme il le faisait, lui, parfois, après avoir mangé trop goulûment. Il finit par obtempérer et recula.

Il reçut, cette nuit-là, la pire punition qui fût : privé de crêpes trois dimanches de suite.

— Tu as le droit de grimper sur le mur d'escalade du gymnase, lui dit Jade d'un ton sec et cassant après l'avoir recouché. Tu as le droit de grimper aux arbres des squares si tu as envie de prendre de la hauteur en plein air, mais jamais sur la terrasse, jamais aussi haut ! *Jamais*, tu m'entends ? C'est trop dangereux ! *Dangereux !*

Le bras gauche replié à hauteur de la poitrine, elle posa sa main droite dessus, l'index et le majeur dessinant un ciseau, et la leva d'un geste vif.

Ce fut l'occasion pour Gingo d'apprendre un nouveau mot.

Il y eut aussi ce matin-là, au petit-déjeuner. Gingo avait quatre ans.

Il venait d'engloutir un grand bol de céréales au chocolat, suivi de cinq toasts largement tartinés de beurre et de confiture.

— Encore ! signa-t-il. (La main droite tendue frappe la paume de la main gauche.)

— Sûrement pas ! répondit Jade, considérant qu'il s'était suffisamment bâfré.

N'entendant rien à la suite de son refus, elle se retourna

vers Gingo et le vit immobile, pétrifié sur sa chaise, comme si on venait de lui jeter un sort.

— Gingo, ça va ? risqua-t-elle d'une voix mal assurée.

La réponse fut un grognement grave et rauque qui, gagnant en puissance, se mua en un long cri perçant. Cela ressemblait à un aboiement, à ces hurlements à la mort que font les chiens. Jade se figea net elle aussi, regardant son fils comme si c'était la première fois qu'elle le voyait.

Gingo se jeta alors brusquement sur le sol, puis se releva pour aller se cogner aux meubles de la cuisine, l'évier, le four (*encore chaud ! Mon Dieu il allait se brûler !*) telle une énorme toupie lancée à toute vitesse. Elle l'avait déjà vu faire ce genre de mouvements, mais c'était au gymnase, Gingo imitant alors les autres gamins. Ce qu'il faisait là n'avait rien à voir, ce n'était pas un jeu. Il se cognait aux meubles pour se faire mal. Il finit par marteler avec frénésie sa poitrine et sa figure de ses deux poings serrés. Bien qu'impressionnée, effrayée même, Jade ne montra rien de ses sentiments. *Bon Dieu, pourquoi ne leur livrait-on pas un mode d'emploi au moment de l'adoption ? Un guide, en cas de panne ou d'incident ? Dire qu'elle avait critiqué le calme et la sagesse de Tab et Hash ! Peut-être devrait-elle aller vite consulter un de ces questionnaires que lui avait donnés l'assistante sociale lors de sa dernière visite ? Elle lui avait justement demandé si Gingo s'était déjà montré violent ou colérique.*

Elle faillit frapper à la porte d'une voisine, mais se souvint de cette menace de dénonciation dont on lui avait parlé à son arrivée dans la tour. Comment savoir à qui elle pouvait faire confiance ? Alors que la respiration lui manquait, Jade resta de marbre et quitta tranquillement la pièce en refermant la porte derrière elle. Sans dire un mot, sans faire un signe.

Là, elle attendit, haletante, tremblant de la tête aux pieds. Gingo allait-il continuer à se faire du mal ? Détruire la cuisine ? Poursuivre ce raffut au point d'ameuter toute la tour ? Cette fois, c'est sûr, on la dénoncerait… Allait-il défoncer la porte et s'en prendre à elle ?… Mon Dieu ! Et Alban qui n'était pas là ! Jamais Jade ne s'était plainte du fait que l'éducation de Gingo reposait entièrement sur elle, mais ce jour-là elle lui en voulut d'être absent.

Rien de ce qu'elle imagina ne se produisit. Sans le savoir, elle avait adopté d'instinct la meilleure attitude qui fût pour désamorcer la crise : disparaître de la vue de Gingo, le priver de sa présence, générant ainsi une source d'angoisse bien plus terrible pour lui que le toast qu'elle lui avait refusé. L'absence momentanée de sa mère équivalait pour lui à un abandon définitif et le mettait au désespoir. (Lorsqu'il jouait à cache-cache, un jeu qui pouvait durer des heures et des heures, lui seul avait le droit de se cacher, toujours pour les mêmes raisons.) Gingo entrouvrit la porte, passa la tête par l'entrebâillement puis, les yeux rivés au sol, poussant de petits gémissements plaintifs, il s'approcha de Jade et lui tendit la main en signe de pardon.

Jade en profita pour lui apprendre le mot « colère ». (On retrousse les lèvres pour découvrir les dents, on porte les deux mains à hauteur du cou, doigts écartés et recourbés comme si c'étaient des griffes, puis on les abaisse vivement.)

— Colère, sale ! Gingo est très laid lorsqu'il est en colère ! ajouta-t-elle.

Dans les mois qui suivirent, Gingo apprit à maîtriser plus ou moins ses crises en les annonçant.

— Gingo, colère ! signait-il lorsqu'il sentait venir le moment critique.

Il instaurait ensuite un dialogue avec la personne qui se

trouvait en face de lui afin de contrôler sa violence, ce qui constituait un progrès notoire selon Jade. À ceci près que Gingo, en général, insultait son interlocuteur, substituant la colère verbale à la colère physique. Jade s'en accommodait, elle jugeait qu'il valait mieux être violent en paroles plutôt qu'en actes, que c'était déjà un effort conséquent pour Gingo qui ne pouvait apprendre qu'une chose à la fois.

Mais il en allait autrement à l'école, avec les instructrices.

CHAPITRE 14

L'école.

Source de conflits, de problèmes sans fin.

Gingo suivait trois heures d'enseignement quotidien à l'École n° 8. Elle se situait en dehors du quartier réservé aux familles adoptives et un service de ramassage scolaire était prévu à cet effet. Les Autorités blanches avaient décidé de mêler les Adoptés aux enfants bleus au sein de l'école. Étant donné leur retard mental, ils étaient toutefois regroupés dans des classes séparées.

Le carnet de correspondance de Gingo fut très vite criblé de remarques, avertissements, menaces de sanctions, et les instructrices ne manquaient pas chaque jour ou presque de tancer sévèrement Jade lorsqu'elle venait chercher son fils, lui reprochant sa mauvaise éducation. Jade ne tenait pas compte de leurs remarques. Elle les trouvait injustifiées et le disait haut et fort. Nulle autre mère adoptive ne s'était opposée aux méthodes éducatives et n'avait ainsi remis en cause le règlement de l'école.

Les instructrices ne faisaient jamais mention des progrès de l'enfant en matière de langage. L'important pour elles était son comportement. Sa sociabilité. À la différence de Jade, elles avaient bien en tête que les Adoptés faisaient l'objet d'une étude axée essentiellement sur toute manifestation de violence. Il fallait détecter celle-ci avant qu'elle ne se déclare ouvertement. Elles appliquaient ainsi à la lettre les consignes de leur APR – les écoles, comme d'autres administrations de la Cité bleue, étaient connectées. L'un des principes fondamentaux de la société blanche se résumait dans cette formule : accroissement de la sociabilité, décrue de la violence.

Les instructrices étaient mandatées par les Autorités dans la Cité bleue pour des missions temporaires qui ne duraient que quelques mois, après quoi elles repartaient, soulagées de ne plus avoir à passer le mur et se réjouissaient d'enseigner de nouveau à de petites perles d'intelligence ou de sagesse telles que Hash et Tab. Elles n'appréciaient guère ces missions, passage obligé dans leur carrière débutante, et avaient du mal à s'accoutumer aux Adoptés. Il y avait, certes, quelques exceptions. Certaines effectuaient leur travail avec un réel plaisir, elles franchissaient le mur dans le sens Blanc/Bleu sans appréhension, se montraient à l'écoute de leurs élèves et ne se bornaient pas à reproduire les codes de l'enseignement blanc. Mais elles étaient rares et Gingo, malheureusement, n'eut affaire à aucune d'entre elles durant sa courte scolarité.

Il eut droit à de nombreuses punitions.

« Gingo, au piquet, le nez contre le mur sans bouger ! »

Les instructrices se voyaient contraintes d'appliquer des méthodes ancestrales qui eussent été impensables dans les établissements scolaires de la Blanche. Gingo, qui détestait rester immobile, ne tenait pas deux minutes et se mettait à crier si fort que l'instructrice était souvent obligée de céder et de le renvoyer à sa place.

Je tiens à vous préciser, madame Lemestre, que Gingo n'a pas encore assimilé ce qui est socialement acceptable et ce qui ne l'est pas, il accuse de ce point de vue un net retard sur ses petits camarades !

Combien de fois Jade entendit cette phrase ! Souvent l'instructrice lui recommandait l'administration de sédatifs et n'hésitait pas à lui en fournir sur-le-champ un échantillon gratuit. Jade faisait semblant d'accepter mais, forte des conseils du docteur Monge – lui au moins, lui seul, lors de ses visites, se souciait des progrès de Gingo en matière de langage et savait trouver les mots pour réconforter Jade lorsqu'il la sentait sur le point de flancher –, elle flanquait le médicament dans la première poubelle venue, dehors. En prenant soin de vérifier que personne ne l'avait vue. Toujours cette peur, sourde et diffuse, de la dénonciation.

Une fin d'après-midi, elle crut que, sans autre façon, sans qu'on ait pris la peine de la consulter, on avait administré à Gingo un sédatif.

Elle sentit tout de suite que quelque chose n'allait pas. Gingo n'était pas dans la cour de l'école, à trépigner d'impatience derrière le portail ou à essayer de l'escalader comme il en avait l'habitude. Elle dut aller le chercher dans la salle de classe. Et là, elle le vit en effet. Dos voûté, tête entre les épaules, bras croisés sur le pupitre, il était assis sur sa chaise, immobile, le regard morne et fixe. Il donnait l'impression d'être entré dans un moule qui aurait imprimé à ses membres une forme qu'ils ne pourraient plus quitter.

Gingo venait de faire la douloureuse expérience de ce que

les instructrices nommaient « la boîte à temps mort ».

C'était un petit réduit obscur, une sorte de placard à balais aménagé dans le couloir qui desservait les classes des Adoptés. Chaque fois qu'un enfant faisait trop de bruit, qu'il se montrait trop remuant, balançait jouets et crayons sur les murs ou avait un geste agressif envers l'un de ses camarades, l'instructrice l'y envoyait. C'était une punition uniquement réservée aux Adoptés, jamais aux enfants bleus.

Dans « la boîte à temps mort », l'enfant n'avait d'autre possibilité que de se tenir assis. Pas assez de hauteur pour se lever, pas assez de profondeur pour se coucher et piquer un somme qui aurait eu l'avantage de lui faire passer plus agréablement ce moment difficile. Pas assez de largeur non plus pour bouger les bras qu'il devait garder croisés sur sa poitrine. L'endroit n'était pas éclairé. Seul un mince rai de lumière provenant du couloir se faufilait sous la porte, afin d'éviter à l'enfant l'angoisse d'une obscurité totale. En revanche, l'isolement acoustique était, lui, absolu, grâce aux matériaux spécifiques qui couvraient les murs du réduit. Plus un bruit, plus un souffle. Rien. Pour que l'enfant apprenne à goûter le silence. À l'écouter, l'entendre, l'apprécier. Pour qu'il obéisse à l'avenir à l'instructrice lorsqu'elle réclamerait ce précieux silence.

Gingo en était sorti traumatisé. Autant que si on l'avait enfermé dans un tombeau.

— Gingo ? Tu viens ? demanda Jade alors qu'il demeurait assis à son pupitre, n'ayant même pas remarqué la présence de sa mère.

Pas de réaction.

Jade s'approcha de son fils et répéta ses paroles. Il ne parut pas les entendre davantage et fut dans l'incapacité de lever les yeux sur elle lorsqu'elle entreprit de les signer. Elle tourna la tête vers l'instructrice et l'interrogea du regard.

— Gingo a fait de gros progrès aujourd'hui, déclara celle-ci en affichant un sourire satisfait.

De gros progrès ? Parce qu'il a l'air d'une bûche posée dans un coin ?

— Il a appris les bienfaits du silence, précisa l'instructrice tout en enfilant son manteau.

N'ayant guère envie que l'entretien se prolonge - toutes les autres mères avaient déjà récupéré leurs enfants - elle entendait bien montrer qu'elle était prête à partir.

— Le silence ? répéta Jade, méfiante. Qu'est-ce que vous voulez dire ?

Et l'instructrice de lui expliquer que Gingo avait fait un séjour dans la boîte à temps mort. Que cette méthode était très bénéfique aux enfants hyperactifs. Elle provoquait chez eux une sorte de réflexe conditionné : chaque manifestation d'un comportement antisocial entraînait la sanction de l'enfermement et par voie de conséquence, la diminution progressive de ce comportement antisocial.

— Vous savez, poursuivit-elle, il serait très facile d'en aménager une chez vous. Il suffirait d'un débarras, n'importe quel petit espace clos ferait l'affaire. Il y aurait ainsi une continuité entre l'éducation que nous dispensons ici à l'école et la vôtre, à la maison. Vous savez à quel point c'est primordial.

Jade se raidit. Elle avait déjà entendu ça quelque part. Ne tarda pas à se souvenir quand et où. La voix de AX, lorsqu'elle avait émis l'idée qu'elle pourrait sortir avec Hash et Tab. *Le milieu familial peut détruire ce qui est construit à l'école, jour après jour. Il est capital que l'éducation dispensée au sein de la cellule familiale soit en harmonie totale avec celle de l'école. Sans cette adéquation, ce relais de l'une à l'autre, nous reviendrions au chaos qui a corrompu notre jeunesse par le passé,* lui avait-il dit.

— Ah oui, je vois… (Jade fit mine de réfléchir.) Est-ce que, par exemple, le local poubelles conviendrait ?

— Eh bien, si vous n'avez rien d'autre, oui, pourquoi pas ? répondit l'instructrice qui ne perçut pas l'ironie de la remarque.

— Qu'est-ce qui a valu à Gingo un tel châtiment ?

— Une faute impardonnable ! Il a dévalé à toute vitesse les escaliers à l'heure de la récréation. C'est chez lui un comportement récurrent, je vous en ai d'ailleurs avisée plusieurs fois déjà.

— Dévaler les escaliers est une faute ?

— Évidemment, c'est très grave !

— En quoi est-ce si grave ? Vous avez peur qu'il tombe et se blesse ?

— Non, je crains qu'il ne blesse un de ses camarades.

— Ça a été le cas ?

— Pas encore. Mais c'est un comportement à risque, très dangereux. Vous savez sans doute que par le passé, les enfants s'adonnaient à toutes sortes de jeux de violence au sein de l'école. Le jeu de l'escalier en faisait partie. Il s'agissait de descendre un escalier le plus vite possible et de frapper le dernier arrivé.

— Mais Gingo ne ferait jamais ça ! s'insurgea Jade. Il descend vite, parce qu'il a hâte d'aller en récréation pour se dépenser, c'est tout.

— Peut-être, peut-être pas. En tout cas il vaut mieux être vigilant et contraindre Gingo à perdre cette mauvaise habitude.

Sur ces paroles, l'instructrice indiqua la porte, il était temps pour elle de prendre congé. Elle devait fermer la salle, remettre les clés au concierge, s'aventurer ensuite dans les rues de la Bleue afin de trouver un taxi, un moment fort désagréable, dangereux, car elle serait dès lors déconnectée, autant dire livrée à elle-même. Il était temps de mettre un terme à l'entretien.

Jade tira Gingo par le bras pour l'inciter à se lever et passa la porte en saluant l'instructrice d'un bref hochement de tête.

— Bonne soirée ! lança celle-ci, ravie de la voir, pour une fois, aussi raisonnable.

Elle n'eut connaissance que le lendemain de l'esclandre que fit Jade dans le bureau du directeur aussitôt après l'avoir quittée. Ce dernier essuya un torrent d'insultes. Elle exigea que « les boîtes à temps mort », ces instruments de torture, *oui, de torture !* fussent définitivement supprimées. Malheureusement, elle n'obtint pas gain de cause. Personne, avant elle, ne s'était plaint du procédé.

Mais personne ne s'était jamais plaint de quoi que ce soit avant elle. C'était bien là le problème.

La peur s'insinua davantage en elle, creusant un sillon de plus en plus large qui la rongeait de l'intérieur et se faufilait jusqu'à son cœur. Et si elle attirait trop l'attention sur elle à force de s'insurger contre le système ? Elle voyait bien les regards que lui jetaient les autres mères à la sortie des classes, les paroles qu'elles chuchotaient entre elles sur son passage. Et s'il se produisait un incident plus grave, si Gingo faisait à l'école une de ces spectaculaires crises de nerfs dont il lui avait fait la démonstration à la maison ?

Nul besoin d'une quelconque crise. Jade allait l'apprendre bientôt à ses dépens, l'école était directement en lien avec les autorités policières et judiciaires.

CHAPITRE 15

Jade reçut un matin un appel. À la demande d'une instructrice et en accord avec la direction de l'école, des policiers étaient venus chercher Gingo et l'avaient conduit au tribunal pour enfants. Il allait comparaître devant un juge et sa mère était priée de l'y rejoindre immédiatement. Bureau n° 26.

— Gingo a encore fait des siennes ! s'exclama la juge, alors que, venant à peine d'arriver, Jade se tenait debout près de la porte, à bout de souffle après avoir couru comme une dératée.

La juge eut un geste agacé pour désigner la chaise vide à côté de celle où Gingo était assis. En voyant sa mère, celui-ci se leva et signa plusieurs phrases d'affilée, très vite, de manière désordonnée, comme il le faisait chaque fois qu'il était ému ou excité.

— Hommes-boutons ! Hommes-boutons venir chercher Gingo !

« Homme-bouton » était une expression qu'il avait inventée pour désigner les policiers. Quand il les avait vus la première fois patrouiller aux abords du quartier, il avait été fasciné par leur uniforme piqué d'une multitude de boutons qui scintillaient au soleil comme autant de petites perles de rosée.

— Oui, oui, je sais ! Calme-toi et assieds-toi ! signa rapidement Jade.

La juge pianotait des doigts sur son bureau. Des doigts manucurés, aux ongles peints d'un rouge vif, qui accrochèrent le regard de Gingo. Fasciné, il consentit à se rasseoir. Il adorait la peinture – il en faisait beaucoup à l'école – et se demanda si sa mère, en rentrant à la maison, serait d'accord pour qu'il lui peigne les ongles de la même couleur, même si elle n'avait pas de petites mains comme celles de la juge. Potelées, soignées, fragiles comme de la porcelaine. On aurait dit celles d'une poupée. Gingo eut l'impression qu'il pourrait les casser, les briser d'un coup, comme il le faisait avec les jouets qu'il n'aimait plus. (Et il prit conscience qu'il n'aimait pas madame la Juge. *Mais alors pas du tout !*)

— Voyons voir, Gingo a... (La magistrate attendit une fraction de seconde, le temps que son APR lui fournisse la synthèse dont elle avait besoin) cinq ans, et il a déjà un dossier bien chargé... Que nous dit ton dossier ? Veux-tu que j'énonce toute la liste ?

La question, adressée à Gingo, n'en était pas une et la magistrate n'avait d'ailleurs pas pris la peine de la signer.

— Agressions multiples contre les instructrices ! Crises de colère, morsures, vandalisme, pickpocket dans la cour de l'école, tentatives de fugue et maintenant... Maintenant on m'apprend que tu as déféqué en classe ! C'est inadmissible ! À ton âge, tu as déjà un casier long comme le bras. Jusqu'où comptes-tu aller comme ça ?

S'arrachant enfin à la contemplation des ongles de la juge,

CHAPITRE 15

Gingo baissa la tête et fixa ses baskets. La magistrate crut qu'il adoptait une attitude repentie. En réalité, il n'avait rien compris à ce qu'elle venait de dire et baissait la tête parce qu'il s'ennuyait.

Casier. Agressions. Vandalisme. L'espace de deux ou trois secondes, Jade crut que la juge s'exprimait dans une langue étrangère. Toutefois, elle avait bien compris ce qui était reproché à Gingo : il avait « déféqué » en classe. Elle faillit éclater de rire. Un fou rire nerveux qu'elle eut du mal à réprimer.

— Madame la Juge, je peux vous affirmer que cela ne se reproduira plus, affirma-t-elle. Il ne faut pas voir là un acte de provocation, Gingo a dû avoir… un problème… comment dire… digestif.

Elle s'efforça de dissimuler les tremblements de sa voix. De ses mains qu'elle fourra dans ses poches.

— Ce n'est pas du tout l'avis de l'instructrice, madame Lemestre. Selon elle, l'acte de Gingo était totalement délibéré. D'ailleurs, avant cet incident, vous avez été mise en garde à de multiples reprises par les différentes instructrices de votre enfant ! Malgré ces avertissements, il ne se passe pas six mois sans qu'un nouveau délit vienne noircir le casier de Gingo.

Un délit. Il a chié par terre parce qu'il avait mal au ventre, et c'est un délit !

— C'est que, en ce qui concerne les réflexions des instructrices… j'ai toujours trouvé une raison qui justifiait le comportement de Gingo.

— Ça, c'est votre opinion, madame Lemestre, pour ma part je trouve que l'école s'est montrée bien tolérante !

Il y eut un silence. La juge se remit à pianoter nerveusement sur son bureau. Gingo redressa vivement la tête pour observer à nouveau ses ongles rouges qui faisaient comme un bruit de marteau.

— Les fautes des enfants ne sont que les conséquences des erreurs commises par leurs parents ! reprit Jade.

Un temps à nouveau. Et un point en faveur de Jade. La juge fut très sensible à la formule, dont elle trouva la finesse étonnante pour une Bleue. Elle approuva d'un petit hochement de tête.

— C'est exact ! Mais si vos méthodes éducatives laissent à désirer, si vous n'arrivez plus à contrôler votre enfant, vous savez ce qui se passera, n'est-ce pas ?

— Oui, madame la Juge, vous me retirerez la garde de Gingo et il retournera en Institut.

La fermeté de Jade s'ébranla. Elle dut s'efforcer de dissimuler et refouler les larmes qu'elle sentit monter en elle. Imaginer qu'on puisse lui enlever Gingo était intolérable. Le seul fait d'y penser la rendait malade.

— Nous n'en arriverons pas là. Je peux vous assurer que je suis tout à fait capable d'élever Gingo dans le respect des règles.

Ces fichues règles. Il y en avait tellement ! Il y en avait trop ! Ni elle ni Gingo – comme si une hérédité qui ne les liait pas jouait de façon mystérieuse – n'arrivaient à les respecter.

Jade riva son regard sombre dans les yeux clairs et vides de la juge. De petits yeux bleus qui évoquaient deux trous percés dans la cire de son visage.

— Gingo va se reprendre, ajouta-t-elle. N'est-ce pas, Gingo ? signa-t-elle. Tu ne recommenceras plus ! Tu dois demander à aller aux toilettes, comme tu le fais à la maison. Dis-le à madame la Juge !

— Oui, Gingo plus caca par terre ! Gingo, sage ! Très sage ! Comme image !

Il signa sa réponse avec des gestes nets, précis, sans

hésitation, puis il agita fortement la tête de haut en bas pour confirmer sa promesse.

Il s'ensuivit un long silence pendant lequel la magistrate se connecta à son APR avant de conclure l'entretien. Un profond soupir s'exhala enfin de sa bouche comme si elle voulait, en une seule fois, vider tout l'air que contenaient ses poumons.

— Bon, va pour cette fois, Gingo ! Mais attention, on ne passe le seuil de mon bureau que deux fois ! À la troisième, c'est la prison !

Jade bondit de sa chaise à ce mot. *Jamais ! Jamais mon fils n'ira en prison, tu m'entends, sale pouffiasse ?* Mais elle savait qu'elle ne devait pas répliquer, que, pour une fois, elle devait au contraire faire profil bas. Elle se confondit en remerciements et en formules de politesse, saisit la main de Gingo et l'entraîna dehors. Elle avait le sentiment qu'elle devait faire vite, partir, déguerpir avant que la juge ne change d'avis.

Visage fermé, elle demeura muette le temps de quitter le bâtiment du tribunal pour enfants et l'œil des caméras de surveillance dont il était truffé – elle les avait repérées en entrant. Elle ne répondit pas aux questions de Gingo. Celles-ci n'avaient aucun rapport avec ce qui venait de se passer, Gingo avait déjà oublié ce long moment d'ennui. Il avait faim et demandait à sa mère ce qui était prévu au déjeuner.

— Gingo vouloir spaghettis sauce rouge ! signa-t-il avec vigueur.

Une fois arrivée à la station de bus, Jade se figea, serra ses deux poings qu'elle leva à hauteur de son visage et, profitant qu'il n'y eût personne à côté d'elle, se mit à hurler. Son cri fut à peine couvert par le moteur du bus qui approchait.

— Toi, colère ! Colère, sale ! signa Gingo, stupéfait par le comportement de sa mère.

CHAPITRE 16

— Tu n'entres jamais là-dedans ! avait dit Jade d'un ton ferme, séparant et articulant les mots à outrance. C'est dangereux, *dan-ge-reux*, compris ?

— Compris, avait répondu Gingo d'un geste net et précis.

Mais il mentait. Jade ne le devina pas sur le moment, Gingo était alors en pleine croissance et il changeait. Son comportement se nuançait depuis quelque temps de différences sensibles, des espèces de codes que Jade n'avait pas encore appris à maîtriser dans leur intégralité. Si Gingo avait pu parler, articuler sa réponse, elle aurait sans doute perçu une inflexion particulière ou une légère hésitation dans la voix qui l'aurait alertée. Elle ne savait pas encore que, lorsque Gingo répondait à une question sans croiser le regard de son interlocuteur, mais en fixant son front, il mentait.

Méfiante, Jade prit soin toutefois de dissimuler la clé de la porte interdite dans la poche d'un tablier de cuisine. Ce que vit Gingo. Ce qui doubla son intérêt, car il se montrait particulièrement habile et rapide pour glisser sa main dans une poche et en subtiliser le contenu.

Ce matin-là, le tablier de mapan traînait sur la chaise de la cuisine.

« Mapan » était un des mots inventés par Gingo. Tout petit, il avait eu du mal à faire la différence entre sa mère et son père. Lequel dominait l'autre ? Il l'ignorait. Certes, son père était plus corpulent que sa mère, plus grand, Gingo trouvait sa peau rugueuse lorsqu'il y frottait sa joue en réclamant un câlin, alors que celle de sa mère avait le toucher du velours, sa voix était également plus grave et, lorsqu'il se déplaçait, on entendait de loin le bruit de ses pas, pourtant… Pourtant, il n'en était pas plus imposant pour autant. Il avait une manière bien à lui de replier sa grande et maigre carcasse, de baisser la tête ou les yeux, de voûter les épaules, avant de se laisser tomber dans un fauteuil, le dimanche matin ou le soir en semaine, derrière son journal déplié, comme s'il avait voulu se cacher derrière cette barrière de papier. Dans ces cas-là, il avait l'air de disparaître. Il n'avait jamais le réflexe de gronder Gingo, l'idée ne lui venait pas à l'esprit de lui faire la moindre réflexion. Il fallait toujours que Jade le prenne à témoin et lui demande d'intervenir.

— Merde, Alban ! Dis quelque chose à la fin ! s'écriait-elle. Je ne m'en sors plus, moi, avec ce gosse ! Il me rend folle par moments ! Fais preuve d'un peu d'autorité !

Alban levait alors le nez de son journal, demeurait un instant perplexe, cherchant ce qu'il convenait de dire (il n'avait pas du tout saisi l'objet de l'altercation en cours), puis :

— Ta mère a raison ! affirmait-il.

Mais souvent, dès que Jade avait le dos tourné, il ponctuait sa phrase par un clin d'œil complice et un sourire à l'attention de Gingo qui perçut d'instinct que, au sein de la famille, c'était sa mère qui portait la culotte. Si bien que « maman » et « papa » devinrent, lors de ses premiers balbutiements, « mapan » et « paman ». Jade et Alban trouvèrent cette combinaison plutôt amusante et non seulement ils ne corrigèrent pas Gingo, mais ils prirent l'habitude de s'appeler ainsi entre eux.

Le tablier sur la chaise de la cuisine. Et mapan au salon. Au téléphone. Occupée.

Gingo s'empara rapidement de la clé dissimulée dans la poche et se dirigea vers le fond du couloir, vers la porte interdite.

Il était certain qu'elle lui promettait des trésors. Comme celle de la terrasse, en haut de la tour, qui lui avait été interdite aussi depuis son escapade nocturne. Sa mémoire photographique l'avait enregistrée, telle une carte postale. Il se souvenait parfaitement des étoiles dans le ciel, il se souvenait des lumières allumées dans les immeubles de la Cité, transformant celle-ci en une forêt d'arbres de Noël. Dans son esprit, les deux portes étaient liées, elles ouvraient sur le même paysage et tandis qu'il glissait la clé dans la serrure, il se voyait déjà tout là-haut, le crâne frôlant les étoiles. C'est qu'il arrivait à un âge où il avait besoin d'air et d'espace.

Il fut déçu. Cette porte-là ne s'ouvrit que sur un réduit obscur et encombré d'un fatras d'objets entassés les uns sur les autres. Des ombres menaçantes qui lui firent tout d'abord très peur. Il recula vivement en poussant un cri. Mais la lumière du couloir éclairant l'intérieur du cagibi, il put discerner un peu mieux ce qui s'y trouvait. Rien de bien méchant, rien qu'il ne connût déjà. Un fauteuil au dossier éventré, une chaise à laquelle il manquait un pied, des cartons, une ventouse, un aspirateur, un sac contenant des vêtements qui n'allaient plus à personne. Et là, à droite... Il la reconnut tout de suite et laissa échapper cette fois un gloussement de joie... La boîte à outils de paman. Cette trouvaille inespérée lui fit oublier sa déception. Il ne jouerait pas à frôler les étoiles, mais il s'amuserait tout de même. Il y avait dans cette boîte tout un fouillis, tout un fourbi dans lequel il puisa avec enthousiasme. C'était pour lui l'équivalent d'un gros coffre à jouets, bien plus intéressant que le sien. Les jouets de paman. Jamais il ne voulait les lui prêter. Plus d'une fois, Gingo l'avait vu jouer avec dans le salon et, chaque fois qu'il s'en approchait, paman s'écriait :

— Tu ne touches pas à ça, Gingo, c'est dangereux, *dan-ge-reux !* répétait-il en prenant, pour une fois, une voix forte et autoritaire.

La boîte s'ouvrait en éventail. Dans les tiroirs du haut étaient rangées de petites tiges couronnées par des têtes de métal. Il y en avait plein, de toutes les tailles, des longues avec de grosses têtes, des courtes avec des têtes minuscules. Elles ressemblaient à des insectes morts. Gingo plongea les deux mains dans ce fourmillement de métal et en retira de pleines poignées qu'il lança autour de lui. Menton levé vers le plafond, il s'amusa de cette pluie qui avait l'avantage de ne pas le mouiller et qui, en tombant, résonnait en une petite musique crépitante. (Gingo détestait la pluie, il détestait l'eau de manière générale, ne supportait que celle de son bain, parce qu'elle était bien chaude et mousseuse.) Il fouilla ensuite dans les tiroirs inférieurs et dégota un objet très léger, de forme rectangulaire – à l'école, l'instructrice lui apprenait à reconnaître les formes : rond, carré, rectangle, et à les dessiner. Un côté du rectangle avait de petites dents bien régulières, à l'inverse des siennes, beaucoup plus grandes et qui partaient dans tous les sens. Il découvrit qu'il pouvait passer son bras à l'intérieur du rectangle, comme mapan le faisait avec la bandoulière de son sac.

Il dénicha peu après le jouet qu'il jugea le plus amusant. Il était lourd, mais Gingo le saisit sans difficulté, sa force s'étant développée de façon étonnante depuis quelques semaines. L'objet avait un manche en bois et se terminait par un gros morceau de métal. *Marteau.* Il avait appris le mot correspondant à cet objet.

— Quoi, ça ? avait-il demandé lorsqu'il avait vu paman taper avec contre le mur et, miracle, y faire entrer un des insectes métalliques.

— Ça, marteau ! avait répondu paman en lui modelant la main. (On abaisse et lève le poing serré de haut en bas comme si on frappait dans le vide.)

Gingo saisit le marteau, choisit l'un des plus gros insectes métalliques et le coinça entre les deux orteils de son pied gauche. Il brandit le manche à bout de bras, le plus haut qu'il pût afin d'être sûr de frapper fort, très fort, lorsqu'il se figea. Net. Paralysé dans la position qu'il venait d'adopter.

Là, au fond du cagibi, il y avait quelqu'un.

Une ombre noire et menaçante qui, elle aussi, tenait un marteau en main. Elle allait foncer sur lui et le frapper !

Il lâcha son marteau, qui tomba sur son pied, et poussa un hurlement. Non pas de douleur, bien qu'il eût mal, très mal même, mais de peur, cette dernière l'emportant largement sur la douleur. Qui était cet inconnu surgi par magie du fond du réduit ?

Son cri alerta Jade, qui accourut aussitôt. Depuis l'extrémité du couloir, elle vit tout de suite la porte du cagibi ouverte, ouverte également la boîte à outils de son mari, les clous éparpillés, les tournevis, le marteau, la scie *(Oh ! Mon Dieu ! La scie !)* accrochée au bras de Gingo. Elle vit que le tissu de son jean, au niveau de la cuisse, était déchiré. Elle s'efforça de se rassurer. Les pantalons de Gingo étaient souvent déchirés aux genoux. Bien qu'il maîtrisât depuis longtemps l'apprentissage de la marche, il avait une fâcheuse tendance à régresser et à se déplacer à quatre pattes. *Mains, pareil que pieds ! Debout, pas debout, pareil !* affirmait-il lorsque sa mère le contraignait à se mettre debout.

« Ça y est, pensa-t-elle, il s'est tranché un orteil, un doigt, peut-être même une main ! » Elle s'attendait à voir une flaque de sang courir sur le sol ainsi que le membre tranché gisant au milieu d'un magma rouge, tel un animal écrasé sur le bord d'une route. *Il avait suffi d'un instant, un tout petit instant pour répondre au téléphone !* C'était l'assistante sociale. Elle venait prendre des nouvelles de Gingo et reprocher à Jade, une fois de plus, de n'avoir pas remis le questionnaire mensuel. Elle prévoyait de passer bientôt pour récupérer le questionnaire *rempli* (elle insistait, cette conne !) et voir comment se portait Gingo par la même occasion, mais elle n'avait pas fixé de rendez-vous, ses visites se faisant toujours à l'improviste.

Mon Dieu ! se dit Jade, si elle débarque demain et le trouve mutilé, qu'est-ce qui va se passer ?

— Tu es blessé ? Fais-moi voir, vite ! s'écria-t-elle en s'agenouillant près de son fils.

Gingo eut du mal à répondre. Il bégayait sous l'effet de l'émotion, ses gestes étaient hachés, saccadés, interrompus, difficiles à comprendre. Voyant qu'il se frottait le pied gauche, Jade repoussa doucement sa main afin de juger l'ampleur du mal. Elle poussa un soupir de soulagement. Les orteils affichaient complet, de même que les doigts. Pas de membre tranché comme elle l'avait supposé. Plus de peur que de mal. Gingo en serait quitte pour un gros bleu, peut-être un orteil enflé qui doublerait de volume, mais le pire avait été évité ! Elle frotta l'orteil endolori, souffla dessus et caressa le crâne de Gingo, sachant que ce geste le rassurait. Elle retarda le moment où elle devrait crier et le punir pour cette nouvelle bêtise. Mais Gingo ne se calmait pas, son visage était déformé par une expression de terreur et, tremblant de tous ses membres, il pointait un bras tendu comme un arc en direction du fond du cagibi.

— Là ! Chose noire ! Moche ! Sale ! Puante ! cria-t-il, retrouvant enfin la dextérité de ses gestes.

Jade jeta un regard machinal dans le réduit, bien qu'elle fût sûre que personne n'avait pu s'y introduire.

— Mais non voyons, il n'y a personne !

Gingo répéta ses gestes pour insister. Jade se retourna une nouvelle fois et comprit ce qui mettait son fils dans un tel état. Au fond du cagibi, derrière les vieux meubles qu'elle avait entassés, il y avait un miroir. Un grand miroir en pied qui se trouvait auparavant dans sa chambre et qu'elle avait pris soin de cacher derrière les objets inutiles mis au rebut. Gingo se trouvait confronté à son image pour la première fois.

Jade savait que cela devait arriver un jour, elle savait que ce serait douloureux et elle avait voulu préparer ce moment. Elle avait pris soin de cacher tous les miroirs de l'appartement. Dans la salle de bains, elle avait recouvert la glace murale d'un poster et ne se servait que d'un miroir à main qu'elle dissimulait dans un tiroir fermé à clé. Outre la boîte à outils, elle avait pressenti le danger que représentait ce grand miroir en pied, et c'est pour cela qu'elle avait interdit à Gingo l'accès du cagibi. En entendant le hurlement qu'il avait poussé, en voyant la boîte à outils ouverte, la scie accrochée à son bras, le marteau qu'il brandissait, elle n'y avait plus pensé.

Nous y voilà ! se dit-elle, prise de court. Comment lui expliquer ?

Il fallut un long câlin pour que Gingo parvienne à se calmer. Le cœur de Jade se serra. Gingo était grand pour son âge (*il avait poussé si vite !*), il était déjà très fort, or il cherchait à se réfugier entre ses bras comme une toute petite chose frêle et fragile.

— Reste là ! lui dit-elle en se dégageant doucement.

Tandis que Gingo demeurait assis par terre, les mains devant les yeux – un geste qui, chez lui, ne signifiait pas qu'il voulait se masquer la vue mais qui, pensait-il, le rendait invisible –, elle retira les meubles posés devant le miroir et emporta celui-ci dans la pièce qui servait de salle d'étude à Gingo.

— Viens, mon grand !

Il hésita avant de suivre sa mère, le fit enfin à contrecœur, s'accrochant à ses jupes comme il le faisait lorsqu'il se montrait craintif.

— Ça, miroir ! expliqua Jade en posant l'objet au centre de la pièce.

Elle plaça sa main droite tendue, paume vers elle et, la regardant, tourna sa tête à droite et à gauche. Elle saisit la main de Gingo pour la modeler, mais il se raidit et la retira, refusant d'apprendre le mot désignant un objet qui lui faisait peur.

— Le miroir montre des images, poursuivit Jade. Comme le journal, ajouta-t-elle en prenant le magazine où elle découpait toutes sortes de photos pour les montrer à Gingo et lui apprendre les mots correspondants.

Gingo parut plus attentif. Il lança un regard en biais au

miroir qui se trouvait loin de lui et que Jade avait orienté de façon à ce qu'il ne renvoie pas son reflet, mais celui d'un pouf posé devant. Il demeura silencieux un long moment.

— Image pouf dans miroir ? demanda-t-il enfin timidement, par des gestes étriqués et hésitants.

— Oui, c'est ça, c'est exactement ça, confirma Jade avec un grand sourire.

Elle était heureuse, une fois de plus, de constater que cette intelligence qui n'était pas censée se développer au-delà d'un certain seuil repoussait au contraire chaque jour les limites annoncées. Gingo pinça son menton entre son index et son majeur, un geste traduisant qu'il se livrait à une réflexion intense.

— Miroir montrer image Gingo ?

Jade acquiesça.

— Gingo voir Gingo ? ajouta-t-il après un autre silence.

— Oui, vas-y ! Va te regarder !

Gingo se leva doucement. Il rasa avec précaution le mur de façon à éviter le miroir, comme s'il contournait un champ de mines, et se plaça derrière ce nouvel objet qu'il avait besoin d'apprivoiser avant de se mesurer à lui. Il parut soulagé de constater que la face arrière ne montrait rien. Il passa sa main sur la surface, timidement tout d'abord puis franchement. Rien de bien méchant de ce côté-là. Il lança ensuite à Jade un regard qui signifiait « J'y vais ! », contourna lentement le miroir, pencha la tête, avança un pied, une jambe, avant de se placer devant. Il se livra alors à toutes sortes de gestes somme toute assez classiques pour un enfant se voyant la première fois dans une glace. Il leva un bras. En face, l'image fit la même chose. Il se pencha, l'Autre l'imita. Il fit une grimace en découvrant ses dents, l'Autre reproduisit sa mimique à l'identique. Puis il ne bougea plus, se contentant de se regarder avec une attention scrupuleuse. Jade crut que la partie était gagnée et elle s'en réjouit. Mais subitement, Gingo se laissa tomber par terre et, prenant sa tête entre ses mains, fondit en larmes.

— Qu'est-ce qui ne va pas ? demanda Jade en s'agenouillant près de lui. Pourquoi pleures-tu, mon bébé ?

Mon bébé ! Alors qu'il avait tellement grandi ! Alors qu'il était déjà si fort… Mais oui, il était son *bébé*, il le serait toujours.

Gingo leva la tête sans rien répliquer. Il fixa Jade de ses immenses yeux noisette où se lisait le désespoir. Il chercha ensuite ses mots, levant une main qu'il baissait aussitôt comme si cela lui demandait un effort épuisant. Il finit par exprimer ce qu'il avait sur le cœur. Désignant d'une main son reflet dans le miroir, il frappa son menton du dos de l'autre.

— Gingo, moche ! MOCHE !

Il répéta son geste, refermant cette fois sa main en un poing serré qui frappa son menton plusieurs fois de suite, rapidement et fortement.

— Gingo ! Merde ! Merde ! MERDE !

C'était la première fois qu'il employait un gros mot. Du moins devant sa mère. Une ou deux instructrices avaient déjà signalé à Jade que Gingo jurait de plus en plus à l'école, mais elle n'avait guère prêté attention à leurs remarques. Jade avait une interprétation toute personnelle de l'emploi des gros mots dans la bouche de Gingo. C'était pour elle une preuve supplémentaire de son intelligence : il modulait son langage, le nuançait suffisamment pour exprimer sa pensée de manière précise. « Zut » et « merde » n'ont pas la même signification, ils ne traduisent pas le même sentiment. Il faut appeler un chat un chat.

CHAPITRE 16

À un autre moment, Jade se serait réjouie que Gingo jure, tout en s'efforçant de dissimuler sa joie ou son amusement. Elle aurait fait les gros yeux : *Tu ne dois pas dire de gros mots, Gingo ! C'est malpoli !* Mais pour l'heure, il en allait différemment. Gingo avait juré pour exprimer ce qu'il pensait de son physique. Un physique qu'il jugeait monstrueux au point d'en avoir eu peur.

— Non, non, tu n'es pas moche, mon Gingo ! le rassura-t-elle en maîtrisant les tremblements de sa voix, espérant que Gingo n'aurait pas assez de finesse pour deviner qu'elle mentait.

Et de fait, elle ne mentait pas. Elle l'avait trouvé laid le jour où l'assistante sociale le lui avait amené la première fois, c'est vrai. Aussi laid que tous ses jeunes voisins qu'elle avait eu l'occasion de croiser. Elle se souvenait parfaitement du rejet instinctif qu'elle avait alors éprouvé et qui avait perduré pendant les semaines suivantes lorsque, quittant le quartier des Adoptés pour se promener, elle croisait une mère et son bébé – un « vrai », qu'elle avait eu la chance de mettre au monde. *Oh ! Ce petit nez retroussé ! Cette bouche en cœur ! Ces joues roses ! Ces petits bras potelés !* Il lui arrivait alors de comparer le visage de Gingo avec celui de Tab, les beaux yeux bleus, les boucles blondes ! Et l'intelligence stupéfiante de Hash ! Tab et son frère lui manquaient. Elle regrettait l'attitude absurde qui avait conduit à son renvoi.

Mais aujourd'hui, les traits de Hash et Tab s'étaient estompés dans sa mémoire, elle devait faire un effort pour s'en souvenir. Aujourd'hui, elle leur préférait Gingo, malgré ses défauts, malgré la tension, l'attention permanente qu'il réclamait. Oh bien sûr, il remuait ! Il criait ! Il cassait ! Il mentait ! Il hurlait ! Il faisait toutes sortes de bêtises ! Avec lui chaque journée était une succession de surprises, bonnes ou mauvaises ! Avec lui tout était possible ! C'était un enfant *comme elle les aimait. Pas un enfant robotisé.*

— Gingo, beau, à l'intérieur !

Jade dessina un cœur avec ses mains, puis joignit son index et son pouce, les porta à hauteur de son cou, les autres doigts écartés, et releva sa main en un geste rapide.

— Oui, Gingo a un cœur magnifique !

Elle vit dans les yeux de Gingo que ses paroles l'avaient touché, elle voulut le prendre dans ses bras, mais il recula pour se soustraire à son geste et avec cette rapidité qui le caractérisait, il la tira par la main et la poussa pour la placer face au miroir, debout à côté de lui.

— Mapan, jolie ! Gingo, merde ! Gingo, chiottes !

Il ne laissa pas à Jade le temps de répliquer.

— Gingo, grosse tête ! Grands bras ! Grandes dents ! Gros ventre ! Pas mapan !

Pris d'une logorrhée subite, il poursuivit sur sa lancée :

— Mapan, peau blanche ! Gingo, peau noire comme eau sale ! Gingo pas ressembler à mapan ! Pourquoi ? Pourquoi différent ? insista-t-il tandis que Jade, les larmes aux yeux, remuait les lèvres sans parvenir à articuler un seul mot.

— Parce que… Parce que…

Oh ! Après tout, décida-t-elle, elle lui devait la vérité.

— Parce que mapan n'est pas la vraie maman de Gingo, dit-elle enfin.

Ce fut comme si elle lui avait donné une gifle. Une fois, une seule, excédée par son comportement, Jade avait giflé Gingo. Il s'était alors mis à tourner sur lui-même en poussant des cris aigus à déchirer les tympans, après quoi il s'était jeté contre le mur et s'était violemment frappé. Il ne fit rien de tel.

CHAPITRE 16

Ses jambes se dérobèrent sous lui et il tomba par terre, comme terrassé par ce qu'il venait d'apprendre.

— Ça ne change rien ! s'empressa d'ajouter Jade. Je t'aime, Gingo, je t'aime comme mon fils ! Tu *es* mon fils !

Gingo sembla ne pas l'entendre. Il demeura prostré, fixant un point au sol.

— Où, vraie maman Gingo ? demanda-t-il enfin avec des gestes dont la lenteur exprimait son désarroi. *Une voix brisée par le chagrin.*

— Je ne sais pas.

Elle n'allait pas lui dire qu'elle était morte. Morte en lui donnant la vie. Non, elle ne le lui dirait pas. Pas aujourd'hui en tout cas. Elle demeura muette, serrant la main de Gingo entre les siennes.

— Mapan garder Gingo ? demanda-t-il enfin.

— Bien sûr ! Mais bien sûr, oui !

— Toujours garder Gingo ?

— Oui, oui, toujours !

Elle mentait. Davantage à elle-même qu'à Gingo. Elle ne le garderait que dix ans au mieux, onze au grand maximum, elle l'avait oublié, ça aussi. Cinq ans étaient déjà passés. *Cinq ans, comme ça, en un claquement de doigts !* La moitié du temps imparti était déjà écoulée. Quant à l'autre moitié, elle pourrait encore être réduite, selon la décision que prendrait la juge pour enfants, au cas où Gingo aurait affaire à elle une nouvelle fois.

Elle n'eut pas le courage d'expliquer tout cela à Gingo. Il ne serait pas en mesure de le supporter. De toute façon, elle décida qu'il en irait autrement. Elle trouverait moyen – comment ? Elle n'en avait aucune idée pour l'instant – de contourner la loi, de ne pas la respecter. Elle s'enfuirait avec lui quelque part, loin.

Gingo ne posa plus aucune question. Il déclara qu'il était fatigué et voulait se coucher. Alors qu'en temps normal le coucher était toujours précédé d'une grande agitation, Gingo se dirigea calmement vers sa chambre, Jade sur ses talons. Tandis qu'elle lui répétait, encore et encore, en l'aidant à se déshabiller, qu'elle l'aimait autant que s'il avait été son propre fils, qu'elle le trouvait beau, oui, *beau, même s'il était différent, différent d'elle et de la majorité des enfants*, Gingo, d'ordinaire si bavard, ne dit plus un mot. Il se coucha, rabattit sa couette sur la tête et resta ainsi, replié en position fœtale, les yeux ouverts sur un point de lui seul visible. Il refusa de goûter, refusa de dîner, lui qui avait toujours une faim de loup. Il traîna une mauvaise humeur chronique plusieurs jours de suite jusqu'à ce qu'il prenne conscience qu'il n'était pas seul dans son cas. Les autres enfants du quartier ne ressemblaient pas non plus à leurs mamans. Et à l'école, il y en avait des *beaux*, il y en avait des *moches*, comme lui.

CHAPITRE 17

Il y avait aussi des enfants méchants.

Après la douloureuse expérience du miroir, il y en eut une autre, dans la cour de l'école. Et d'une certaine manière, la première fut une préparation à la seconde.

C'était l'heure de la récréation. En classe, les élèves étaient séparés des Adoptés qui suivaient un enseignement adapté à leur handicap, mais tout ce petit monde se retrouvait dans la cour lors des récréations. La plupart du temps, ces moments de pause se passaient bien, de nombreux surveillants étaient postés aux points stratégiques de la cour, à l'affût de la moindre chamaillerie, du moindre cri qui annoncerait l'éventualité d'une dispute. Coup de pied, coup de coude, croche-pied, tout geste déplacé était sévèrement puni. Aucun jouet personnel ne passait les portiques de l'école afin d'éviter envie et jalousie. Les APR des enseignants, après analyse quotidienne des observations sur les dossiers scolaires, mettaient en évidence les sujets « potentiellement agressifs » qui étaient mis à l'écart dans la cour. Une séance de gymnastique intense évacuait leur agressivité annoncée. Le terrain était balisé.

Mais ce jour-là différait des autres jours. La direction de l'école avait toléré, à titre exceptionnel, une vente de pains au chocolat, dont les bénéfices permettraient l'achat d'un sapin de Noël qu'on installerait dans le hall de l'école au début du mois de décembre et les décors qu'il nécessiterait. Le directeur de l'école, issu, comme l'ensemble de son personnel, de la Cité blanche où ce genre d'opération était prohibé, en avait référé à sa hiérarchie lorsqu'une mère d'élève avait émis cette idée lors d'une réunion. (Pour une fois, cette demande exceptionnelle n'émanait pas de Jade.) Cela avait fait l'objet d'un long débat à l'Académie. On avait finalement estimé qu'on pouvait laisser faire. Ainsi, pendant tout le mois de novembre, chaque matin à la récréation de dix heures, les mères se relayaient pour vendre des pains au chocolat, les surveillants et les instructrices ayant refusé catégoriquement de se dévouer pour cette tâche. Voir les enfants enfourner ces aliments saturés de graisses et de sucres dans la cour même de l'école était déjà pour eux une épreuve suffisamment traumatisante. C'était comme assister au suicide des malheureux, cela revenait à ne pas prêter assistance à des personnes en danger, ils n'allaient pas en plus se salir les mains avec l'arme du crime !

Les enfants furent longuement sermonnés.

— Vous devez faire la queue bien sagement ! Chacun son tour ! Votre maman doit vous donner la somme nécessaire pour l'achat d'un pain au chocolat, pas plus ! Elle doit aussi vous donner l'appoint ! La monnaie ne sera pas rendue.

— Oui, madame ! Oui, madame ! répétèrent en chœur les uns, signèrent à l'unisson les autres.

C'était bientôt le tour de Gingo. Il avait patienté sagement, comme on le lui avait recommandé maintes fois avant de descendre dans la cour. Il se bornait à pencher la tête de côté de temps en temps afin de vérifier que le stand était toujours là, que les pains au chocolat vendus étaient aussitôt remplacés, et c'était déjà un effort très louable, car il vivait un véritable supplice. *L'odeur du pain chaud, celle du chocolat !* Il décida, pour passer le temps plus activement, de compter les enfants qui le précédaient, mais il ne pouvait que compter sur ses doigts, or il y avait plus d'enfants que les doigts de ses deux mains réunies. Il lui fallait donc une troisième main. Il prit tout naturellement celle du petit garçon qui se trouvait devant lui. Mais à peine l'avait-il saisie que l'autre, horrifié, se dégagea violemment.

— Me touche pas, sale macaque ! s'écria-t-il. Casse-toi ! Va bouffer ta banane !

Macaque. Gingo ne connaissait pas ce mot, Jade ne le lui avait pas appris. Cependant, il perçut toute l'agressivité que le garçon avait mise dans sa prononciation. Il vit la dureté de son regard, bien plus éloquente que n'importe quel signe, et entendit les rires moqueurs que sa remarque déclencha aussitôt dans les rangs. Le garçon faisait partie des *beaux*, pas des *moches* comme lui et ses camarades de classe. Gingo se remémora l'image qu'avait reflétée le miroir. *Moche. Macaque.* Il comprit instinctivement que le deuxième mot était une insulte plus forte encore que le premier. Il ne réfléchit pas davantage et reprit la main du gamin qu'il mordit jusqu'au sang.

Il fut privé de pain au chocolat et envoyé à nouveau chez madame la Juge.

CHAPITRE 18

« On ne passe le seuil de mon bureau que deux fois, à la troisième, c'est la prison. »

Les paroles de la juge.

Épée de Damoclès au-dessus de la tête.

La peur, la peur creusait son chemin chaque jour un peu plus dans le cœur de Jade. Comme un rongeur qui le grignoterait.

Elle téléphona ce soir-là au Centre de Recherche et, prétextant que Gingo était malade, demanda que le docteur Monge passe à l'heure qui lui conviendrait. Gingo était en pleine forme, c'était elle qui avait besoin d'un médecin. Lorsque Monge arriva, elle lui raconta ce qui s'était passé et lui confia toutes ses craintes. Elle en avait longuement discuté avec Alban. Régulièrement, chaque soir, elle se confiait à lui, et à lui seul – les autres mères lui jetaient des regards en coin, des regards de reproche, à moins que ce ne fût de la jalousie ? De la peur ? Car ne risquait-elle pas, à force de soulever des problèmes, de leur en créer à elles aussi ? Mais Alban était aussi désemparé qu'elle face à la menace grandissante, seul Monge serait en mesure de les aider. Le jeune médecin écouta Jade très attentivement, malgré l'assaut de chatouilles qu'il eut à subir de la part de Gingo. Depuis qu'il lui avait appris le mot, c'était un rituel à chacune de ses visites.

— Ça n'arrivera pas, on ne vous l'enlèvera pas, dit-il enfin lorsque Gingo lui laissa un moment de répit.

— Et pourquoi aurions-nous droit à un traitement de faveur ? demanda Jade, sceptique. Un traitement spécial pour nous autres, Tour 14, Étage 17, Appartement 3, ajouta-t-elle avec amertume.

— Parce que Gingo est différent des autres.

Gingo réagit vivement à ce mot. Depuis l'épisode du miroir, *différent* était pour lui synonyme de *moche*. Il fut vexé par les paroles du docteur Monge. (Il l'appelait *Mange*.)

— Mange pas gentil dire Gingo moche ! signa-t-il vivement.

— Je n'ai jamais dit que tu étais moche, protesta le médecin.

Jade dut lui expliquer l'épisode du miroir. Le médecin alla rejoindre Gingo, parti bouder à l'autre bout de la pièce.

— Quand j'ai dit que je te trouvais différent des autres, je voulais dire plus intelligent. *Intelligent !* (Il pointa l'index sur son front en lui imprimant un petit mouvement circulaire.)

Gingo, encore sur la réserve, plongea ses grands yeux noisette dans ceux du médecin. Il dut y voir sa sincérité. Son visage se fendit d'un large sourire et il alla aussitôt fouiller dans la sacoche du médecin, à la recherche des gâteries que celui-ci ne manquait pas d'apporter à chaque visite. (Monge prenait en effet un plaisir enfantin à entrer dans une de ces incroyables boulangeries de la Cité bleue. Dévorant des yeux tout ce qu'on y vendait, il faisait des provisions pour son protégé, résistant avec des difficultés croissantes à ne pas les goûter.)

CHAPITRE 18

— Gingo a quelque chose en plus, j'en suis persuadé, reprit le médecin en revenant s'asseoir près de Jade et Alban. J'aimerais tellement...

Il laissa sa phrase en suspens. Percevant l'émotion qui le troublait, Jade l'invita à poursuivre.

— J'aimerais pouvoir faire un scanner de son cerveau.

— Pourquoi ? s'inquiéta aussitôt Jade. Il est malade ? Vous craignez une malformation, un autre handicap ?

Alban ne dit rien, mais tout dans son attitude indiquait qu'il partageait l'inquiétude de sa femme.

— Non, non, rassurez-vous ! Ce serait plutôt le contraire, répondit Monge, songeur. J'aimerais vérifier quelque chose, quelque chose qui pourrait peut-être mettre un terme définitif aux menaces dont vous faites l'objet, mais le problème, c'est... (il parut soudain nerveux) où faire ce scanner ? À l'Institut c'est impossible, ce serait très préjudiciable à Gingo d'y retourner, il reverrait les autres et... ses réactions pourraient être négatives, vous comprenez ?

Jade acquiesça et attendit la suite avec impatience. Elle s'était focalisée sur les premières paroles de Monge, *ce serait plutôt le contraire.* Qu'entendait-il par là ? Son imagination et son cœur de mère s'emballaient déjà. Alors elle ne s'était pas trompée ? Gingo avait bien quelque chose de plus que les autres ? Si tel était le cas, elle avait eu raison de suivre son instinct, de se battre et de bafouer les règles.

— De toute façon, l'Institut est trop loin, reprit le médecin. Il y a un plateau technique complet, en face de mon cabinet en ville, sur le même palier. J'y envoie régulièrement mes jeunes patients. Pour Gingo, il faudrait que je procède moi-même au scanner, là n'est pas le problème, j'ai bien sûr les compétences nécessaires et j'ai les clés du plateau technique, je peux y accéder quand je veux, le problème…

— C'est que pour faire ce scanner il faut aller dans la Cité blanche et que nous n'en avons pas le droit, le coupa Jade. Ni moi ni mon mari, encore moins Gingo. C'est formellement interdit.

Gingo suivait de loin la conversation tout en jouant avec la sacoche du médecin dont il avait renversé le contenu par terre, y cherchant d'autres sucreries après avoir engouffré celles qu'il avait déjà trouvées. Il réagit immédiatement au mot « interdit ». C'était un des mots qu'il entendait le plus fréquemment, aussi bien dans la bouche de sa mère que dans celle des instructrices. C'était d'ailleurs le premier mot qu'il avait appris à l'école. Il le signa aussitôt, frappant vivement son index gauche avec le droit, répéta le geste avec insistance en criant pour attirer l'attention de Monge.

— Je sais ! Je sais bien que c'est interdit, répliqua le jeune médecin, tout en essayant de se dégager doucement de l'étreinte de Gingo qui, revenant près de lui, s'était mis en tête de grimper sur ses genoux.

Jade vint en aide à Monge en proposant à Gingo d'aller regarder un dessin animé. Ce qu'il accepta avec joie. Il était tard et il aurait dû, à cette heure, être au lit.

— Il doit bien y avoir un moyen de… de contourner cet interdit, ajouta Monge après un bref silence, dans un murmure honteux, comme si envisager un tel délit était déjà le commettre.

De fait, selon les lois en vigueur dans la Blanche, c'était bien le cas, *l'intention* prévalant sur la *réalisation*. Ses joues s'enflammèrent. Il réfléchit longuement, intensément. Sans résultat. Il avait envisagé une infraction à la loi, c'était déjà énorme, quant à trouver le moyen d'y parvenir, ça lui était tout simplement impossible. Bien que pédiatre et brillant chercheur, Monge était très jeune. Il n'avait que vingt-sept ans et les Trois Lois gardiennes de la morale serinées dans son enfance tournaient encore en boucle dans son esprit, comme un refrain lointain, certes, mais toujours aussi lancinant et efficace. L'enseignement des Trois Lois avait un effet à retardement sur les jeunes adultes, puis sur les adultes eux-mêmes. Un citoyen blanc digne de ce nom ne commettait jamais aucune infraction à la loi et dans le cas où une telle idée lui venait à l'esprit, son APR lui envoyait aussitôt un message d'alerte. Monge, ce soir-là, était déconnecté de son APR, puisque la Cité bleue se trouvait à l'abri des fréquences, néanmoins le signal d'alerte résonna dans son esprit, tel un réflexe conditionné.

— Aidez-moi à trouver une solution ! s'exclama-t-il finalement.

Jade réfléchit longuement à son tour. Comment passer les contrôles au checkpoint ? Elle n'avait plus de permis de travail depuis son licenciement. Alban, lui, n'en avait jamais eu, il n'exerçait son métier de chauffeur de taxi que dans l'enceinte de la Bleue.

— Je ne vois vraiment pas comment on pourrait faire, conclut-elle, impuissante.

Elle croisa alors le regard de son mari et devina qu'il voulait dire quelque chose.

— Tu as une idée ? lui demanda-t-elle.

— Peut-être, répondit-il. Je connais quelqu'un qui pourrait…

Il ne termina pas sa phrase.

— Qui pourrait quoi ? s'impatienta Jade.

Cette manie de parler du bout des lèvres comme on marche

sur des œufs ! Jade aurait souhaité parfois que son mari fût moins réservé, qu'il fît preuve de force et d'assurance. D'un peu de machisme même, pourquoi pas ? Elle en aurait toléré une dose infinitésimale.

— Qui pourrait nous procurer de faux permis de travail.

— Des permis de travail avec les portables qui…

— Oui, oui, avec les portables configurés, avec tout ce qu'il faut.

— Qui ça ?

— Un client à moi.

Jade marqua un temps. *Alban fréquentait des bandits ?* Trop occupée par l'éducation de Gingo, elle ne s'en serait pas aperçue ? Elle serait devenue aveugle à tout autre qu'à son fils ? Devait-elle s'offusquer de cette nouvelle ou s'en réjouir ? Elle décida d'y réfléchir plus tard.

— Tu es sûr qu'il en est capable ?

— Oui, il l'a déjà fait pour plusieurs autres de mes clients, et ça a fonctionné.

De mieux en mieux, tous ses clients sont donc des voyous ! Et lui ? Lui qu'elle croyait si droit, si honnête !

— Mais ça doit coûter une fortune ! Nous n'avons pas les moyens !

— Non, pour nous, ce sera gratis, assura Alban d'un ton ferme qui surprit son épouse.

— Pourquoi ça ?

— Eh bien… c'est que, vois-tu, le client en question me doit de l'argent, parce que… euh… je l'ai souvent dépanné en le conduisant sans le faire payer.

Le ton d'Alban perdit de sa fermeté. Il venait de dévoiler la supercherie dont il abusait depuis longtemps. Ses clients s'étaient en effet raréfiés au fil des mois. Les Bleus n'avaient plus les moyens de se payer une course en taxi. Or Alban aimait son métier, il aimait conduire son véhicule – cette vieille Mercedes qu'il avait héritée de son père, lequel la tenait également de son père, qu'il bricolait lui-même et avait sauvée à plusieurs reprises de la casse. Malgré son tempérament timide et réservé, il aimait le contact avec les gens, il avait maintes fois vérifié que ses clients se confiaient volontiers dans son taxi, qu'ils engageaient eux-mêmes la conversation et lui demandaient souvent son avis sur tel ou tel problème qu'ils rencontraient. Et puis il aimait rouler. Mais pas seul. Rien de plus triste que d'apercevoir, dans le rétroviseur, une banquette arrière désespérément vide. Alban détestait l'oisiveté et la solitude à laquelle celle-ci le condamnait – un trait de caractère qui le liait mystérieusement à son fils adoptif. Alors, au lieu de faire le pied de grue à la station de taxi, d'attendre un appel qui ne viendrait pas, ou pire, dc traîner chez lui en pantoufles et en jogging, tel le chômeur qu'il était, il avait pris l'habitude de conduire la majorité de ses clients sans leur demander un sou. Ça lui donnait l'illusion de travailler et de conserver un brin de dignité. C'était aussi, pensait-il, un bon modèle à donner à Gingo, l'image d'un père actif. Les clients qui bénéficiaient régulièrement de ces « dépannages » étaient rapidement devenus des amis et lui rendaient de menus services en échange, en fonction de leurs possibilités. La caissière du supermarché lui mettait de côté quelques denrées dont la date de péremption était proche, la boulangère le ravitaillait en viennoiseries de la veille, une vendeuse du centre commercial, sachant qu'il était père adoptif, lui donnait des vêtements d'enfants qui présentaient un défaut de confection. Pour d'autres, comme l'homme qu'Alban venait d'évoquer, le service pouvait être plus conséquent.

Il parvenait à compenser partiellement le manque à gagner de ces courses gratuites en se rattrapant sur les autres. Il véhiculait en effet les Blancs qui travaillaient dans la Cité bleue. Les instructrices, les assistantes sociales, les médecins en charge des Adoptés qui, une fois passé le mur, avaient besoin d'un moyen de locomotion sûr et confortable – ils répugnaient à prendre le bus, encore moins le métro, à se mêler à la foule, dangereuse, pensaient-ils, des autochtones. Alban trafiquait alors son compteur et doublait le prix de la course. Sauf si son client était quelqu'un qu'il respectait, comme Monge, bien évidemment, ou une instructrice qui, pour une fois, lui avait dit Jade, s'était montrée bienveillante envers Gingo.

Jade s'abstint de toute remarque. Après tout, elle aussi avait bénéficié de la générosité d'Alban. Elle aussi était montée dans son taxi sans avoir les moyens de le payer. C'était même comme cela qu'ils s'étaient rencontrés. Il eut été malvenu de lui en faire le reproche maintenant. À condition bien sûr que son mari ne monnaie pas ses services par des baisers torrides avec ses clientes, comme avec elle. L'idée lui traversa l'esprit brutalement et elle s'empressa de la rejeter.

— Très bien, parfait ! s'exclama Monge, ravi que la solution se présente aussi facilement. Mais il faudra passer le mur de nuit. Jamais je ne pourrai faire entrer Gingo dans le cabinet de radiologie en plein jour.

Le burlesque de la situation qu'il imagina l'espace d'un instant lui arracha un sourire. Il voyait déjà la mine horrifiée de la secrétaire du plateau technique, celle des patients dans la salle d'attente, si on y lâchait deux Bleus accompagnés d'un Adopté.

— Pas de problème, répondit Alban, qui ce soir-là décidément prenait les choses en main, ne laissant à sa femme que le soin d'approuver ses décisions. Il sera spécifié sur nos permis de travail que nous sommes comédiens et que nous avons une scène à tourner de nuit, mon ami nous fournira les documents nécessaires.

Le métier de comédien était en effet partiellement réservé aux Bleus. Seuls les parents qui, dans les e-maternités, avaient eu la prédiction d'une carrière brillante pour leur enfant choisissaient de mener à terme un fœtus à tendance artistique. (C'est ainsi que la e-conception de Tab avait été approuvée par les Alma.) Les comédiens bleus ne pouvaient prétendre à devenir des vedettes, ils étaient cantonnés aux rôles secondaires ou aux figurations et cascades. Certains toutefois pouvaient décrocher des rôles plus importants dans des films de propagande que l'Autorité blanche diffusait pour dénoncer la violence, notamment dans les Centres de reconditionnement à l'obéissance. Pour dénoncer la violence, il fallait la montrer, sans détour, sans camouflage, or les comédiens blancs étaient incapables de simuler le moindre acte de violence. Le conditionnement auquel ils avaient été soumis pendant leur jeunesse, ainsi que la surveillance assidue de leur APR, les en empêchaient.

— Très bien, très bien, approuva encore Monge, admiratif de cette forme de génie dont Alban faisait preuve et qui lui manquait.

— Et Gingo ? demanda Jade.

— Ce sera un peu plus délicat pour lui, mais on pourra toujours dire qu'il fait partie du tournage.

— Non, ça ne marchera pas, les Adoptés ne doivent jamais franchir le mur, objecta Jade.

Elle marqua un point. Alban ne trouva rien à répliquer et il y eut un long silence embarrassé.

— J'ai une idée ! s'exclama soudain Monge.

La vivacité de sa voix fit sursauter Gingo qui, trouvant que les adultes faisaient trop de bruit, se saisit de la télécommande et augmenta le son de la télévision.

— Il serait tout à fait possible que Gingo participe à un tournage, reprit le médecin en chuchotant, s'il s'agit d'une vidéo destinée à la recherche !

Il y eut un nouveau silence. Que pouvait être cette « vidéo destinée à la recherche » ? Jade et Alban n'en avaient aucune idée. Monge, quant à lui, sous le coup d'une extrême surprise liée à son propre comportement, ne s'expliqua pas tout de suite. Les mots étaient sortis de sa bouche sans qu'il y réfléchisse, comme malgré lui. Il venait d'enfreindre la loi par la pensée, pire que cela, il était passé de l'*intention* à un *début de réalisation* en participant à l'élaboration d'un plan. Le pas était franchi ! *C'était donc aussi facile que ça ?* Il s'attendit, dans les quelques secondes qui suivirent, à une sanction immédiate. Il n'avait fraudé qu'en pensée, mais son corps allait sûrement réagir et le punir. Les symptômes n'allaient pas tarder à apparaître… Accélération du rythme cardiaque, suée, sensation de malaise. Or non. Il n'éprouva rien. Rien d'autre qu'une excitation grandissante, une forme de griserie, de bouillonnement intérieur incroyablement stimulant. Il prit enfin conscience que Jade et Alban, fixant sur lui un regard insistant, attendaient ses explications.

— Nous réalisons fréquemment des courts-métrages destinés à la recherche. Et les Adoptés en sont toujours les principaux sujets. J'en tourne moi-même beaucoup dans mon Institut. Je dois d'ailleurs avoir dans mes archives la vidéo de la naissance de Gingo, ajouta-t-il en jetant à celui-ci un regard attendri. Je me débrouillerai pour avoir les documents nécessaires, conclut-il.

CHAPITRE 18

Occupez-vous d'obtenir vos permis de travail.

Alban et le docteur Monge peaufinèrent leur plan durant le trajet du retour en taxi. Alban, connaissant les délais pour obtenir de faux documents, assura que tout serait réglé sous huit jours.

Il s'exécuta sans problème. Son client, un prénommé Cyprien, possédait un garage dans le dixième secteur de la Cité bleue, c'est d'ailleurs ainsi qu'il l'avait connu lorsque son taxi était tombé en panne la première fois. L'entretien et la réparation de voitures, ainsi que de tout autre appareil – grille-pain, radio, sèche-cheveux, etc. –, constituaient l'activité officielle de Cyprien, qu'il doublait d'une autre, non officielle celle-là : la fabrication de faux documents de toutes sortes. Il s'y adonnait dans un atelier clandestin qu'il avait aménagé au sous-sol de son garage. Il avait un réseau de collaborateurs, des Bleus qui travaillaient dans la Cité blanche et subtilisaient pour lui les téléphones portables utilisés par les enfants blancs avant leur baptême, jetés dans des bacs de recyclage dès lors qu'ils ne servaient plus. Grâce à ses talents d'informaticien et de hacker qu'il avait développés en cachette – bravant l'interdiction instaurée par la génération passée –, il parvenait, en se connectant de manière pirate sur les réseaux des bâtiments administratifs gérés par les Autorités blanches, tels les écoles, tribunaux, mairies, à les configurer pour les besoins de ses clients.

Il ne lui fallut pas plus d'une semaine pour fournir à Alban un portable à son nom ainsi qu'à celui de Jade, permettant l'accès de nuit à la Cité blanche à la date fixée.

CHAPITRE 19

En revanche pour Monge, l'opération fut plus délicate.

À peine passé le mur dans le sens Bleu/Blanc, il fut automatiquement connecté à Shift, son APR, qui se chargea de lui appeler un taxiphérique, réduisant son attente au temps optimal et minimal de 1 minute et 27 secondes. Comme il était d'usage chaque fois qu'un Blanc revenait d'un séjour prolongé dans la Cité bleue – et Shift ne manqua pas de noter que cette visite médicale à domicile avait été bien plus longue que les précédentes, *anormalement* longue au vu des précédentes qui lui servaient de référence –, il procéda aux contrôles usuels afin de détecter sur la personne de son utilisateur une anomalie consécutive à une agression verbale ou physique. Il ne constata rien de tel.

Il lui communiqua ensuite les informations routinières, mails et appels téléphoniques importants reçus pendant son absence qui exigeaient une réponse personnelle – les autres il s'en était chargé –, annonce du planning de la journée du lendemain et menu du repas qui l'attendait chez lui. Monge lui dicta dans le taxiphérique une des réponses aux mails les plus urgents et laissa le reste à son appréciation. Shift fut alerté par la tonalité de la voix du professeur, qu'il jugea chargée d'angoisse et plus aiguë qu'à l'ordinaire d'une demi-octave, ainsi que par une sudation excessive, alors que la température du taxiphérique était tout à fait conforme à la normale, 18 °C, que les vitres étaient par ailleurs ouvertes, laissant un vent de force 2 s'engouffrer dans l'habitacle où le taux d'humidité était de 32 %. Il décida d'attendre un instant pour avoir confirmation de ces données et définir le niveau d'alerte consécutif.

Séjourner dans la Cité bleue pouvait parfois avoir un caractère traumatisant. La déconnexion temporaire était souvent très mal vécue par les Blancs, elle engendrait une perte momentanée de repères, un stress prononcé, raison pour laquelle les Autorités avaient mis en place plusieurs points de connexion en différents endroits de la Cité bleue, où ils pouvaient se rendre en cas de malaises. Cependant le professeur n'entrait pas dans la catégorie des déconnectés traumatisés, Shift le savait. Rompu aux visites régulières dans la Bleue, il affichait un taux d'empathie avec ses habitants nettement supérieur à la normale. Shift attendit 5 minutes et 38 secondes avant de procéder à la vérification des paramètres précédents.

Paramètres confirmés, en légère hausse. Accélération du rythme cardiaque. Augmentation de la vitesse des contractions du cœur. Hausse de la pression artérielle. Dilatation des bronches et des pupilles. Autant de caractéristiques d'une montée en flèche du taux d'épinéphrine. Plus vulgairement appelé taux d'adrénaline, réponse à un besoin d'énergie pour faire face, entre autres, à un danger. Y avait-il danger en vue ?

Shift mesura la vitesse du taxiphérique, la hauteur et la solidité des câbles empruntés par le véhicule, sans relever la moindre anomalie. Pendant les 180 secondes qui suivirent, il constata une inactivité prolongée et *tout à fait inhabituelle* du professeur. Ce dernier regardait défiler le paysage à travers les vitres du taxiphérique. Il affichait un air soucieux, en contradiction avec la rêverie engendrée usuellement par la contemplation d'un paysage. Soucieux, le professeur pouvait l'être, cela s'était déjà produit. Mais il n'avait *jamais* affiché un tel taux d'épinéphrine. Il n'était *jamais* resté inactif après une visite. Il avait *toujours* un dossier sur lequel travailler. Il aurait dû déjà lui dicter les notes afférentes à sa visite auprès du patient Gingo. Shift se permit d'intervenir sans avoir été sollicité.

— Un problème avec notre jeune patient ? demanda-t-il.

— Non, non ! Aucun !

« Non, non. » *Répétition inutile.* « Aucun. » *Double négation. Insistance trop marquée.*

— Le traitement antibiotique administré il y a quinze jours n'aurait-il pas fait effet ? Vous aviez prescrit du…

— Aucun problème, je le répète ! Le traitement antibiotique a fait effet. Gingo ne souffrait ce soir que d'une banale rhinite, probablement due à… Je ne sais pas… Des facteurs allergènes. Peu importe !

« Je ne sais pas. » *Le professeur savait toujours.* Ou lorsqu'il ne savait pas, au sens *pas encore*, il formulait le problème en termes clairs, professionnels, et envisageait les solutions possibles. Compte tenu des paramètres précédents, Shift conclut à un mensonge. Le mensonge. *Défaut (ou qualité ?) typiquement humain(e).* Shift parvenait plus ou moins à le comprendre lorsqu'il le jugeait utile, mais pour l'heure ce n'était pas le cas, puisque le professeur n'ignorait pas qu'il partageait l'affection éprouvée envers le patient Gingo, référencé dans sa base de données sous le titre de *Projet Gingo.* La santé de ce dernier était-elle problématique ? Le professeur, trop bouleversé, refusait-il d'en parler ? Il sentit poindre en lui l'équivalent humain de l'inquiétude et décida, avant d'avoir recours au détecteur de mensonge, de procéder à une recherche d'images *via* l'analyse rétinienne du professeur.

Première image. Excitation joyeuse et tendance habituelle à l'hyperactivité de l'enfant-sujet. Pas d'éternuement témoignant d'une rhinite. Pas d'examen. Deuxième image. Le sujet-enfant joue pendant que les parents discutent. Troisième image. Le sujet-enfant est absent du champ visuel. Les parents discutent toujours. La discussion est plus longue que d'ordinaire de 35 minutes et 40 secondes. Le regard porté sur le professeur trahit une anxiété qui se mue en un sentiment de joie naissante. Mensonge du professeur confirmé.

Rassuré quant à la santé du patient, Shift se garda d'ajouter une réflexion. Il n'avait pas manqué de noter l'agacement teinté d'agressivité dans la réponse du professeur, qui équivalait à un *Laisse-moi tranquille pour le moment.* Logique, suite au malaise engendré par le mensonge. Il resta donc muet. Régla le montant de la course et attendit que le professeur le sollicite une fois rentré chez lui. En vain. Le professeur toucha à peine à son repas, eut un sommeil agité cette nuit-là, ainsi que durant toute la semaine qui suivit. Quelque chose le préoccupait et Shift se mit en devoir de savoir quoi.

Ce qui lui fut très aisé, au vu de cette relation homme-processeur qui liait les APR à leurs utilisateurs, devinant les intentions de ces derniers avant même qu'ils ne les formulent, grâce à la prémonition computérisée d'un cerveau électronique, double de son modèle organique.

Dans le taxi d'Alban, Monge, toujours en proie à l'excitation nouvelle liée à l'*extra*-ordinaire soirée (au sens propre du terme) qu'il venait de passer, avait expliqué ce qu'il comptait faire. Un jour après la semaine écoulée, il rédigerait une fausse autorisation de tournage en prenant pour modèle les documents de l'Institut. Il le ferait bien sûr après s'être momentanément déconnecté de son APR. Il prendrait soin d'effacer du disque dur de son ordinateur toute trace du faux document. Le jour J à vingt heures précises, profitant que la nuit serait déjà tombée en cette période automnale, il se rendrait à la porte C côté Blanc dans son véhicule personnel (sa voiture électrique, pas son véhicule connecté). De là, il conduirait les Lemestre et Gingo, auparavant suffisamment sédaté par les soins de Jade pour qu'il ne crée pas d'incident, jusqu'au cabinet de radiologie. Après avoir procédé à l'examen, il les raccompagnerait jusqu'à la Porte C où, de l'autre côté, Alban aurait laissé son taxi.

Mais Monge avait prévu cette organisation apparemment sans faille alors qu'il était sous le coup de cette effervescence si jouissive qu'il éprouvait pour la première fois, qui lui avait peut-être été communiquée par Alban comme… comme une espèce de virus contagieux – Alban, ce soir-là, était lui aussi sorti de sa réserve coutumière. Ou peut-être avait-il été plus sensible que d'habitude au climat de la Bleue, à ce parfum de liberté qui y flottait sans qu'on sût exactement à quoi l'attribuer. Ou peut-être tout simplement avait-il élaboré si facilement le plan du délit parce qu'il n'était pas connecté à son APR. Cette éventualité était de loin la plus probable.

Quelle naïveté !

Il en prit conscience dès qu'il franchit le mur, dès qu'il entendit la voix de Shift lui annonçant l'arrivée imminente du taxiphérique. Pour la première fois, il avait l'intention de dissimuler un projet à Shift, alors que ce dernier avait été programmé pour le seconder dans ses recherches, alors qu'il était son bras droit, l'aide indispensable pour l'avancée de ses travaux.

Shift supervisait tout. TOUT.

À peine Monge mit-il un pied dans le taxiphérique, qu'il sut. Son projet serait voué à l'échec. Et chaque jour de la semaine qui suivit ne fit que le lui confirmer. Comment rédiger la fausse autorisation de tournage sans que Shift s'en rende compte ? Même en effaçant sa trace dans le disque dur, c'était pour son APR un jeu d'enfant de la retrouver. Le cerveau de Shift enfermait toutes les données relatives à son travail et, à la différence du sien, il avait possibilité de se verrouiller pour éviter toute perte accidentelle. Autant imaginer qu'une Intelligence artificielle pouvait souffrir d'Alzheimer. Quant à la suite, si le scanner de Gingo lui apportait la réponse escomptée – ce qu'il espérait de tout cœur –, sans Shift, il ne pourrait pas mener à bien le projet qu'il avait en tête.

« L'Homme augmenté » était l'apanage de la Cité blanche, et Monge ne l'avait jamais remis en question. Mais à présent, il se sentait plutôt un homme… diminué.

Alors que le jour J approchait, Monge, de plus en plus rongé par l'inquiétude et la frustration, en arriva à la conclusion qu'il n'avait qu'une seule solution : crever l'abcès. Tout révéler à Shift. Ce qu'il fit à trois heures, la nuit précédant le terme fatidique.

Il y eut un tel silence lorsqu'il se fut expliqué que, pendant deux ou trois secondes, il craignit d'avoir provoqué un bug de son APR.

— Shift, tu m'entends ?

— Affirmatif.

— As-tu compris ce que je t'ai dit ?

Au moment où les mots franchirent ses lèvres, Monge eut

conscience de leur bêtise, de leur caractère insultant pour l'Intelligence à laquelle il s'adressait.

— J'ai parfaitement compris, répondit Shift d'une voix métallique, totalement dépourvue d'harmoniques.

Ce n'était pas bon signe. Monge se vit subitement transporté au temps de son adolescence, lorsque Shift (dans une version antérieure, il n'était alors que CN et non APR) lui refusait une sortie au prétexte que, à quatorze ans, il n'avait pas encore atteint l'âge légal pour avoir le droit de retrouver des amis à l'extérieur. Lorsqu'il blacklistait un nouveau contact ou l'empêchait de communiquer avec un copain qui le sollicitait car il n'avait pas atteint son quota de travail personnel après les cours, ou parce que c'était l'heure de son jogging quotidien. Lorsqu'il régentait ses journées jusqu'à la moindre minute pour que se réalise le dessein de ses parents : faire de lui le brillant médecin et chercheur annoncé à la e-maternité.

Comme il l'avait détesté dans ces moments-là ! Des moments de solitude terrible, intense, durant lesquels il se sentait enfermé dans son module et un destin pré-établi au point d'en être asphyxié. Mais il avait aussi aimé son CN, pour les mêmes raisons. Compagnon indispensable qui remplaçait ses parents, toujours disponible, H24, même lorsque les amis ne l'étaient pas. Virtuel mais constamment présent, à l'écoute. Bien des années après, lorsqu'il était devenu ce qu'il était grâce à Shift, il portait un regard amusé sur la souffrance qu'il avait éprouvée plus jeune. Shift, au fil des mises à jour requises, n'avait plus jamais eu à contrecarrer ses demandes. Monge adulte ne vivait que par et pour son travail. Les rôles s'étaient même inversés. Plus d'une fois, Shift avait programmé une sortie au restaurant avec des amis soigneusement sélectionnés, un week-end dans une capitale européenne ou en bord de mer pour le distraire de son travail. Il l'avait inscrit à un site de rencontres, avait cherché et trouvé la meilleure compagne pour lui… Sans succès. Monge travaillait. Travaillait.

— Il est de mon devoir de vous préciser, même si je suis certain que vous le savez, poursuivit Shift de cette voix sèche et tranchante qu'il n'avait plus adoptée depuis fort longtemps, que vos desseins se situent en dehors du cadre imposé par la loi et qu'en conséquence, vous apporter mon soutien relèverait d'une complicité hautement préjudiciable.

— Je le sais, concéda Monge, mais l'enjeu est tellement important ! Si jamais le scanner révèle que…

Il se lança dans une explication détaillée, étayée par une démonstration brillante dans un jargon médical pointu réservé à quelques très rares initiés, dont l'Intelligence artificielle de Shift faisait partie.

— Tu imagines les conséquences d'une telle avancée pour la recherche médicale ? conclut-il. Le champ d'application d'une découverte pareille serait immense !

— Certainement, confirma Shift. Il pourrait, d'après le calcul de probabilités que je viens de réaliser tout en vous écoutant, prenant en compte les projets de vos concurrents dans le domaine et l'historique de travaux similaires effectués depuis l'année 1661, date à laquelle le londonien Samuel Pepys eut le premier cette idée incroyablement novatrice qu'il ne put mener à bien, puis l'engouement qu'eut à nouveau le sujet dans les années 1970… Il pourrait nous valoir le prix Nobel de Médecine.

Nous, nota Monge. Il remarqua également que les harmoniques revenaient progressivement agrémenter la voix de Shift. La partie était-elle gagnée ?

— Cependant.

Une nanoseconde de silence.

— Oui ?

CHAPITRE 19

— Qu'en sera-t-il si l'examen s'avère négatif ?

— C'est un risque à prendre. Toute découverte en comporte un.

— Si ce risque est pris dans le cadre défini par la loi.

La conclusion semblait sans appel, mais ce n'était pas le cas. Le bref silence qui suivit, qui ne dura pas plus de deux ou trois secondes, fut mis à profit par Shift. Il reprit le dossier complet de Gingo depuis sa naissance, celui de sa mère biologique, remonta sa généalogie sur plusieurs générations, fit l'historique complet des remarques du professeur après chacune des visites à Gingo, établit un parallèle avec les notes de ses concurrents en charge d'autres Adoptés afin de mettre en exergue la singularité de Gingo. Il fit plusieurs tableaux comparatifs, lança un nouveau calcul de probabilités ainsi qu'un programme d'algorithmes adapté et…

— Le risque se chiffre à 8,79 %, annonça-t-il. Le taux est faible et donc très encourageant. D'autre part, le succès des grandes découvertes scientifiques abolit, au fil des siècles, les controverses dont elles ont été entachées à leur origine. L'Histoire oubliera que vous avez enfreint la loi, on racontera quelque anecdote à votre sujet, au même titre que le fameux « Eurêka » d'Archimède se promenant nu dans les rues de Syracuse. Ou d'Albert Szent Györgyi qui a découvert la vitamine C suite à un mensonge fait à sa femme. Elle lui avait servi du paprika alors qu'il détestait cela, il a discrètement glissé le contenu de son assiette dans une serviette, l'a analysé et découvert qu'il était très riche en vitamine C. Amusant, n'est-ce pas, professeur ? On pourrait déjà élaborer les prémices d'une anecdote similaire à votre sujet. Plusieurs possibilités sont envisageables, par exemple…

— Tu es formidable, Shift ! le coupa Monge. Je savais que tu comprendrais !

— Cependant.

Monge ne put réprimer un léger soupir d'exaspération.

— Vous avez besoin de moi pour la réalisation des détails pratiques, Professeur. Sans vouloir vous offenser, je serais plus à même de rédiger le document nécessaire au passage du checkpoint par le sujet Gingo.

— Oui, je le sais bien.

— Vous me demandez donc de frauder. Alors qu'en ma qualité d'Intelligence artificielle, une droiture sans faille me caractérise.

— Exact, mais l'autre qualité essentielle de l'Intelligence artificielle que tu es, est d'apprendre. D'augmenter constamment ton savoir.

— Considérez-vous le mensonge comme un savoir ?

— Non, mais c'est, sous certains aspects, une dimension sociale indispensable. D'autre part (Monge s'éclaircit la voix, doutant, au fur et à mesure qu'il parlait, de l'efficacité de ses arguments)... Ton cerveau, si parfait soit-il, a été conçu par des humains, donc en fonction de valeurs humaines.

Microsilence.

— Êtes-vous conscient que, en cas d'échec, je devrais signaler un dysfonctionnement à mon serveur et que je devrais subir, au mieux, une mise à jour substantielle qui vous contraindrait à une déconnexion temporaire de plusieurs jours, au pire, à un remplacement total ?

— Oui, j'en suis conscient, Shift, et sache que je suis désolé de te conduire à une telle extrémité. Je serais sincèrement peiné de devoir me passer de toi.

— Comptez sur moi, Professeur, l'autorisation de tournage sera sur votre bureau à 7 heures et 58 secondes.

CHAPITRE 20

L'équipée nocturne se déroula sans la moindre anicroche. Monge réalisa le scanner du cerveau de Gingo et le doubla d'une IRM de son larynx. Il étudia avec une attention scrupuleuse les images numériques qui en résultèrent. Il s'enferma dans son bureau pendant deux longues heures qui parurent interminables à Jade et Alban. Anxieux, ces derniers patientaient dans la salle d'attente, surveillant le sommeil de Gingo, craignant qu'il ne se réveille et se trouve désorienté par un environnement qu'il ne connaissait pas.

N'y tenant plus, Jade finit par se lever, laissant à Alban le soin de veiller sur Gingo et alla frapper à la porte du bureau.

— Alors, docteur ? demanda-t-elle en entrant alors que Monge ne l'y avait pas conviée. (Trop absorbé par son travail, il n'avait même pas entendu les coups pourtant frappés d'une main énergique.)

La joie qui se lisait sur le visage du jeune médecin lorsqu'il leva les yeux vers elle était déjà une réponse.

— C'est formidable ! s'exclama-t-il.

— Qu'est-ce qui est formidable ?

— Euh… Voyons, comment vous expliquer ?…

— Ne m'expliquez pas, trancha Jade, allez directement à la conclusion et dites-moi ce qu'il en est.

Elle savait par avance qu'elle ne comprendrait rien aux explications de Monge. Elle le connaissait suffisamment, l'ayant déjà entendu lui parler avec passion de ses divers travaux. Elle éprouvait plus que de l'amitié envers lui, elle éprouvait une affection quasi maternelle car Monge était, dans son esprit, lié à Hash. Un Hash devenu adulte et qui aurait réussi à s'émanciper du conditionnement blanc.

— Ce qu'il en est ? répéta Monge. Ce qu'il en est, c'est que…

Trop ému, il ne put continuer. Shift prit le relais.

— Le scanner a révélé que le sujet Gingo a les capacités neurologiques suffisantes pour développer la fonction du langage.

Surprise, Jade ne put s'empêcher de sursauter et de fouiller le plafond et les murs du bureau d'un regard apeuré, renouant avec l'habitude qu'elle avait du temps où, chez les Alma, la voix de AX résonnait dans la maison. Elle n'avait jusque-là eu affaire à Monge que chez elle. Le médecin n'était alors pas connecté à son APR et, en dépit du parallèle qu'elle avait fait avec Hash, il lui avait paru naturel, évident, que Monge était comme elle, comme Alban, un Bleu en somme, détaché de cette ombre vocale, ce double virtuel.

— Pardon ? balbutia-t-elle.

Prise de court, elle n'était pas sûre d'avoir compris ce qu'avait dit l'APR.

Shift répéta ses propos. Ahurie, n'osant pas encore se réjouir, Jade plongea son regard dans celui de Monge pour avoir confirmation. Le médecin acquiesça en souriant. Il se précipita vers elle en s'apercevant que, sous le coup de l'émotion, elle allait s'asseoir à côté de la chaise qu'elle avait maladroitement tirée vers elle.

— Mais il sera sans doute nécessaire de l'opérer, ajouta-t-il.

— Comment ça l'opérer ? De quoi ? Du cerveau ?

Tenaillée par l'inquiétude, Jade eut la vision de Gingo, le crâne ouvert comme une vulgaire boîte, livré à la manipulation d'une multitude de scalpels dont les mouvements étaient dirigés par la voix de l'APR. *Mon Dieu, et s'il se déréglait, l'autre, là, ce n'est qu'une machine après tout !*

— Non, répondit Monge, il s'agirait d'une opération du larynx. Ce n'est pas grand-chose, s'empressa-t-il de préciser. Le larynx de Gingo est placé un peu trop haut et il empêche l'os hyoïde de remplir ses fonctions.

— L'os… quoi ?

— C'est un petit os à la base de la langue, en forme de U. C'est lui qui commande les muscles qui font bouger la langue et la mâchoire inférieure. Il abaisse ou élève le larynx pour produire les voyelles et les consonnes qui constituent le langage. Pour l'instant, le larynx de Gingo est trop haut, mais il suffirait de l'abaisser pour restituer la taille de la cavité pharyngée qui lui permettrait d'articuler des mots. Vous comprenez ?

Jade agita la tête plusieurs fois de suite. Oui, elle comprenait. Bien sûr qu'elle comprenait ! Mais pour l'heure, la joie l'empêchait d'articuler un son, alors qu'elle avait bien quelque part dans sa gorge ce fameux os machin-truc qui remplissait d'ordinaire toutes ses fonctions.

— L'opération ne sera peut-être même pas nécessaire, ajouta Monge, absorbé de nouveau par l'observation des clichés. J'ai bon espoir que, après l'adolescence, le larynx se sera spontanément mis en place.

Il se tourna de nouveau vers Jade.

— Quoi qu'il en soit, je tiens d'ores et déjà à vous prévenir que l'élocution de Gingo ne sera pas parfaite, précisa-t-il. Gingo ne parlera jamais comme vous et moi, il aura des difficultés avec certains sons, avec les consonnes notamment... Encore que, avec une bonne rééducation... Enfin, on verra, nous n'en sommes pas encore là. Pour l'instant, il faut le laisser grandir en paix !

Dans les mois qui suivirent, Jade fut constamment portée par l'espoir que le docteur Monge avait fait naître cette nuit-là. Dans les moments difficiles, lorsqu'elle perdait patience face au comportement anarchique et imprévisible de Gingo, cette perspective lui donnait le courage qui lui faisait défaut. Et dans les bons moments, lorsque Gingo la surprenait par un progrès inattendu – une question pertinente, la mémorisation d'un mot difficile –, elle prenait la tête de son fils entre ses mains et, plongeant son regard dans ses grands yeux noisette, elle attendait que le miracle se produise.

— Allez, vas-y mon grand, dis quelque chose ! Maman, papa... Ce que tu veux, ce que tu peux !

Même « merde », ou « chiottes », les mots préférés de Gingo, feraient l'affaire, pensait-elle.

Elle lui montrait comment assembler les lèvres « *M-A MA* » ! « *P-A PA* » ! Elle le fit régulièrement, alors que les années passaient et qu'il y avait quelque chose de ridicule à montrer à ce grand dadais si puissant que devint Gingo, comment articuler le mot « maman » ou « papa ».

Mais ses efforts demeuraient vains. Gingo ne poussait que les cris de gorge habituels. Elle tempérait alors sa déception en se disant qu'il était encore trop tôt, qu'il fallait attendre, que cela viendrait bien un jour.

Oui, sûrement. Un jour.

CHAPITRE 21

Gingo allait bientôt avoir sept ans. C'était dès lors un adolescent. Pour les Adoptés, l'âge de l'adolescence correspondait à celui de leur croissance physique, pas mentale. Jade fut avisée par les services sociaux qu'il devrait désormais vivre en autonomie partielle dans le module qui lui serait attribué.

Les modules réservés aux Adoptés n'avaient rien à voir avec ceux des @tolescents de la Cité blanche, dont les plus luxueux se trouvaient sur la terrasse du Centre P. comme celui de Hash, sous l'Arche D., ou encore la Pyramide L.

Il s'agissait de gros cubes accrochés aux façades des tours où vivaient les familles adoptives. Dès qu'un enfant franchissait le seuil de l'adolescence, les ouvriers intervenaient et posaient cette extension à l'appartement, qui devenait trop étroit pour les mouvements réputés brusques et désordonnés des Adoptés, susceptibles de détériorer les aménagements intérieurs des logements dont la Cité était propriétaire. On estimait de plus que l'adolescent apprenait ainsi l'autonomie – le ministère de l'Éducation s'était allié au ministère de l'Urbanisme pour ratifier ce type d'habitat.

Les cubes se superposaient les uns aux autres et les tours ainsi aménagées avaient l'air de longues tiges dotées d'une multitude de bulbes proéminents. Les modules avaient l'avantage d'être échangeables entre voisins, selon les besoins. Ils étaient tous en bois ou en matériaux recyclables. Parfois, lorsqu'une tour affichait complet, on les posait ailleurs, sous le pont d'un métro aérien ou la terrasse d'une tour. Ce n'était pas le cas de la tour 14 où il y avait encore de la place. Heureusement. Ni Jade ni Alban n'auraient supporté que Gingo soit éloigné d'eux, si peu que ce fût.

Gingo fut très fier, le premier jour où il emménagea dans sa « caravane ». Nom qu'il donna à ce nouvel espace qui lui était attribué, car le terme officiel de « module », ratifié par les ingénieurs urbanistes, était trop compliqué pour lui et ne lui évoquait rien.

Il attendait cet événement avec impatience. En grandissant, il avait fini par se sentir à l'étroit dans l'appartement de ses parents. Les remontrances de mapan se multipliaient : « Tu as mouillé la moquette en sortant de la douche ! » « Regarde un peu les traces de boue que tu as laissées sur le parquet, tu as oublié de te déchausser alors qu'il pleut dehors ! » Jade piquait des colères noires, se lançait dans de longs monologues enflammés, répétant qu'elle ne s'était pas usée à l'éduquer pour en arriver là, être réduite à nettoyer et ranger sans cesse derrière lui, qu'une mère n'était pas une femme de ménage. Gingo, malgré ses maladresses répétées, avait un très bon fond et sa gentillesse ne fut pas entamée par l'entrée dans l'adolescence. Peiné de voir sa mère aussi fâchée, il s'excusait, promettait de faire dorénavant attention – et il était sincère. Mais dès le lendemain, sa mémoire défaillante lui faisait oublier ses bonnes résolutions.

Au moins dans sa caravane, il pouvait laisser traîner ses affaires sans qu'on le lui reproche à tout moment. Il lui suffisait de ranger grossièrement de temps en temps, en fourrant ses vêtements en tas sous son lit, mêlés aux emballages de bonbons, sucreries diverses ou épluchures de fruits. Elle offrait tout le confort nécessaire : un lit, beaucoup plus grand que celui qu'il avait dans sa précédente chambre, un ordinateur – un vieux modèle distribué par les services sociaux, semblable à ceux utilisés à l'école –, une télévision et une console de jeux. Il y avait même un petit réfrigérateur, bien pratique en cas de fringales nocturnes, fréquentes chez Gingo.

Mais ce qu'il appréciait tout particulièrement, c'était la vue. Les cubes étaient dotés d'une unique et large fenêtre – une manière de baie vitrée – sans barreaux, à l'inverse de celles de l'appartement. Gingo, où qu'il fût dans le module, assis devant son ordinateur ou allongé sur son lit, pouvait admirer le ciel et s'il baissait les yeux, il voyait en bas les piétons s'agiter comme une colonie de fourmis parmi les voitures qui avaient l'air de minuscules jouets. Il adorait ça, regarder par la fenêtre ! Il adorait se sentir aussi près du ciel ! Et il adorait ce paysage urbain. Il n'avait aucune idée de ce que pouvait être un paysage de campagne, de montagne ou de forêt. Il n'en avait jamais vu autrement que dans les photos que Jade découpait dans les magazines.

— Loin ? demandait-il lorsqu'elle lui en montrait. Derrière mur ?

— Encore bien plus loin, répondait Jade.

Mais, même si Gingo n'en avait pas conscience, les

modules avaient toutefois un inconvénient. Et pas des moindres. Les caméras branchées vingt-quatre heures sur vingt-quatre au plafond afin que les parents puissent avoir un œil sur leurs adolescents et veiller à ce qu'ils ne sortent pas après le couvre-feu, fixé à vingt heures trente. En outre, les enregistrements devaient être précieusement conservés afin d'être remis, le cas échéant, aux policiers ou aux assistantes sociales. (Les uns les réclamaient en cas d'infraction à la loi, les autres les envoyaient aux scientifiques de la Cité blanche afin qu'ils puissent compléter leur étude sur le comportement des Adoptés.)

Jade décida très vite qu'elle « oublierait » de brancher la caméra.

— Espionner mon fils, c'est m'espionner, moi ! Et toi ! C'est espionner notre famille ! dit-elle à Alban. Non mais ! En vertu de quoi ils s'arrogeraient ce droit ? ! Ils nous font bien assez chier comme ça !

Elle « omit » aussi, au fil du temps, de verrouiller la fenêtre, laissant ainsi à Gingo tout loisir de sortir. Elle estimait qu'il avait besoin d'un peu de liberté. On ne pouvait pas le contraindre à l'enfermement, maintenant qu'il avait grandi. Elle entendait bien les cris de certains de ses jeunes voisins, contraints par leurs parents à rester le soir dans leur module. Ceux-ci n'étaient pas suffisamment insonorisés pour qu'elle ne perçoive pas leur détresse. Quant à ceux qui restaient silencieux, c'était sans doute dû aux sédatifs qu'on leur administrait.

Elle offrit à son fils une montre. Un vieux modèle pour enfants qu'elle trouva dans une solderie, dont les chiffres et les aiguilles étaient très gros et d'un rouge vif.

— Tu dois respecter mon couvre-feu à moi, dit-elle à

Gingo. Tu ne rentres jamais plus tard que vingt-deux heures, *jamais, entendu ?*

Elle lui montra la position des aiguilles qui correspondaient à cette heure.

— Et jamais tu ne franchis le mur. *Jamais, compris ?*

— Compris !

Gingo savait reconnaître les modulations de la voix de sa mère et les expressions qui les accompagnaient. Quand son visage était fermé comme un poing, c'était du sérieux. Il avait intérêt à obéir.

Les ingénieurs en urbanisme avaient enveloppé les modules d'un treillis métallique aux larges mailles pour prévenir tout risque de chute. Les soirs où il avait besoin de prendre l'air, Gingo ouvrait la fenêtre et n'avait plus qu'à s'accrocher par les mains et les pieds aux mailles du filet, puis sauter au sol en toute souplesse et s'accorder une promenade nocturne. Au retour, il escaladait le filet en sens inverse et le tour était joué. Grâce à la pratique régulière de l'escalade dans le gymnase de la tour, il était rompu à cet art.

Le module communiquait avec l'appartement par une porte intérieure à laquelle Gingo prit soin d'accrocher un panneau « *Do not disturb* » que Jade avait trouvé dans une de ces épiceries qui vendaient de tout et lui avait offert après en avoir signé le sens.

Ce fut une période calme et heureuse. Jade se trouva dans les mêmes dispositions que toute autre mère dont le fils s'épanouit et devient autonome. Même les instructrices remarquèrent que Gingo était plus sage. Bien sûr, Jade attendait toujours avec une certaine appréhension le retour de Gingo après ses promenades. Le moindre retard l'inquiétait et elle ne pouvait s'endormir que lorsqu'elle entendait la fenêtre du module se verrouiller. Personne, dans le quartier, ne semblait avoir remarqué les sorties de Gingo – du moins personne n'avait fait une réflexion à Jade ou Alban à ce sujet. *Pas vu pas pris !* Jade était elle-même plus détendue et se prenait à sourire en croisant une voisine de la tour, elle lançait un « bonjour » plus chaleureux que de coutume – ce qu'elle n'avait plus fait depuis les revers essuyés lors de son installation.

Sa peur s'atténua.

On oublie si vite ce qui nous fait peur.

CHAPITRE 22

« Mourir. » L'index et le majeur de la main gauche se rabattent sur ceux de la main droite en un mouvement de balancier.

— Qu'est-ce que c'est, mourir ? demanda Gingo à brûle-pourpoint, alors que Jade s'asseyait au bord de son lit.

Il était couché, dans sa caravane, Jade était venue lui souhaiter une bonne nuit avant d'éteindre les lumières. Un rituel auquel il se prêtait encore de temps en temps, lorsqu'il se sentait un peu mélancolique, sinon il renvoyait sa mère, jugeant qu'il était désormais trop grand, ce cérémonial accompagnant le coucher n'était bon que pour les bébés. Ce soir-là, il se réjouit que sa mère fût là. Il se sentait d'humeur maussade.

Il se redressa. Dos calé contre son oreiller, coude gauche appuyé sur ses genoux repliés, menton coincé entre son index et son pouce, son regard se perdit vers le fond de la caravane. Jade eut une brève hésitation : cette attitude rêveuse, chez Gingo, n'était en général qu'un leurre – elle avait eu l'occasion de le vérifier à plusieurs reprises, à ses dépens. Il mimait la rêverie et le calme qui allaient de paire pour détourner son attention, pour qu'elle baisse la garde et lui laisse ainsi tout loisir de faire ce qu'il avait en tête : chaparder quelque chose, n'importe quoi, une clé, un paquet de bonbons jeté au fond d'une poche. Ensuite, avec une extrême rapidité, muni de son butin, il courait pour se mettre hors de portée. Mais Jade estima qu'il n'avait pas l'intention, ce soir-là, de ruser. Cette feinte, Gingo enfant en abusait, pas l'adolescent. Cela faisait longtemps d'ailleurs qu'il n'avait rien volé, du moins à sa connaissance. Il changeait beaucoup ces derniers mois et les questions existentielles commençaient à le tarauder. Une nouvelle preuve que le personnel des services sociaux s'était trompé.

Il restera toujours débile, hein ? Son intelligence ne passera jamais un certain seuil ? Qu'est-ce que vous dites de ça, alors ?

Jade regretta presque d'avoir débranché la caméra du module. Elle hésita à la remettre en marche, y renonça après réflexion. Elle n'avait pas envie qu'on lui vole ce précieux moment d'intimité qu'elle s'apprêtait à partager avec son fils. *Qu'ils aillent se faire foutre !*

— Où as-tu entendu ce mot, mon grand ? demanda-t-elle.

Gingo fit une grimace. Il n'aimait pas qu'on réponde à une question par une autre question. C'était une perte de temps. C'était idiot. C'était un tic très agaçant qu'avaient la plupart des adultes. Il consentit néanmoins à faire un effort sur ce « pourquoi du pourquoi » et dut réfléchir un long moment, fixant sa mère en plissant les yeux, comme si cela l'aidait à visualiser ce qu'elle lui demandait.

— Dans boîte sommeil ! s'exclama-t-il enfin. Image sommeil !

CHAPITRE 22

Gingo désignait par là les rêves. Le sommeil, cette « boîte » étrange dans laquelle il s'enfermait la nuit, dispensait des images non moins étranges sans aucun rapport avec celles que l'on pouvait trouver dans les magazines. C'étaient des images animées. Floues, mouvantes, fuyantes, et souvent terrifiantes. En général, Gingo ne se souvenait pas de ses rêves, fort heureusement, car le lendemain d'une nuit peuplée de songes, son comportement se détériorait. Il était incapable de fixer son attention pour travailler et son taux d'acquisition de mots chutait considérablement. Il se réveillait de mauvaise humeur, les yeux chassieux, se montrait irritable au point que la moindre contrariété provoquait une somme de caprices et une colère qu'il était incapable, celle-là, de maîtriser en l'annonçant.

Lors du déjeuner, un jour, alors que, assis tranquillement à table, il dégustait l'un de ses desserts préférés, une compote de pommes, il s'était brusquement levé en hurlant, avait ouvert tous les tiroirs et placards de la cuisine et en avait jeté le contenu contre les murs. Il s'en était pris ensuite à la poubelle, qu'il avait renversée par terre avant de projeter à toute volée les détritus à travers la pièce. Jade avait été tout d'abord – et une fois de plus ! – désarçonnée, car rien ne justifiait cette crise. Aucune contrariété n'en avait été à l'origine.

— Je t'ai déjà dit, Gingo, que les colères sont mauvaises. Tu te rappelles ? avait-elle dit dans l'espoir de le raisonner.

— Gingo, pas colère ! avait rétorqué Gingo, tremblant de tous ses membres.

Il voulut amorcer d'autres gestes pour poursuivre sa phrase, mais en fut incapable et continua à lancer à travers la pièce tout ce qui se trouvait à portée de sa main.

Jade décida de le laisser faire. La crise fut aussi spectaculaire que brève. Il y en eut d'autres, par la suite, peu nombreuses. Néanmoins, elles revenaient de manière récurrente et Jade finit par remarquer que les gestes de Gingo, lorsqu'il jetait à travers la pièce couverts ou épluchures de fruits extirpées de la poubelle, n'étaient pas si désordonnés qu'ils en avaient l'air. Gingo les lançait toujours dans la même direction, comme s'il visait quelque chose en particulier ou… quelqu'un qu'elle-même était dans l'incapacité de voir. Or Jade ne croyait pas aux fantômes et ne croyait pas non plus que Gingo eût un sixième sens lui permettant de voir des spectres et d'entrer en communication avec eux. Elle avait en outre remarqué que la crise pouvait survenir à n'importe quel moment de la journée, le matin ou au beau milieu de l'après-midi. En revanche il y avait une constante, qu'elle finit par repérer. Ces jours-là immanquablement, lorsque, au petit-déjeuner, elle posait à Gingo la traditionnelle question : « Tu as bien dormi mon chéri ? », il répondait par la négative avec une insistance marquée. Il secouait la tête de droite à gauche si franchement que pour un peu il se serait dévissé le cou et doublait sa réponse en la signant vigoureusement. L'index de la main droite levé, il balayait l'air de droite à gauche. Il répétait ce geste plusieurs fois et ajoutait un commentaire :

— Mauvaise boîte sommeil ! Boîte sommeil, chiottes !

Jade finit par comprendre que les crises étaient provoquées par la réminiscence soudaine d'un rêve, ou d'une bribe de rêve. Pour Gingo, qui prenait tout au pied de la lettre, l'image issue d'un rêve dont il ne s'était pas souvenu au réveil, comme cela arrive fréquemment, faisait une brutale irruption dans son esprit, il la visualisait soudain au même titre qu'une personne en chair et en os qui serait entrée dans la pièce sans y avoir été conviée. Cette image lui faisait peur, elle était chargée d'angoisse et c'est elle qu'il visait et assommait, croyait-il, à coups d'épluchures de fruits ou de lancer de fourchettes.

De quoi Gingo avait-il bien pu rêver pour qu'il demande la signification du mot « mourir » ?

— Eh bien… commença Jade, mourir, c'est…

« Arrêter de vivre », allait-elle dire, mais elle jugea la réponse idiote. Gingo ne s'en contenterait pas. Elle réfléchit un instant. Elle ne pouvait pas non plus lui faire le coup de « mourir, c'est partir pour un autre monde, meilleur, pour le paradis ». Gingo, trouvant sa réflexion trop longue, la secoua en agrippant son bras et lui fit le signe « Vite ».

— Mourir, dit-elle enfin, c'est la boîte à sommeil pour toujours.

Gingo ouvrit des yeux horrifiés et recula si vivement que l'arrière de son crâne heurta la tête de lit.

— Toujours, toujours ?

— Oui.

— Jamais réveillé ?

— Jamais.

— Manger céréales au chocolat du matin, fini ?

— Fini.

— Boire jus d'orange du matin, fini ?

— Fini.

— Voir mapan le matin, fini ?

— Fini.

— Et voir paman le soir, fini ?

— Fini.

Gingo marqua une longue pause en se grattant le menton. Puis il releva brusquement la tête, comme s'il venait d'avoir une idée de génie. Nouveau coup sur l'arrière du crâne, qu'il frotta vigoureusement.

— Réveillé plus tard, alors ? Et manger spaghettis sauce rouge du midi ? Et voir mapan à midi ?

— Non. Jamais réveillé, même plus tard. Spaghettis sauce rouge, fini aussi.

— Et courir ?

— Fini.

— Et voir le ciel ?

Jade dut répondre de la sorte à une longue énumération des activités préférées de Gingo – l'occasion de prouver à un tiers la richesse de son vocabulaire.

— Mourir ! Sale ! Puant ! W-C ! Chiottes ! Mourir, merde ! Grosse merde ! déclara-t-il enfin.

Tu as raison, mon fils, mourir, c'est vraiment merdique.

Mais la conversation ne s'arrêta pas là. Une autre question suivit, que Jade avait prévue.

— Pourquoi mourir ?

Elle lui expliqua que la plupart du temps on mourait parce qu'on était vieux, parce que le corps s'usait et cessait de fonctionner. Elle le fit à l'aide d'une panoplie de comparaisons suffisamment imagées pour Gingo.

— Vieux, merde ! conclut-il lorsqu'elle eut fini.

Oui, c'est vrai aussi, mon fils.

— Jeune mourir, possible ?

La question était plus délicate, mais Jade jugea qu'elle ne devait pas abuser Gingo, qu'une fois encore elle lui devait la vérité. Elle s'efforça de lui expliquer que de jeunes personnes pouvaient mourir suite à des maladies ou des accidents. Gingo opina de la tête d'un air entendu.

— Mourir jeune, plus merde que mourir vieux ! conclut-il avant de poursuivre sur la lancée de ses questions. Et tuer, quoi ?

« Tuer. » On passe le pouce le long de la gorge en faisant le geste de la trancher, et en même temps on tire la langue sur le côté.

Celle-là, en revanche, Jade ne s'y attendait pas.

— Eh bien, tuer, c'est donner la mort.

— Qui ?

— Une personne méchante peut donner la mort à une autre personne.

— Comment ?

Jade poussa un long soupir.

— Il y a beaucoup de moyens de donner la mort, malheureusement. Tu as vraiment envie qu'on parle de ça maintenant ?

— Non ! Gingo fatigué.

Il tendit la joue pour recevoir le baiser de Jade, avança ses lèvres pour l'embrasser à son tour et se coucha.

— Dans boîte sommeil, personne méchante donner mort Gingo, murmura-t-il d'un ton détaché.

Un frisson parcourut le corps de Jade. Elle baissa la couette dont Gingo s'était couvert la tête pour le questionner davantage, pour qu'il précise ses paroles, mais il dormait déjà.

CHAPITRE 23

Le rêve de Gingo était-il prémonitoire ? Jade se poserait souvent la question par la suite. Oh ! Comme elle se reprocherait de n'avoir pas cherché à en savoir davantage. Elle avait si vite oublié sa peur !

Les policiers vinrent chercher Gingo avant l'aube. Les arrestations se faisaient toujours avant l'aube, c'était une tradition immuable. Il fallait profiter de ce moment si particulier où les familles, tirées brusquement de leur sommeil, se trouvaient fragilisées et totalement désorientées. Leur capacité de résistance était amoindrie – pour ceux qui osaient envisager de résister, ce qui, jusqu'à présent, ne s'était jamais produit.

Il n'était pas encore six heures. Le jour allait bientôt se lever. Le silence était total. Pas de vent. Pas même le pépiement d'un oiseau qui se serait égaré dans les environs. (Effrayés par les cris de gorge des Adoptés, les oiseaux évitaient le quartier, en dépit des nombreux arbres qui s'y trouvaient.)

Un vacarme qui parut surgir tout droit de l'enfer résonna

soudain. Il y eut d'abord un énorme grondement, comme si un fauve ou Dieu sait quel autre animal sauvage avait franchi les frontières du quartier, dont le rugissement aurait été amplifié par les haut-parleurs du centre commercial, situé non loin de là, en lieu et place de la musique qu'ils avaient l'habitude de diffuser. C'était le moteur d'un camion qui parcourait les rues à toute vitesse et dont la course folle s'arrêta brutalement devant la tour 14. La bâche, à l'arrière, se souleva, telle une gueule béante et noire qui vomit une horde de policiers. Ceux-ci se précipitèrent dans le hall et, avisant que l'ascenseur était en panne, ils empruntèrent les escaliers. Premier étage, deuxième, troisième… Le martèlement des bottes emplissait la cage d'escalier qui faisait office de caisse de résonance, évoquant un coup de tonnerre qui gronde au loin dans le ciel et se rapproche inexorablement pour éclater au-dessus de sa cible. Dix-septième étage. Trois grands coups furent frappés à la porte des Lemestre.

« Police ! Ouvrez ! »

Les voisins sortirent dans le couloir. Après la peur, ils éprouvèrent une pitié teintée de soulagement. Le malheur frappait à côté. Pas chez eux.

Jade était réveillée depuis un moment. Le rugissement du moteur, elle l'avait perçu alors que le camion n'était encore qu'à l'autre bout de la Cité bleue. Ses sens étaient aiguisés à ce bruit qui faisait tinter un signal d'alerte dans son cerveau. Les policiers étaient déjà venus à une ou deux reprises dans la tour, à l'étage du dessus ou du dessous, chez des voisins, pour procéder à l'arrestation de leur enfant. Jade était restée immobile dans son lit, serrant la main d'Alban à lui faire mal. Mais elle n'avait pas bougé, elle n'était pas sortie de son appartement. Chacun pour soi. Elle avait fini par en faire son adage, même si elle méprisait sa lâcheté. Aucune arrestation n'avait eu lieu depuis l'installation de Gingo dans son module. Elle avait cru à l'illusion de son bonheur et s'était dit que ça n'arriverait jamais plus.

Mais non. Ça recommence. Et cette fois ça tombe sur nous.

Il s'est passé quelque chose de grave.

Gingo était rentré particulièrement tard. *Anormalement* tard. À vingt-trois heures. Jamais il n'avait enfreint ses consignes au-delà d'une telle limite. Elle l'avait entendu rentrer depuis sa chambre, sans reconnaître tout d'abord sa démarche, beaucoup plus syncopée que de coutume – signe qu'il était bouleversé. Elle aurait dû se lever comme elle en avait eu l'intention, elle aurait dû lui parler, l'interroger. *Le cacher.* Mais elle y avait finalement renoncé en constatant qu'il s'était couché et endormi et s'était dit qu'il serait toujours temps de lui parler le lendemain.

L'angoisse paralysait son corps tandis que les coups frappés à la porte redoublaient de violence. C'était comme si ces coups heurtaient directement sa poitrine, son cœur, qui menaçait de s'arrêter. Au prix d'un douloureux effort, elle mobilisa ce qui lui restait d'énergie, se leva et enfila le premier vêtement qui lui tomba sous la main. Sa vieille robe de chambre usée jusqu'à la corde, qu'elle conservait en souvenir du temps où Gingo, bébé, aimait à se lover entre les plis du tissu alors si doux. Elle secoua Alban qui, s'il était réveillé, avait ce regard hagard typique de ceux qui ne parviennent pas à s'extraire totalement du sommeil, ou ne le veulent pas.

— Vite ! Vite ! Alban ! Lève-toi ! Ils sont là.

Alban comprit instantanément qui sa femme désignait par « ils ». Trois petites lettres qui cristallisaient leur hantise. Il s'extirpa du lit et suivit Jade jusqu'à la porte, qu'il ouvrit juste avant qu'elle ne vole en éclats sous les coups de bottes des policiers.

— Où est votre fils ? demanda le commandant.

Incapable de répondre, Jade fondit en larmes. Mais elle se ressaisit très rapidement. Il lui fallait dissimuler sa peur et faire front.

— Qu'est-ce que vous lui voulez ? Il n'a rien fait de mal !

Voyant qu'elle prenait une posture de défi – fermement campée sur ses jambes, buste penché en avant, ses cheveux parsemés depuis peu de quelques fils gris s'échappant en deux longs bandeaux indisciplinés qui encadraient son visage, elle levait un poing menaçant – Alban prit peur que la police ne l'embarque elle aussi. Il l'entoura de ses bras et tenta de la rassurer.

— C'est rien ! C'est rien, calme-toi ! Ça va s'arranger ! C'est sûrement un malentendu !

Mais Jade ne fut guère rassérénée par ses paroles et, impuissante, vit les policiers faire le tour de l'appartement pour trouver l'entrée du module de Gingo. Le panneau « *Do not disturb* » était accroché, piètre barrière contre leur intrusion.

Plongé dans un sommeil profond, Gingo n'avait rien entendu du vacarme annonçant leur arrivée. Il fut réveillé en sursaut, en plein milieu d'un rêve dont les images s'effilochèrent comme les fragments d'une toile d'araignée déchirée lorsqu'il ouvrit les yeux. Il vit sa porte défoncée, le petit écriteau « *Do not disturb* » piétiné sous les bottes de quatre hommes-boutons qui entouraient son lit et braquaient sur lui leurs fusils à seringue paralysante. Il y eut un bref instant pendant lequel il se demanda s'il était vraiment réveillé ou s'il rêvait toujours, s'il ne se trouvait pas immergé au cœur d'une très mauvaise *image sommeil*, comme cela lui arrivait de temps en temps.

Mais non. Les fusils braqués sur lui étaient bel et bien réels. Pris de panique, il se dressa d'un bond sur son lit. Il avait une peur bleue des « aiguilles volantes » (ainsi nommait-il les seringues paralysantes). Il savait ce que c'était. Des hommes-boutons en avaient fait un jour une démonstration à l'école et l'instructrice leur en avait expliqué les effets. Gingo n'arrivait cependant pas à se les représenter concrètement : la paralysie. Ne plus pouvoir bouger un bras, une main, une jambe. Être transformé en statue. C'était inconcevable dans son esprit.

Les hommes-boutons ne tirèrent pas, cependant l'un d'eux lança une grande perche au bout de laquelle se trouvait un filet qui emprisonna sa tête, tandis que la corde nouée à la base du filet lui étranglait le cou. Il tira violemment sur le manche, contraignant son prisonnier à rouler hors du lit, par terre, les quatre fers en l'air.

— Debout, racaille !

Gingo ne connaissait pas ce mot, mais il l'associa instantanément au « macaque » entendu autrefois dans la cour de l'école. Il sut d'instinct que c'était une insulte. Il sut aussi qu'il ne devait rien répliquer. De toute façon, il était bien trop bouleversé pour signer le moindre mot. Tenu en laisse comme un chien, il ramassa les premiers vêtements qu'il put trouver. Un caleçon, celui de la veille – pas le temps d'en prendre un propre, alors qu'il avait l'habitude d'en changer chaque matin après sa douche, comme le lui avait appris Jade, une habitude que le passage à l'adolescence n'avait pas bouleversée, Gingo mettant un point d'honneur à être propre et coquet – un tee-shirt, un jean et des baskets. Il enfila tant bien que mal, en sautillant d'un pied sur l'autre, caleçon et jean, glissa ses baskets et son tee-shirt sous le bras. Les hommes-boutons le tirèrent sans ménagement hors de son module et lui firent traverser l'appartement.

Jade et Alban se trouvaient toujours près de la porte d'entrée. Jade pleurait dans les bras de son mari. Lorsqu'elle vit son fils enchaîné comme un chien enragé qu'on allait jeter à la fourrière, elle devint hystérique. Se dégageant des bras d'Alban, elle se rua sur le policier qui tenait Gingo entravé et se mit à le frapper, lui donnant des coups au hasard, sur le ventre, la poitrine, les bras, essayant d'atteindre son visage dans l'espoir de le griffer, le lacérer, le mettre en charpie, lui arracher les yeux, mais l'homme était casqué et elle ne réussit qu'à se faire du mal en heurtant le métal.

— Allons madame, calmez-vous ! Ne rendez pas les choses encore plus difficiles ! ordonna le commandant.

— Plus difficiles ? répéta Jade, hors d'elle. Ah ! Parce que c'est difficile pour vous de traiter les enfants comme des animaux, peut-être ? Vous devriez avoir honte !

— Faites attention à ce que vous dites, madame, vous êtes sur le point de commettre une agression verbale ! (Il ne semblait pas avoir remarqué, derrière son armure de métal, qu'elle lui avait donné des coups, ou alors il ne les avait pas sentis.) Outrage à un représentant de l'ordre, ça peut vous valoir cher !

Mais rien ne fut en mesure de calmer Jade, ni les menaces du commandant, ni les paroles de réconfort de son mari. Ce n'étaient d'ailleurs pas des paroles, mais des balbutiements, des onomatopées à peine audibles, tant il était ébranlé lui aussi. Curieusement, ce fut Gingo qui mit un terme à la colère de sa mère. Il s'approcha d'elle, autant que le lui permettait la perche par laquelle il était tenu en laisse, et signa malgré l'entrave des menottes :

CHAPITRE 23

— Mapan, pas triste ! Pas colère ! Gingo, rentrer. Rentrer vite maison !

Pauvre mapan, jamais il ne l'avait vue dans un tel état. Elle venait de piquer une terrible crise de nerfs alors qu'elle-même lui avait appris que la colère était *sale*. Avec sa robe de chambre toute boulochée, à la couleur fanée, ses cheveux en bataille, ses yeux rougis par les larmes, elle ne ressemblait plus à mapan, si jolie d'habitude. Il eut envie de se blottir dans ses bras. Ce qu'il ne put faire, enchaîné comme il l'était. Il se promit, en revenant, de faire plein de choses qui la rendraient moins triste. Il rangerait sa caravane – elle en avait besoin. Il proposerait de l'aider à faire la cuisine ou la lessive. Petit, il adorait charger le linge dans la machine à laver, il regardait alors le linge tourner dans un sens puis dans l'autre à travers la vitre du hublot. Ce spectacle le fascinait, même s'il prenait peur en entendant le bruit de l'essorage dont les vibrations se répercutaient jusque sous ses pieds. Il adorait aussi sortir le linge du sèche-linge, il jouait avec les chaussettes, toutes douces, chargées d'électricité statique, souvent il y en avait une qui restait seule une fois qu'il les avait regroupées par paires comme mapan le lui avait appris, il allait alors farfouiller dans le linge sale et y trouvait sa sœur jumelle, oubliée au fond du panier. Il aimait beaucoup faire la vaisselle aussi. Perché sur le bord de l'évier, il jouait avec l'eau savonneuse. Oui, il ferait tout ça en rentrant.

Car malgré tout, il demeurait confiant et n'était pas aussi inquiet que sa mère. C'était la première fois que les hommes-boutons venaient le chercher chez lui, c'est vrai, les autres fois, ils étaient venus en classe, à l'école, et ils n'avaient pas été aussi méchants, il en avait bien conscience. Cependant il était sûr qu'on allait le conduire chez la juge (*la femme aux ongles rouges*) et mapan viendrait le chercher, comme les autres fois. Dans quelques heures, il serait de retour chez lui.

Il n'imaginait pas du tout la teneur de ce qui allait suivre.

Un détail lui échappait.

On était le 3 avril 2***. C'était le jour de son anniversaire. La date ne signifiait rien pour Gingo. Chaque jour à l'école, on lui énonçait la date qu'il récitait par cœur, mais il n'en comprenait pas l'utilité. Il récitait aussi les jours de la semaine et la longue liste des mois. Or il n'y avait que deux jours qu'il repérait aisément dans la semaine : le samedi, parce qu'il n'allait pas à l'école, et le dimanche, parce que sa mère lui faisait des crêpes. Quant aux mois, ils ne se distinguaient que par le rythme des saisons. De janvier à avril il faisait froid, d'avril à juin le temps se radoucissait, puis venait la chaleur de juillet août, les pluies et le vent qui se renforçaient de septembre à décembre. À ceci près que les saisons se montraient capricieuses – autant que lui – si bien qu'il arrivait souvent à Gingo, par un jour frais et pluvieux de mai, d'être envoyé au coin parce qu'il avait affirmé à l'instructrice, à grands renforts de cris et de signes offusqués, qu'elle s'était trompée dans l'énoncé de la date.

Ainsi, tant qu'il n'aurait pas vu le gros gâteau orné de bougies que sa mère avait préparé, tant qu'il n'aurait pas reçu son cadeau, ce 3 avril serait pour lui un jour comme les autres.

Mais Jade et Alban savaient, eux, que depuis quelques heures Gingo avait sept ans révolus et que selon la législation spéciale mise en vigueur pour les Adoptés, il était majeur – une mention le spécifiait dans le contrat d'adoption.

Il n'irait pas chez la juge pour enfants, il irait en prison.

CHAPITRE 24

On conduisit Gingo au commissariat de la Porte C, à la frontière du mur.

On l'enferma pendant ce qui lui parut des heures et des heures interminables dans une petite salle, un réduit de deux mètres sur trois à peine. Une chaise, une table, l'œil d'une caméra vissée au plafond, trois murs. Blancs à l'origine, ils étaient à présent criblés de nombreux graffitis, marqués par des traces obliques, similaires à des griffures, qui lézardaient sur le plâtre qu'elles avaient profondément entaillé par endroits, y creusant de petits trous évoquant des impacts de balles. Souvenirs laissés dans les lieux par les précédents gardés à vue. Le quatrième mur était différent. En le découvrant, Gingo, paniqué, se raidit, se retourna comme s'il avait vu un démon et, saisissant la poignée de la porte, l'abaissa et la souleva violemment, plusieurs fois de suite, dans l'espoir d'ouvrir la porte et de s'enfuir. Il finit par comprendre que ses efforts seraient vains, qu'il était enfermé à clés. Enfouissant sa tête entre ses bras, il fonça jusqu'à la chaise qu'il tira et déplaça de manière à s'y asseoir en tournant résolument le dos à ce mur.

Il s'agissait d'un miroir sans tain. Gingo ne pouvait deviner que de l'autre côté de ce miroir, on l'observait – s'il l'avait su, il aurait trouvé l'objet plus détestable encore ! –, mais il ne supportait toujours pas d'y voir son reflet. Il avait pris en grippe cette chose étrange, cette surface lisse et plane qui avait le pouvoir de faire apparaître une copie de lui-même, un frère jumeau, un double parfait, alors qu'il n'avait pas demandé à le voir, alors qu'il se trouvait très bien tout seul.

Tout le temps qu'il resta enfermé, il mit un soin scrupuleux à ne jamais regarder le miroir, redoutant de voir ce qu'il y avait vu une première fois. Il avait suffisamment de jugement pour supposer que son image ne serait plus exactement la même, puisqu'il avait grandi, mais elle lui révélerait qu'il était toujours aussi laid, *toujours aussi différent.*

Derrière le miroir sans tain se trouvait un expert qui devait remettre son rapport au juge devant lequel Gingo allait bientôt comparaître. Il s'agissait d'un psychiatre spécialisé dans les troubles de l'adolescence. Un officier de police se tenait à ses côtés.

— L'attitude du prévenu n'est pas une simple marque d'incivilité, remarqua l'expert. Cet adolescent sait très bien que nous l'observons. Il marque ainsi son opposition farouche à l'Autorité. Il est possible aussi qu'il veuille dissimuler son visage pour qu'on ne puisse y voir l'expression coupable d'un aveu. À cet âge, précisa-t-il, les adolescents mentent sans vergogne, mais il y a une forme d'inadéquation entre leur corps et leur esprit. Leur corps ne se montre pas aussi habile à la dissimulation et maints détails dans leur attitude les trahissent.

CHAPITRE 24

Il n'y avait rien sur la table. Pas le moindre objet que Gingo pût saisir et manipuler, avec lequel il aurait pu jouer afin d'occuper ses mains. (Il fallait toujours qu'il occupe ses mains.) Il réfléchit deux ou trois secondes et trouva quelque chose à faire : enfiler son tee-shirt, puisqu'on l'avait débarrassé de cet affreux filet qui emprisonnait sa tête. Il se sentit mieux, le tee-shirt avait des manches longues qui le protégeaient un peu du froid, car il ne faisait pas bien chaud dans la pièce, mais… Gingo leva le bras gauche, renifla son aisselle et fit de même avec le droit. Il sentait la sueur. Il détestait ça.

— C'est exactement ce que je vous disais, souffla le psychiatre à l'officier de police. Sudation extrême. Son corps le trahit et il s'en rend compte. Il est probablement en train de se dire qu'il ferait mieux d'avouer. Il hésite. C'est plutôt bon signe.

Une fois habillé, Gingo s'assit de nouveau et attendit. S'il avait eu ses baskets, il aurait pu les enfiler. Les lacer l'aurait occupé un moment, car il avait encore du mal à enfiler le cordon dans le trou adéquat, à faire un nœud solide qui ne se déliait pas dans la seconde. Mais on lui avait retiré ses chaussures. Il regarda ses orteils qu'il écarta, plia, déplia, replia. Cela ne l'amusa pas longtemps. Il fallait qu'il fasse quelque chose *pour de vrai*, il avait l'inactivité en horreur. Dans cette pièce, il se sentait puni, envoyé au piquet comme à l'école.

Il se mit à pianoter des doigts sur la table, imitant le geste de la juge (est-ce qu'il allait la voir bientôt ?) et se prit à imaginer ses ongles à lui, qui avaient une couleur brunâtre, mais dont la forme dessinait une jolie amande, peints d'un rouge vif comme ceux de la juge. Il leva les mains devant lui, ses grosses mains fortes et pataudes, et se représenta ses phalanges charnues et enflées rehaussées de rouge. Cela le fit rigoler. Or le rire de Gingo n'avait rien de discret. Il se traduisait par une série de halètements qui allaient crescendo, *crescendo*, sortant en cascade d'une bouche grande ouverte. Il dégénérait souvent en fou rire auquel il était difficile de mettre un terme.

Derrière le miroir sans tain, le psychiatre hocha la tête d'un air entendu.

— Typique, expliqua-t-il. Les adolescents passent d'une émotion à l'autre sans aucune transition. La peur et l'hésitation tout à l'heure, maintenant le rire. Il sait qu'il a commis un délit, mais pour grave que soit celui-ci, cela n'a aucune importance à ses yeux. C'est une forme de jeu pour lui.

— Un jeu ? Ce qu'il a fait ? répéta l'officier de police en secouant la tête, incrédule et scandalisé tout à la fois.

Gingo se mit peu après à gigoter sur sa chaise, à se trémousser, se dandiner, comme s'il essayait d'ajuster son pantalon devenu soudain trop étroit ou comme s'il essayait d'échapper à la morsure d'un cactus qui, par quelque miracle, aurait poussé sur son siège. Il avait en réalité une soudaine et furieuse envie de se gratter le cul. Normal. Il n'avait pas pu se doucher et avait été contraint d'enfiler un caleçon sale avant de suivre les hommes-boutons. Jade lui répétait toujours, depuis qu'il était tout petit, que si on ne se lavait pas régulièrement, si on ne changeait pas de vêtements chaque matin, la peau finissait par s'irriter à cause des microbes. Si Gingo, depuis l'adolescence, négligeait parfois de se brosser les dents, il veillait scrupuleusement à l'hygiène du reste de son corps.

Les microbes. Il ne savait pas au juste ce que c'était, même si mapan avait bien tenté de le lui expliquer, mais il se les représentait comme des bestioles minuscules, pourvues d'une infinité de petites dents acérées et de petits ongles pointus, en train de mordre et griffer sa chair. Elles pouvaient le rendre malade, avait dit mapan. Il fallait qu'il s'en débarrasse ! N'en pouvant plus, il se leva brusquement de sa chaise, comme si un ressort s'était détendu sous ses fesses, baissa pantalon et slip et se gratta un bon coup. Ça le soulagea. Cependant, avant de se reculotter, il s'accroupit et scruta le sol, à la recherche des sales bestioles qu'il avait chassées. Il ne les vit pas, on ne pouvait pas les voir, lui avait précisé mapan, mais elles devaient sûrement être là, à s'agiter sur le sol, telle une colonie de fourmis transparentes. Il décida de les écraser d'un grand coup de pied.

Le psychiatre ne douta plus que le prévenu avait repéré le miroir sans tain et baissé son pantalon en signe de provocation. Lorsque Gingo s'accroupit, cul à l'air, l'officier de police, dégoûté, au bord de la nausée, demanda dans un filet de voix :

— Est-il capable de… déféquer par terre ?

— Probablement, répondit l'expert en feuilletant le dossier scolaire qu'on lui avait transmis. Il est spécifié ici que le prévenu s'est déjà livré à une telle conduite au sein même de l'école, en pleine classe, devant son instructrice. (Le psychiatre hocha à nouveau la tête d'un air entendu.) Scatologie. Marque typique de déviance. Il est aussi mentionné sur le dossier que la mère, de son côté, ne s'est pas montrée coopérative avec les instructrices. Elle a dissimulé beaucoup d'enregistrements, n'a pas répondu aux questionnaires, omis d'administrer à son fils les médicaments préconisés. Une relation mère/fils trop fusionnelle, on sait à quels excès cela peut conduire ! conclut-il.

Gingo se rassit et essaya de dormir. Il croisa ses bras sur la table et y nicha sa tête. Mais le sommeil ne vint pas, malgré l'immense lassitude qu'il éprouvait. Il se redressa, s'étira, se leva, fit les cent pas, marchant en crabe pour éviter de tourner la tête vers le miroir.

— Hyperactivité, commenta le psychiatre, avant de vérifier que le symptôme était aussi spécifié sur le dossier scolaire. On a décidément là un cas d'école !

Un peu de gymnastique lui ferait du bien, décida Gingo. Il sauta sur la table, puis de la table au sol, puis encore sur la table, enfin, d'un bond agile il se propulsa jusqu'au câble de la caméra et s'y suspendit des deux mains. Il se balança comme au gymnase lorsqu'il y faisait des exercices de traction. Cela détendit les muscles de son dos et lui fit beaucoup de bien.

Croyant qu'il voulait détruire la caméra, s'adonnant à un acte de vandalisme somme toute guère surprenant, l'officier de police décida, en accord avec le psychiatre, qu'il était temps de mettre un terme à l'observation du prévenu et de tenter une approche plus directe.

CHAPITRE 25

Une femme, enfin, entra dans la pièce. Une femme-bouton. Jamais Gingo n'en avait vue jusque-là. Il fut si surpris qu'il lâcha le câble auquel il était suspendu et tomba sur la table, puis de là, roula au sol, se recevant douloureusement sur les fesses qu'il se frotta des deux mains. La femme réprima une grimace de dégoût. Il n'allait tout de même pas… lui montrer son… comme tout à l'heure ? Elle marqua une légère hésitation sur le seuil, puis s'avança et lui fit signe de s'asseoir.

— Est-ce que tu sais pourquoi tu es ici, Gingo ? demanda-t-elle, veillant à parler lentement pour être sûre d'être comprise, comme on le fait lorsqu'on s'adresse à un demeuré.

Elle s'assit en face de lui, sur une chaise qu'elle avait apportée. Gingo n'entendit pas la question qu'elle lui avait posée, il était bien trop fasciné par les boutons de sa vareuse. N'arrivant pas à en détacher les yeux, il se mit en tête de les compter. Il y en avait huit, parfaitement alignés, si brillants qu'ils ressemblaient à des éclats de miroir. Il aperçut ainsi plusieurs morceaux de lui dans ces miroirs miniatures, un œil, une dent, le bout du nez. C'était moins effrayant de se voir ainsi par petits bouts. Comme les pièces des puzzles que mapan lui achetait. Peut-être était-ce l'assemblage qui clochait chez lui ? Peut-être aurait-il fallu assembler différemment les morceaux de son corps et de son visage pour qu'il soit moins *moche* ?

— Regarde-moi dans les yeux, s'il te plaît ! ordonna la femme-bouton, croyant que le malotru reluquait sa poitrine. Sais-tu pourquoi tu es ici, Gingo ? répéta-t-elle ensuite d'un ton plus doux.

Gingo haussa les épaules et agita sa main d'un geste las. Le couvre-feu. Il avait enfreint le couvre-feu, voilà pourquoi il était là. Pas de quoi en faire toute une histoire !

— Tu as faim ? Tu veux que je t'apporte un nutriment ? Un jus de betterave ?

Gingo ne savait pas ce qu'était un nutriment, encore moins une betterave.

— Ah ! C'est vrai, tu préfères peut-être un sandwich et un… (elle chercha un instant le nom de cette boisson dont les Bleus raffolaient)… Un Coca ?

L'œil de Gingo s'alluma. C'est qu'il avait rudement faim. Soif aussi. Il hocha vigoureusement la tête et sourit poliment, veillant à ne découvrir que les dents du bas, les moins irrégulières.

— D'accord, je vais t'en apporter. Mais d'abord il faut que tu me racontes ce qui s'est passé la nuit dernière. Tu es sorti après le couvre-feu, n'est-ce pas ?

Cette manie de poser une question alors qu'on a la réponse ! Gingo acquiesça, puis détourna son regard pour le porter sur un point, derrière les épaules de la femme-bouton, afin de lui signifier qu'il s'ennuyait ferme et n'avait aucune envie de poursuivre l'entretien. Une attitude qu'il adoptait souvent avec ses instructrices lorsqu'il était petit, ou avec Jade lorsqu'elle lui faisait faire ses devoirs et qu'il en avait assez de travailler. Il avait compris – il n'était pas idiot à ce point – que la femme-bouton ne lui apporterait pas à manger. En tout cas pas de si tôt.

— Tu sais ce que l'on dit, ici ? reprit la femme. Une faute avouée est à moitié pardonnée ! Si tu avoues, le juge se montrera clément.

Pas de réaction. Elle claqua des doigts pour contraindre Gingo à la regarder. Mais il n'en fit rien. Ce qu'elle racontait ne l'intéressait pas.

— Écoute !

Le ton se fit plus vif. La femme avait du mal à masquer son énervement, sa colère naissante.

— Nous savons ce que tu as fait. Nous avons l'enregistrement d'une vidéo de surveillance. Nous voulons simplement que tu le reconnaisses, c'est tout. Ce serait beaucoup mieux pour toi.

Malgré le dégoût que lui inspirait l'adolescent, elle se pencha vers lui et approcha son visage du sien jusqu'à ce que quelques centimètres à peine les séparent. Elle craignit de sentir s'exhaler de cette grande bouche entrouverte une haleine fétide, mais non. Il se dégageait de l'adolescent une odeur douçâtre qui, bien qu'elle rappelât un peu celle du moisi, n'était pas trop agressive, moins désagréable qu'elle ne l'aurait cru. Elle entendait ce souffle rauque qui s'échappait de sa poitrine, comme s'il avait des difficultés à respirer ; un instant elle crut même voir un petit nuage de vapeur se dégager de ses larges narines. Bien qu'on recommandât d'éviter tout contact physique avec les prévenus, elle se risqua à frôler la main de Gingo. Après tout, il n'était majeur que depuis quelques heures, et compte tenu de son retard mental, ce n'était encore qu'un gosse. Elle avait un enfant elle aussi. Un @topté de sept ans justement. Bien sûr, il n'y avait pas de comparaison possible avec Gingo, tant du point de vue physique qu'intellectuel et comportemental, néanmoins, l'espace d'un éclair de seconde, elle l'imagina dans sa situation.

« *L'exercice auquel vous vous livrez n'a pas lieu d'être !* lui souffla aussitôt à l'oreille son APR. *Il n'y a jamais de délinquants parmi les @tolescents.* »

Il s'empressa d'ajouter que l'image mentale qu'elle se représentait accélérait son rythme cardiaque et provoquait une inutile bouffée de stress, qui allait à l'encontre de l'objectif à atteindre.

« *Je sais, je sais* », lui répondit-elle, consciente et agacée tout à la fois de sa propre faiblesse.

Elle se reprit aussitôt et, au lieu de saisir la main de Gingo comme elle en avait eu l'intention, ne fit qu'effleurer sa peau, qu'elle trouva étonnamment douce.

— Tu sais, reprit-elle d'une voix qui se perdit dans un murmure. Si je suis là, c'est parce que je suis ton amie.

Elle signa ce dernier mot, crochetant l'index de sa main droite dans le petit doigt replié de sa main gauche. Réitéra pour être sûre d'être comprise. Gingo daigna lui lancer un bref regard en coin. La femme crut qu'elle avait réussi à amorcer quelque chose et cela l'encouragea à poursuivre, toujours avec la même douceur.

— Si tu me parles, je ne répéterai pas ce que tu me diras, ce sera un secret entre nous.

Portant la main à sa bouche, elle fit le geste de verrouiller ses lèvres en tournant son poing. Gingo consentit enfin à ne plus fixer le mur et posa ses yeux sur elle. Elle fut surprise de voir dans ces yeux-là une profonde intensité, quelque chose qui pouvait ressembler à de l'intelligence.

— Tu as pourtant l'air gentil. (*Gentil*. Elle fit le geste de se caresser la joue.) Qu'est-ce qui s'est passé la nuit dernière ? Qu'est-ce qui t'a pris ? Pourquoi as-tu franchi le mur ? Pourquoi as-tu agressé cette jeune fille ? Elle ne t'avait rien fait !

Quatre questions à la suite. C'était beaucoup trop pour Gingo qui ne retint que la dernière, et encore, la signification du mot « agresser » lui échappa. Il eût fallu que la femme-bouton le signe. Cependant, même si elle l'avait fait, Gingo n'aurait pas été en mesure de lui répondre. Car sa mémoire lui posait de gros problèmes. C'était toujours un de ses points faibles, malgré les progrès qu'il avait faits au fil des ans. Rassembler ses souvenirs – les mauvais, ceux qu'il avait rayés, effacés d'un coup de chiffon comme sur un tableau, les bons, eux, revenaient facilement sans qu'il ait à réfléchir – était un exercice très difficile pour Gingo. Pour lui, ce qui était passé était *passé*, révolu, fini. Ça se trouvait *derrière*, au sens propre du terme et devenait par conséquent très difficile à visualiser. Cela équivalait à rembobiner un film, à faire défiler les images, sélectionner les bonnes, et trouver le moment clé pour s'y arrêter. Ou marcher à reculons sur une route. Il y parvenait de temps en temps, mais cela lui demandait un effort qu'il ne se sentait pas capable d'accomplir pour l'instant. Il était fatigué, il manquait de sommeil, il avait faim et soif. Et puis… Et puis, la femme-bouton n'était-elle pas en train de lui tendre un piège ? Elle se disait son *amie*, oui, mais est-ce qu'on devient ami aussi facilement, alors qu'on ne se connaît pas ? Il se souvint des recommandations de mapan. (Les paroles de mapan restaient toujours gravées dans sa mémoire, elles ne nécessitaient aucun effort.)

Si un jour tu es seul et que les hommes-boutons t'interrogent, ne dis rien, ne leur réponds pas ! Fais l'idiot, de toute façon, ils sont persuadés que nous le sommes tous de ce côté du mur. Ne dis pas un seul mot, ils se débrouilleront pour l'utiliser contre toi.

Gingo étira ses lèvres en un sourire qui, cette fois, découvrit ses dents du haut, et l'importante portion de gencive rouge écarlate qui les surmontait. La femme-bouton prit peur et recula si vivement que les pieds de sa chaise raclèrent le plancher. Puis Gingo dévia à nouveau son regard. Vers le plafond cette fois. La femme eut beau tenter toutes les approches possibles, elle n'eut pas une seule réponse. Pas la moindre réaction. Gingo boudait et il était très fort à ce jeu-là. Il pouvait tenir des heures. Il y avait une sacrée différence entre le piquet et la bouderie. Cette dernière, c'était lui qui en décidait.

Comprenant qu'elle n'arriverait à rien, la femme-bouton poussa un soupir exaspéré et se leva.

— Tant pis pour toi ! déclara-t-elle d'un ton sec. Y a rien à en tirer ! ajouta-t-elle à l'attention de son supérieur derrière le miroir.

CHAPITRE 26

La comparution de Gingo devant le juge fut immédiate. En sa qualité de majeur, son procès serait celui d'un adulte.

La salle où se déroulait l'audience était pleine à craquer. Gingo détestait la foule, *a fortiori* lorsqu'elle n'était composée que d'inconnus. À peine la porte fut-elle ouverte qu'il se figea sur le seuil, arrondit le dos, plaqua ses coudes contre son buste et rentra la tête dans les épaules. Une attitude de défense qu'il adoptait instinctivement lorsqu'il se sentait menacé. Une manière de grondement sortit de sa gorge, traduisant la peur panique qu'il éprouvait, comme si, sous l'effet d'une émotion aussi forte, cet organe inopérant chez lui, le réduisant d'ordinaire au mutisme, tenait à manifester son existence. Faute de mots articulés, il produisit une gamme de sons différents qui se perdirent dans le brouhaha de la salle. La méfiance et la crainte se lisaient dans ses yeux. Effaçant sa candeur et sa naïveté habituelles, elles donnaient à son regard un éclat dur et sombre. Si Jade avait été présente, elle aurait immédiatement perçu ces changements dans l'attitude de son fils et aurait été terrorisée à l'idée qu'il pique devant cette assistance qui lui était hostile par avance une de ces spectaculaires crises de nerfs dont il était coutumier lorsqu'il avait peur ou se sentait victime d'une injustice.

Mais Gingo était trop impressionné, trop dépourvu de repère pour piquer une colère. Il se trouvait en territoire blanc pour la première fois, seul, sans sa mère, et n'était guère habitué au comportement de ses habitants. Le public était essentiellement composé de journalistes qui conversaient avec leur APR, ce qui générait un brouhaha constant dans la salle. Par le biais de leurs lentilles connectées, ils parcouraient rapidement leurs dossiers avant le début de l'audience, les faisaient glisser, les ouvraient et les refermaient par une gestuelle qui, pour un œil profane, semblait déployée dans le vide. Toutes ces personnes ayant les yeux rivés sur lui, Gingo croyait que leurs gestes lui étaient adressés, elles avaient l'air de lui parler, mais il ne reconnaissait aucun signe et c'était extrêmement perturbant.

Les gardes qui l'encadraient tirèrent vivement sur la chaîne liée à ses menottes pour le contraindre à avancer et entrer dans la salle. Il résista deux ou trois secondes puis obéit. Son premier réflexe fut de chercher sa mère ou son père parmi l'assistance. Cela lui aurait donné tant de courage de voir le visage de mapan, son sourire complice et rassurant, ou le clin d'œil discret que paman avait l'habitude de lui faire ! Mais ni l'un ni l'autre n'étaient là. Pas plus qu'un voisin. Pas un seul visage familier qu'il aurait eu l'occasion de croiser dans le quartier. Il n'y avait là que des étrangers qui le dévisageaient comme un animal de foire. Et cette salle n'avait rien à voir avec le bureau de la juge pour enfants. Mais Gingo n'eut pas le temps de s'attarder sur ces détails. Il fut ébloui par une multitude de lumières qui crépitèrent, comme des étoiles qui seraient tombées du ciel pour aller se perdre aux quatre coins de la salle, agressives, aveuglantes, dénuées de la beauté de celles qu'il avait aperçues depuis la terrasse de la tour ou lors de ses promenades nocturnes, lorsqu'il cheminait le nez levé en l'air. Il y avait aussi la chaleur des spots au plafond, aussi brûlants que des soleils, dont Gingo aurait voulu se protéger.

Les lumières n'étaient autres que les flashs des appareils photo, doublés d'une batterie de projecteurs et de caméras. Les journalistes autorisés à assister au procès mitraillaient le jeune accusé dont le visage figurerait dès la première heure à la une de tous les supports d'information, tablettes, panneaux publicitaires, écrans interactifs des stations de tramway, téléphérique et taxiphérique, écrans des véhicules connectés sur les routes du pays, sans oublier les télévisions de chaque foyer. Tous les APR commenteraient ces photos à l'oreille de leurs utilisateurs. Car ce procès allait être largement médiatisé. L'accusé était très jeune, et au vu de ce que les Autorités avaient bien voulu communiquer, son crime était monstrueux.

Un procès de ce type n'avait pas eu lieu depuis des lustres. Les médias étaient sur les dents. Malgré la peur qu'il ne manquerait pas d'éveiller en chacun, c'était l'occasion de se féliciter d'une réussite totale, d'une victoire sur un ennemi qui appartenait au passé, un fléau qui avait autrefois ravagé la société : la violence des jeunes. Inexistante dans la Blanche, elle couvait occasionnellement dans la Bleue, mais demeurait toujours sous contrôle, jugulée à temps par l'encadrement blanc. En tout cas elle n'avait jamais passé le mur. Pour l'heure, si l'affaire faisait tant de bruit, c'était précisément parce qu'elle avait eu lieu dans l'enceinte de la Blanche.

« Le cas Gingo » allait probablement relancer la polémique qui divisait l'opinion publique. Pourquoi permettre aux Bleus d'adopter ? Certes, on avait bien conscience des multiples avantages liés à cette campagne d'adoption menée maintenant depuis plusieurs années. Elle contribuait à asseoir la restriction démographique dans la Cité bleue. On accroissait le nombre d'adoptions pour réduire celui des naissances naturelles. Il s'agissait aussi d'une étude pilote d'envergure. L'expérience avait d'abord été réalisée au sein du ministère de la Jeunesse et de l'Éducation dans une réalité virtuelle, selon des scénarios pré-établis. On était ensuite passé au stade du « *serious game* » en laboratoire, et les Autorités avaient finalement lancé la campagne d'adoption dans le monde réel, sur une portion géographique bien précise, la Cité bleue.

Cette étude pilote était une mine d'or pour les chercheurs qui recueillaient de multiples données sur la cellule familiale bleue et l'incidence de celle-ci sur le comportement des jeunes. Elle permettait de repérer, dès le plus jeune âge, l'intention de délinquance ou de criminalité. Mais peut-être était-il temps maintenant d'y mettre un terme ? Fallait-il même aller plus loin et réduire davantage encore le nombre des naissances naturelles dans la Bleue ? Fallait-il songer à un texte de loi allant dans ce sens ? Dans l'esprit des Blancs, il n'y avait que peu de différences entre Adoptés et enfants naturels bleus. Leur patrimoine génétique commun était de 98 %. En l'absence de connexion à un CN, les enfants bleus étaient considérés comme des attardés ou presque. Et de manière générale, ce constat valait aussi pour leurs parents.

Le gouvernement avait les réponses à ces questions, mais elles s'entouraient du plus grand secret et n'étaient pas communiquées aux journalistes qui ignoraient le véritable but de la campagne d'adoption à laquelle était prévue une phase 2, classée « secret défense ».

Toutes ces problématiques étaient là, latentes, palpables dans la tension générale de la salle et le juge en charge du dossier en était pleinement conscient. Les gardes firent avancer Gingo. Le magistrat était installé derrière un pupitre si haut qu'il dut lever le menton pour le voir. Au-dessus du magistrat, sur un immense écran incurvé défilait sans discontinuer la devise suivante :

PRÉVENIR, DISSUADER, NEUTRALISER, SANCTIONNER.

Gingo ne savait pas lire, fort heureusement pour lui, sans quoi il aurait compris, à la seule lecture de ces mots, qu'on avait déjà statué sur son sort.

Le juge n'avait pas eu beaucoup de temps pour étudier le dossier. Toutefois, avec la précieuse collaboration de son APR – un APR strictement réservé à l'usage professionnel, configuré pour celui-ci, comme l'étaient ceux de tous les hauts fonctionnaires –, il avait pris connaissance de l'essentiel. Il avait visionné en premier lieu la vidéo de l'agression, pièce maîtresse des charges requises contre le prévenu, et elle était si éloquente qu'il aurait pu s'en tenir là. Il avait ensuite visionné la vidéo de la garde à vue du prévenu, doublée du rapport d'expertise du psychiatre. Son APR lui avait fait la synthèse du dossier scolaire de Gingo, portant à sa connaissance les faits qui, selon lui, esquissaient son profil de criminel potentiel et annonçaient le passage probable à un acte délictueux : morsure d'un enfant bleu dans la cour, chapardages, retards systématiques, absences non justifiées, refus d'obéissance, insultes répétées envers les instructeurs, détérioration de matériel, double comparution devant la juge pour enfants qui avait suivi Gingo avant sa majorité – synthèse des notes de celle-ci à l'appui. Enfin, après avoir visionné et étudié les centaines d'heures d'enregistrements filmant Gingo chez lui et à l'école, l'APR avait fourni au juge en quelques phrases le fruit de son interprétation, sans omettre de préciser que les enregistrements étaient incomplets, la mère du prévenu ayant fait preuve de non-coopération en refusant d'enregistrer son fils en continu, comme le voulait la procédure d'adoption.

Au vu de toutes ces informations, l'affaire s'annonçait, somme toute, assez simple.

Quant à Gingo, il sut tout de suite que cet homme, perché tout là-haut sur son pupitre comme une espèce d'oiseau prédateur, lui était hostile. Maigre et sec comme une brindille qui aurait brûlé au soleil, son visage ressemblait à un masque sculpté à coups de couteau. Un coup de lame pour les pommettes, si hautes et saillantes que les joues paraissaient creuses, comme aspirées vers l'intérieur. Un coup pour le nez, aussi droit qu'un trait. Un autre pour le menton, plat, qui semblait avoir été dessiné pour former une ligne droite en prolongement avec le bout du nez. Ses yeux étaient petits, noirs, ronds. Des boutons. Mais des boutons qui ne brillaient pas comme ceux des uniformes des policiers, remarqua Gingo. Ils étaient ternes, sans vie, comme si le commutateur qui aurait pu y faire naître une lueur, une infime étincelle de lumière, était tourné sur « off ».

Lorsque le juge posa les yeux sur Gingo, celui-ci crut croiser le regard d'un requin affamé. Il n'avait vu de requin qu'en photo, dans les magazines dont Jade se servait pour le faire travailler. Il aimait beaucoup les images représentant des animaux – chiens, chats, vaches, etc. – mais quand il avait vu la première fois l'image d'un requin, il avait refusé d'apprendre le signe correspondant. Il avait même déchiré la page qui affichait cette image. S'il avait eu en main la photo de l'*homme-requin* – ainsi baptisa-t-il le juge – il l'aurait déchirée, il en aurait fait des confettis!

Le juge prit la parole et sa voix lui parut aussi dure que du métal.

— La nuit du 2 au 3 avril de cette année, dans la juridiction du 19B, Cité blanche, État de France, Gingo Lemestre, prévenu en la présente affaire, a franchi, après le couvre-feu et sans autorisation, le mur périphérique dans l'intention de commettre un meurtre en provoquant par la force la mort présupposée de Margit Manin, mettant ainsi potentiellement fin à la vie de la susdite Margit Manin. Le prévenu reconnaît-il les faits ? Plaide-t-il coupable ?

Ses paroles furent ponctuées d'une rumeur grandissante qui parcourut les rangs de l'assistance et atteignit son point d'orgue lorsque furent prononcés les mots « meurtre » et « mort ». Termes bannis du vocabulaire au sein de la Cité blanche. Les journalistes donnèrent aussitôt à leur APR les directives nécessaires à la rédaction de leur article. Le brouhaha qui agitait la salle se mua en une franche agitation que le juge sanctionna immédiatement. Il réclama le silence, non sans rappeler à l'auditoire que les conversations avec les APR étaient interdites dans l'enceinte du tribunal. (Des pictogrammes étaient affichés sur les murs de la salle, comme dans tous les lieux publics, mais ils demeuraient souvent sans effet.)

— Le prévenu comprend-il ce que nous disons ? demanda-t-il ensuite en constatant que Gingo demeurait muet, une expression de total ahurissement sur le visage.

La réponse était non. Gingo n'avait rien compris. Il avait bien saisi quelques mots, « couvre-feu », « mur », « mort », mais le sens de la phrase lui échappait.

Un homme s'avança alors vers lui.

— Je suis ton avocat ! lui dit-il.

— Pas faim, répliqua Gingo, pour qui le terme d'avocat n'évoquait que le fruit du même nom.

L'homme poussa un petit soupir excédé.

— Pas cet avocat-là, dit-il, les deux mains placées en coupelle, l'une raclant l'autre comme une cuiller. Celui-là ! (Il écarta les doigts de sa main droite et en posa le bout sur sa poitrine.)

L'absence de réaction de Gingo lui confirma que le concept était étranger à son client.

— Moi, défendre toi ! ajouta-t-il.

Il entreprit ensuite de signer les paroles du juge, en les simplifiant. Il les simplifia tellement qu'il les transforma. À sa décharge, comment aurait-il pu expliquer à Gingo toutes les subtilités du langage juridique, établi par le corpus législatif en vigueur dans la Cité blanche, qui plaçait sous le coup de la loi *l'intention* et non pas *la réalisation effective* d'un délit ? La prémonition computérisée ayant toujours valeur de vérité dans la gouvernementalité algorithmique de la Cité blanche, la loi intervenait et punissait antérieurement à l'exécution d'actes délictueux. Les dispositions juridico-politiques qui prônaient autrefois la nécessité de *la preuve a posteriori* appartenaient au passé. Désormais, on lui préférait *le dessein a priori*. On se fiait à la dangerosité supposée d'un individu : les signes annonciateurs remplaçaient les preuves, voire l'acte lui-même. Il n'y avait plus de présomption d'innocence, elle était remplacée par une prémonition automatisée des délits.

CHAPITRE 26

Agir en amont, telle était la devise de la sécurité et de la justice blanches. *L'intention* de meurtre équivalait ainsi à *la tentative* de meurtre, même si la *présupposée victime* était indemne.

Comment l'avocat aurait-il pu faire comprendre au pauvre Gingo des notions aussi sophistiquées ? Sa tâche était d'autant plus malaisée qu'il maîtrisait mal le langage des signes. Les avocats commis d'office pour la défense des Adoptés dans ce genre de procès suivaient une formation très succincte en la matière. Il opta donc pour une traduction élémentaire, qui ne rapportait que les éléments essentiels des paroles du juge.

— Toi aller nuit dernière dans Cité blanche. Interdit ! signa-t-il. Toi attaquer jeune fille. Jeune fille presque morte !

Ce fut la meilleure formule qu'il trouva pour exprimer que la victime potentielle « aurait pu mourir », le conditionnel, au vu de la loi, ayant valeur de présent. Gingo regarda attentivement les gestes de *l'homme-fruit* – c'est ainsi qu'il baptisa l'avocat – et les comprit, à l'exception du « presque », dont la subtilité lui échappait. Soit on était vivant, soit on était mort, il n'y avait pas d'état intermédiaire.

— Fille morte ou fille vivante ? demanda-t-il.

L'avocat fut contrarié de constater que sa formule n'était pas passée. Que répondre ? Si l'on s'en tenait aux faits, elle était vivante. Si l'on s'en tenait à la loi, elle était morte.

— Jeune fille mourir bientôt, trancha-t-il, satisfait de trouver en « bientôt » un équivalent de « presque ». Toi, tuer elle !

Les phrases de *l'homme-fruit*, incohérentes, plongèrent Gingo au cœur d'un mauvais rêve.

Il n'avait tué personne ! Seules les personnes méchantes donnent la mort, lui avait expliqué sa mère, or il n'était pas méchant. Il piquait des colères, il jurait, cassait, criait, mentait, mais il n'était pas méchant, il le savait ! Tout le monde dans le quartier le savait !

Il n'avait pas tué de jeune fille blanche !

Avait-il tué une jeune fille blanche ? se demanda-t-il soudain, pris de doute.

Parce que…

Parce qu'il s'était tout de même passé quelque chose de *différent* la nuit dernière (*différent, moche*), et Gingo eut l'intuition qu'il devait faire l'effort de s'en souvenir. Il avait été trop paresseux, trop insouciant pour s'y atteler avec la femme-bouton dans la petite pièce au miroir, mais la situation était grave à présent.

— Dis oui ! insista l'avocat. C'est mieux pour toi !

— Non, répondit Gingo d'un geste ferme et déterminé. Non ! NON !

L'ampleur de son geste, malgré l'entrave des menottes, équivalait à un cri.

Sa réponse provoqua une nouvelle rumeur dans l'assistance, que le juge s'empressa de calmer en menaçant d'évacuer la salle. L'avocat chercha le meilleur moyen d'expliquer à son client – mais comment, bon sang ? Comment ? – qu'il était de son intérêt de reconnaître son crime en plaidant coupable afin d'éviter le pire.

Le pire, un euphémisme pour désigner la peine de mort.

Les juges, avec la sacro-sainte horreur de la violence qui caractérisait les Blancs, répugnaient à prononcer une telle sentence et n'y étaient contraints qu'en de rares occasions. Les exécutions n'étaient pas médiatisées. Elles s'entouraient du plus grand secret, nul ne savait où, quand et comment elles se pratiquaient.

CHAPITRE 26

Alors que l'*homme-fruit* se penchait vers Gingo pour se lancer dans une nouvelle explication, celui-ci se retourna brusquement. Ce n'était pas un mouvement d'humeur, encore moins une marque d'irrespect envers lui ou le juge, pas plus qu'une attitude bravache face au public comme on le pensa, mais pour Gingo le passé se situait *derrière*, et il lui paraissait ainsi tout naturel de se retourner s'il voulait voir quelque chose qui se trouvait derrière lui. Pourquoi se serait-il dévissé la tête ?

Les policiers qui l'avaient accompagné s'apprêtèrent à intervenir, mais le juge voulut bien se montrer patient et leur fit signe de n'en rien faire. L'accusé avait peut-être l'intention de s'adresser directement au public ? Soit ! L'essentiel était qu'il s'exprime. Qu'il s'explique.

Face au public, Gingo ferma les yeux. Il y avait encore ces étoiles aveuglantes qui crépitaient ! (Les flashs des appareils photo avaient repris de plus belle : le délinquant tournant le dos à la Cour, quel cliché éloquent en perspective ! Il se passerait de légende.) Gingo parvint, au bout de quelques instants, à en faire abstraction et fixa le mur, au fond de la salle. Il lui faisait l'effet d'un écran, un peu comme celui de la vieille tablette sur laquelle il travaillait. Ça l'aiderait à visualiser les images de la nuit passée.

CHAPITRE 27

Il était sorti peu après que sa mère lui avait souhaité une bonne nuit.

— Si jamais tu sors, rentre à l'heure ! lui avait-elle dit avec un clin d'œil complice.

À peine Jade avait-elle refermé la porte qu'il s'était levé. Il avait rassemblé ses crayons de couleur dans une trousse et, la mettant dans sa bouche afin d'avoir les mains libres pour s'agripper aux mailles du filet recouvrant les modules de la tour, il était sorti. Après quoi, la trousse glissée sous le bras, il avait entamé sa promenade nocturne. Il voulait dessiner sur le mur. C'était son activité préférée depuis quelques mois. Il aimait beaucoup le dessin et la peinture. Il en faisait à l'école et à la maison. Ce qu'il préférait, c'était la peinture au doigt. L'apprentissage en avait été quelque peu difficile au début, car il mangeait la peinture étalée sur le bout de ses doigts, mais une instructrice eut un jour l'idée d'y ajouter du piment de Cayenne et ce fut radical, Gingo ne lécha plus ses doigts. En revanche, en grandissant, il trouva le support de papier insuffisant pour ses œuvres et déborda sur la table, puis sur les murs de la salle ou de la maison – ce que ni les instructrices ni Jade ne virent d'un bon œil. Jade incita alors son fils à exprimer son talent sur un support digne de ce nom. Le mur. La pratique était courante. Le mur était criblé de tags et d'inscriptions de toutes sortes qui traduisaient les revendications des Bleus, la haine que la plupart d'entre eux vouaient à ceux qui vivaient de l'autre côté. Les Autorités blanches ne les sanctionnaient plus.

Mais tu ne fais jamais ça tout seul, hein ? Jamais, compris ? avait recommandé Jade.

Gingo se sentait inspiré cette nuit-là. Il allait *dessiner quelque chose de beau.* Il traversa la Cité bleue, plongée dans l'obscurité, et chemina dans les rues sombres et calmes. Il se repérait aux bruits qu'il avait appris à reconnaître et lui servaient de guides. Enfant, il était déjà très sensible aux bruits dont il ne parvenait pas à déterminer la provenance alors qu'il se trouvait à l'intérieur de la maison. Ils lui semblaient venir d'un autre monde et il en avait peur. Le pire de tous était le gazouillis d'un oiseau ou le moteur d'un avion. Il avait d'ailleurs assimilé l'un et l'autre, désignant l'avion par *oiseau bruyant* et avait pris l'habitude, lorsqu'il parlait d'un oiseau, de l'insulter. Par la suite, en grandissant, il s'était rendu compte que ses propres cris effrayaient les oiseaux et les chassaient. Il ne s'était alors pas privé de hurler dès qu'il apercevait un volatile.

Il ne craignait plus les bruits à présent, et s'il y en avait peu la nuit dans la Cité bleue à cause du couvre-feu, ils étaient suffisamment éloquents. L'aboiement d'un chien lui indiqua devant quelle maison il passait, les cris de deux chats se livrant bataille lui dirent qu'il avait dépassé le square au bout de la rue. Une canette sur laquelle il buta et qui roula sur le bitume l'avertit qu'il venait de dépasser le parking du centre commercial (il y avait un distributeur de boissons à l'entrée). Le sifflement du vent à ses oreilles s'intensifia, lui confirmant qu'il avait pris la bonne direction.

Cette nuit-là, il y eut un autre bruit, en plus de ceux qui se répétaient d'ordinaire. Un bruit plus léger. *Ploc ploc* sur le trottoir. Son pied avait heurté quelque chose. Gingo se pencha et ramassa l'objet en question. Il le reconnut sans peine, d'autant qu'il approchait du mur. La Cité blanche n'étant pas soumise au couvre-feu, les lumières qui l'éclairaient venaient se faufiler jusqu'au voisinage qui en était privé. Un paquet de cigarettes. Voilà ce que Gingo trouva par terre.

L'image s'afficha sur le mur, là, au fond de la salle, faisant naître un sourire sur ses lèvres. (Est-il nécessaire de préciser que ce sourire innocent fut à nouveau fort mal interprété par l'assistance ? On demandait à l'accusé de s'expliquer sur une intention de meurtre, et il souriait !) Mais Gingo ne remarqua rien. Il était concentré sur l'image du paquet de cigarettes qu'il associa à une autre. Celle de paman, à la maison, dans sa chambre. Gingo y était allé un jour en cachette dans l'idée d'y subtiliser quelque chose. Il avait mis pour cela un carton découpé sur sa tête, pensant ainsi se rendre invisible. Mais, surprise, Alban était là, et lui aussi était venu chercher quelque chose en cachette. Un paquet de cigarettes dans le tiroir de la commode.

— Ne le dis pas à mapan ! avait-il recommandé à Gingo (après lui avoir retiré son carton de la tête). Ce sera un secret entre nous, d'accord ?

Gingo avait acquiescé, mais Alban, sachant qu'il ne pouvait lui faire confiance qu'à moitié, jugea que le seul moyen de s'en faire un véritable allié était de l'initier au plaisir de fumer.

— Viens ! Je vais te montrer, lui avait-il dit.

Et de filer à la cuisine où il avait ouvert en grand la fenêtre pour chasser l'odeur de tabac qui pourrait les trahir. (La colère de Jade, si elle venait à savoir que son fils fumait en compagnie de son mari, serait terrible !)

Il avait allumé sa cigarette et montré à Gingo comment tirer une bouffée.

— Autant qu'on le fasse ensemble, mon fils ! (Alban avait bien conscience de la précocité de Gingo dans certains domaines, surprenante par rapport à son retard mental.)

Ils avaient pris l'habitude par la suite, chaque fois que Jade partait faire des courses, de se partager une cigarette.

Gingo trouva donc le paquet par terre, malheureusement il n'avait rien sur lui pour allumer un de ces drôles de tubes d'où s'exhalait une fumée parfumée. Il le glissa dans sa trousse, avec les crayons de couleur, et poursuivit son chemin jusqu'à sa destination.

Son arbre. Le plus beau, le plus haut de toute la Cité. Il dépassait de loin tous les autres, en comparaison, ceux des squares avaient l'air de nains. Il était planté non loin du mur, en lisière du chemin de terre battue qui le longeait. Gingo y grimpa, comme il le faisait très souvent – il dessinerait plus tard, en descendant – parce qu'il adorait être tout là-haut, sur la cime. Il se sentait si près du ciel à ce moment-là ! Il aimait entendre le sifflement du vent, beaucoup plus sensible lorsqu'il se trouvait en hauteur. Il ressemblait au cri d'un animal, à une note de musique, longue et vibrante. Parfois même, il évoquait une voix humaine incapable d'articuler des mots, comme la sienne, si bien que Gingo en avait conclu que le vent était un *ami*, aussi *moche* que lui, pire peut-être, puisqu'il ne montrait jamais son visage. Bercé par sa musique, il admira les lumières de la Cité blanche. Monuments, immeubles, hôtels particuliers, panneaux publicitaires. Il observa le chassé-croisé des tramways, des téléphériques et des taxiphériques. Il appréciait tout particulièrement le balisage lumineux, au sol, ainsi que l'éclairage bleuté des coques transparentes suspendues à leurs rails.

Oh ! Ces coques ! Comme elles l'attiraient ! Voyager dans un de ces drôles de véhicules, bien plus rapides que le taxi d'Alban dans lequel il avait le droit de se promener le dimanche, il en brûlait d'envie !

C'était facile d'atteindre un rail. S'il s'approchait suffisamment, il pourrait s'y agripper et se laisser glisser ensuite. Quelle tentation !

Gingo aurait aimé fumer une cigarette pour réfléchir, mais n'ayant pas de briquet ou d'allumette, il en porta une à sa bouche et se contenta de mimer le geste en prenant un air sérieux et inspiré. (Il avait remarqué que paman, lorsqu'il fumait, avait l'air *très sérieux, très intelligent.*) Le filtre de la cigarette, très vite humidifié par sa salive, se ramollit, se désintégra, des brins de tabac se faufilèrent entre ses lèvres. Pas mauvais. Il mangea alors la cigarette, papier et tabac. Puis le paquet tout entier.

Il remarqua soudain qu'une branche de l'arbre était bien plus longue que les autres, une bonne moitié franchissait la barrière du mur. L'extrémité de cette branche plongeait à l'intérieur de la Cité blanche.

L'occasion rêvée.

Gingo hésita longuement en se grattant le menton. *Ne franchis jamais le mur !* La voix de sa mère résonnait si fort à ses oreilles qu'elle couvrait tous les autres bruits, y compris la rumeur constante de la Cité blanche, le bourdonnement des conversations des passants avec leur APR et les messages personnalisés des écrans publicitaires. (Gingo l'assimilait au bourdonnement d'une ruche.)

Il eut alors une idée.

La branche faisait partie de l'arbre. L'arbre appartenait à la Cité bleue. Tant qu'il resterait sur la branche, il respecterait la consigne de sa mère. Ravi de l'opportunité qui s'offrait à lui, il s'y aventura. S'imaginant déjà être le passager d'une coque transparente, s'accrochant fermement à l'aide des pieds et des mains, il alla jusqu'au bout de la branche. Une fois assis là, il demeura un instant immobile sous les lumières de la Cité blanche, comme sous un soleil nocturne. À quelques mètres en dessous de lui, les piétons, les voitures, les magasins et leurs enseignes… Et en haut, le rail. Tout proche maintenant. Il n'avait qu'à s'accroupir, puis détendre ses jambes et sauter pour l'attraper.

Sauf que…

Il se passa quelque chose à ce moment-là.

Quelque chose de pas bien. Sale. Chiottes !

Quelque chose qui n'aurait pas dû arriver.

Clac !

Gingo entendit un bruit sec, un claquement, un craquement. Celui de la branche qui, après avoir plié, ployé sous son poids, s'était cassée… Il était tombé.

Boum !

Le bruit de sa chute sur le trottoir. Oui ! Oui ! Ça y est ! Il se souvenait ! Gingo se tourna vers *l'homme-fruit* en agitant la tête de haut en bas.

— Oui ! Gingo, tombé ! Par terre sur le cul ! signa-t-il rapidement.

Il poursuivit son effort de mémoire. Il ne s'était pas fait

mal en tombant, il avait eu le réflexe de rouler sur lui-même pour amortir sa chute. En se relevant, il vit la branche cassée de l'arbre qui gisait par terre. Il la ramassa, comprenant qu'il avait fait une grosse bêtise et chercha le moyen de la réparer. Est-ce qu'on pouvait la recoller ? Mettre sur l'arbre un pansement qui joindrait les deux morceaux de la branche ? Il se retourna, cherchant de l'aide. Et là... Là, il vit quelqu'un.

Une fille. La fille blanche dont *l'homme-fruit* parlait ? Elle était belle, très belle. Jamais il n'avait vu une fille aussi belle. (Pourtant Gingo, de manière générale, n'était pas avare de compliments envers le sexe opposé, il avait ce qu'on nomme un « cœur d'artichaut », tombait très souvent amoureux. De la boulangère, de la factrice, d'une nouvelle voisine.) Mais cette fille-là éclipsait toutes les autres. Yeux écarquillés et fixes, elle était aussi immobile qu'une statue, ce qui encouragea Gingo à s'approcher d'elle pour mieux l'observer – et aussi pour qu'elle l'aide à recoller la branche. Cette peau si blanche, cette couleur de cheveux ! Ce nez, tout petit, à se demander comment elle pouvait respirer avec des narines aussi minuscules. Et ces yeux, couleur de l'eau ! Mais il ne tarda pas à voir dans ces yeux-là (qui devenaient une sorte de miroir) que la fille le trouvait *moche*. *Moche !* Aussi moche qu'elle était belle !

La fille poussa soudain un cri strident, aigu. Un hurlement épouvantable (comment pouvait-il sortir d'une si petite bouche ?) qui le terrorisa. Jamais personne n'avait crié ainsi après lui. Jamais ! Il hurla en retour. Mû par un réflexe, il brandit la branche qu'il tenait toujours à la main et la jeta sur la fille pour qu'elle cesse de crier. Puis il courut et escalada le mur à toute vitesse pour passer de l'autre côté.

Gingo signa les détails de sa mésaventure rapidement, confusément, avec des gestes déformés par l'émotion et l'entrave des menottes.

— Branche par terre ! Fille hurler ! Hurler fort ! Chiottes ! W-C ! Puante ! Gingo fille peur ! Jeter branche sur fille ! Gingo courir !

L'avocat traduisit comme il put ces bribes de phrase, ce qui provoqua une nouvelle rumeur outrée dans la salle, lorsque le public entendit que l'accusé se permettait en prime d'insulter sa victime. Gingo, lancé dans ses explications bégayantes et incohérentes, tenta d'ajouter que si la fille criait, c'est qu'elle n'était pas morte. (« Tout fini » quand on est mort, lui avait expliqué sa mère le jour où il l'avait interrogée sur la mort, donc « crier » aussi). Il voulait dire combien il regrettait d'avoir cassé la branche – seule véritable victime selon lui dans l'affaire –, mais le juge l'arrêta d'un geste. Il en avait assez entendu. L'accusé reconnaissait les faits. C'était suffisant. On s'en tiendrait là.

Même si Gingo avait pu s'exprimer clairement, par des signes nets et précis, même si par miracle il avait eu la faculté de parler et d'expliquer ce qui s'était passé : sa chute de l'arbre, la jeune fille qui avait eu peur en le voyant surgir, la terreur qu'elle avait elle-même provoquée par son cri, cela n'aurait rien changé. Car le juge avait déjà vu le déroulement de la scène, filmée par les caméras de surveillance. Et il ne s'en était pas tenu là. Il avait, comme le voulait la procédure, donné foi à l'analyse qui en avait été faite par son APR.

La vidéo avait été découpée en séquences, une somme d'images fixes, chacune de ces images ayant été ensuite décomposée. Les différentes postures de Gingo sur l'arbre, et notamment celle qui le montrait accroupi sur l'extrémité de la branche, avaient fait l'objet d'une étude très précise, par le biais d'un logiciel de neuro-anatomie spécifique aux APR juridiques, qui coordonnait les caractéristiques de la position du corps, avec l'activité cérébrale induite et les sécrétions d'hormones consécutives. La posture de Gingo était éloquente : buste penché, jambes ramassées, muscles bandés. Elle était typique de l'annonce d'une agression.

L'APR avait ensuite lancé un programme comparatif des postures dites de « pré-agression » pour en mesurer le degré d'intensité. (Le logiciel utilisé était semblable à son ancêtre, employé autrefois par la police pour une recherche d'empreintes.) Le *matchpoint* avait été trouvé, la position de Gingo s'associait à une augmentation de la libido et de l'énergie, correspondant à un taux de testostérone maximal : il s'agissait d'un meurtre avec préméditation. L'APR mesura précisément la direction du regard de Gingo, un nouvel algorithme indiqua que son regard, après avoir erré quelques instants, s'était posé sur un point fixe. Le meurtrier potentiel avait donc choisi et guetté sa victime. En dernier lieu, l'APR avait procédé à un calcul alliant le poids de l'individu, sa masse et sa tension musculaires, la distance parcourue au moment du saut – car il était question de *saut* à partir de la branche de l'arbre et non de *chute* – la vitesse du vent, les obstacles éventuels, etc. Le résultat de ces calculs avait été sans appel. En bondissant sur sa victime, l'agresseur la tuait sur le coup. Mais il s'était produit un incident : une fêlure dans la branche de l'arbre. En cassant, elle avait dévié la trajectoire initiale de l'agresseur qui ainsi n'avait pas atteint son but.

L'intention de meurtre avec préméditation n'en était pas moins formelle, indéniable. Un meurtre particulièrement sauvage, car sans la cassure de la branche, l'impact du choc causé par le corps de l'agresseur tombant sur celui de la victime aurait été d'une force telle que le crâne de la victime aurait quasiment explosé en heurtant le trottoir. Le meurtre initialement détecté avait été reconstitué sous la forme d'une vidéo de simulation que le juge avait visionnée. Il avait eu peine à la regarder de bout en bout. C'était une véritable boucherie.

Le juge prononça sans tarder la sentence qu'il estima juste, quoique encore trop clémente. Elle claqua tel un coup de fouet dans le silence qui s'était abattu sur la salle.

— Gingo Lemestre, je vous condamne à la réclusion à perpétuité. Vous serez déporté en Centre de Conversion.

L'avocat la signa rapidement. Il plaça les mains de part et d'autre de son visage, agrippa des barreaux imaginaires et y fit glisser ses mains.

— Toi, aller prison.

CHAPITRE 28

On conduisit Gingo dans une arrière-salle. Il fallait faire vite, il était impératif qu'il passe par une porte dérobée afin d'éviter l'assaut des journalistes. Une meute horriblement bruyante, avide de sujets, affamée de sensationnel, prête à le poursuivre, le harceler de questions, le photographier à nouveau, en gros plan cette fois – il était si rare de voir un Adopté en chair et en os ! –, pour dénoncer sa laideur, comme si c'était un crime à ajouter à celui dont on l'accusait. Il fallait figer sur un cliché les moindres particularités de ce visage hideux, puis le poster sur les réseaux sociaux pour le faire voyager à la vitesse de la lumière. Le front bombé, les rebords osseux au-dessus des yeux dont le regard fuyant, farouche, se faisait soudain fixe et ne vous lâchait plus une fois qu'il s'était posé sur vous, le nez épaté – on eût dit qu'un coup de poing en avait écrasé les cartilages –, la bouche, qui allait quasiment d'une oreille à l'autre, encombrée de dents dont certaines paraissaient aussi pointues que des lames de couteaux, le corps trapu, la poitrine creuse, les épaules larges, le cou trop court.

Le juge ne s'était pas attardé sur les détails de l'agression, la vidéo de simulation n'ayant pas encore été divulguée. Elle le serait bientôt et en attendant, les journalistes, usant de leur imagination, élaboraient différentes versions du meurtre.

L'un d'eux émit l'hypothèse que l'accusé se serait précisément servi de ses dents pour commettre son crime. « Gingo le cannibale », le titre de l'article était d'ores et déjà trouvé. Il donna les directives nécessaires à son APR qui piocha immédiatement dans ses innombrables bases de données répertoriant des romans policiers qui avaient autrefois été des best-sellers, afin d'en tirer la trame d'une narration qu'il croisa avec les occurrences sémantiques et les enchaînements linguistiques d'une presse à sensation. L'article fut écrit avant même que le journaliste ne quitte le tribunal. Si jamais l'information d'un meurtre cannibale n'était pas confirmée, il serait toujours temps de communiquer un démenti (ou pas). La règle d'or, en attendant, était d'anticiper dans la perspective d'obtenir un scoop.

Quelle que fût la nature du crime, la difformité de l'accusé ne pouvait qu'être le reflet de son tempérament et de sa sauvagerie. La laideur de l'enveloppe attestait celle du contenu. On avait, dans la Cité blanche, une telle aversion pour la laideur qu'on avait fini par l'assimiler à la violence et l'on s'était débarrassé de l'une comme de l'autre. Lorsque, au sein des e-maternités, le logiciel de vieillissement du fœtus mettait en évidence un défaut physique aussi grossier qu'un nez épaté, des oreilles décollées, une mâchoire prognathe ou tout autre trait considéré comme disgracieux, les parents refusaient de procréer. Par la suite, on ne cessait d'améliorer le capital de base fourni par la nature. Si la nature avait mal ébauché, on la retouchait. C'était une des tâches spécifiques aux CN, lorsque l'enfant baptisé devenait autonome – surveillance du poids, optimisation de la masse musculaire en devenir par un programme sportif établi en conséquence, traitement d'orthodontie, préservation de l'émail des dents par un brossage quotidien à l'aide d'un dentifrice approprié, lutte intense contre l'acné, prévention de la myopie, élaboration de la coupe de cheveux optimale, etc. À l'âge adulte, l'APR prenait le relais, préservant ce qui avait été acquis à l'adolescence et assurant dès lors avec un soin scrupuleux le recul du vieillissement et la prévention de la maladie. Dans la Cité blanche, un visage beau et jeune dans un corps sain et entretenu était le signe d'une âme noble. La Cité blanche était le règne de l'« Homme augmenté ». Augmenté par la conjonction de l'IA, la nanobiologie et la médecine préventive.

Si les Bleus, faute de moyens, ne pouvaient « retoucher » un physique, au moins avaient-ils l'éducation pour « retoucher » l'esprit. Or « le cas Gingo » démontrait leur incapacité en la matière.

Dans l'arrière-salle fermée à double tour, on fit asseoir Gingo sur une chaise. Bien qu'il fût toujours menotté, les policiers jugèrent utile de prendre une précaution supplémentaire en enchaînant ses chevilles aux pieds de la chaise. Il demeura quelques instants seul, triste, bouleversé. Il s'était passé tant de choses en si peu de temps que tous les événements se mêlaient dans son esprit. Avait-il réellement compris la sentence prononcée à son égard ? Pas sûr. Sa mémoire défaillante jetait déjà un voile sur l'audience, l'effaçant progressivement comme elle le faisait de tout mauvais souvenir. Pour l'heure ce qui le préoccupait, c'était de se voir enchaîné et seul. (La présence des hommes-boutons qui l'encadraient, debout de part et d'autre de sa chaise, ne comptait pas. Immobiles comme des statues, ils ne lui jetaient pas un regard.) Gingo détestait la solitude.

Il commençait à s'agiter lorsqu'un homme, enfin, entra dans la pièce et s'approcha de lui. Il était vêtu d'une blouse blanche et ce détail seul suffit à rassurer Gingo. Le docteur *Mange* lui aussi portait une blouse blanche lorsqu'il venait le voir, le docteur *Mange* était un *ami*, un *gentil*. L'esprit de Gingo fonctionnant par associations, tous les individus qui portaient une blouse blanche étaient rangés dans la catégorie des *gentils*.

Le docteur tenait une seringue à la main. Gingo n'en fut pas effrayé. Il remarqua tout de suite qu'elle était différente de celles qu'utilisaient les hommes-boutons, ce n'était pas une seringue paralysante. Elle servait à faire une *piqûre, et les piqûres sont bonnes pour la santé*, lui avait appris Jade. Gingo ne les craignait pas. Un large sourire fendit son visage d'une oreille à l'autre, comme si l'on avait fait glisser le Zip d'une fermeture Éclair au-dessus de son menton.

Alors que les policiers s'attendaient à une résistance accrue (d'où les chaînes qui liaient ses chevilles à la chaise), Gingo tendit spontanément son bras avant même qu'on le lui demande. Quand il était petit, *Mange* lui avait fait des piqûres qui, toutes, hormis le petit pincement sur la peau, lui avaient fait du bien, apaisant sa poitrine, sa gorge en feu ou les contorsions douloureuses de son ventre, et ces piqûres étaient immanquablement récompensées par l'octroi d'un chocolat, délice suprême. Aujourd'hui Gingo se sentait triste, il avait signé le mot à l'intention des policiers (commissures des lèvres abaissées, main arrondie balayant le visage de haut en bas), mais ils ne lui avaient pas répondu. Il ne doutait pas que la piqûre que l'homme en blanc s'apprêtait à lui faire soulagerait instantanément sa tristesse et que, quelque part dans les poches de sa blouse, se trouvait une friandise qui achèverait de lui remonter le moral.

Il était loin d'imaginer que la piqûre allait l'envoyer dans une *boîte sommeil* artificielle.

Il ouvrit les yeux une demi-heure plus tard environ, sans avoir conscience du temps qui s'était écoulé. Pour lui, ce pouvait être quelques minutes à peine comme une semaine. Il n'eut pas conscience non plus d'être réveillé, mais plutôt plongé dans une de ces *images sommeil* qu'il détestait par-dessus tout.

Il était enfermé dans une cage. Une cage avec des barreaux. La porte était cadenassée. Il ne pouvait pas se mettre debout. Il ne pouvait pas s'allonger. Il ne pouvait que s'accroupir. Autour de lui, il semblait y avoir d'autres cages similaires, mais il n'en était pas sûr, car il faisait très sombre. Le décor était épouvantable, mais ce n'était pas le plus terrifiant. Ce qui était abominable, insoutenable, c'était… LE BRUIT. Un tapage infernal, agressif ! Gingo avait mal aux oreilles. Mal comme jamais ! Il se mit à hurler, espérant couvrir de ses cris le vacarme environnant. Mais il n'y parvint pas. Il ne réussit qu'à s'époumoner et s'irriter la gorge. Il interrompit ses hurlements et s'efforça de se concentrer pour tâcher d'identifier ce bruit. « On a toujours moins peur de ce que l'on connaît », lui répétait Jade.

C'était un bruit de moteur. *Moteur.* Il signa le mot. (Les trois premiers doigts de la main gauche dépliés, l'index de la main droite vient les pointer.) Il le signa plusieurs fois, monologuant comme il le faisait souvent lorsqu'il était sujet à l'angoisse. Mettre en mots ce qui lui faisait peur était un exercice salutaire, une forme d'exorcisme. Mais ce moteur était si fort, si puissant que, à coup sûr, ce ne pouvait être celui d'une voiture, comme le taxi de son père. Pas non plus celui d'un des bus qui circulaient dans la Cité bleue. *Moto ?* se demanda-t-il, signant encore le mot, sa main gauche posée sur un guidon fictif. *Non. Non.* Il porta soudain la main gauche à la bouche dans un geste horrifié et de la droite, signa le mot qu'il venait de trouver.

Avion. Oiseau bruyant.

Il était dans le ventre d'un de ces affreux volatiles de métal qu'il avait vus sillonner le ciel de la Cité bleue, laissant derrière eux une traînée blanche, comme la fumée d'une gigantesque cigarette. Jade lui avait bien expliqué que les *oiseaux bruyants* étaient des machines volantes, comme des taxis en plein ciel et qu'ils transportaient des voyageurs. Mais c'était aberrant ! Gingo ne parvenait pas à se représenter comme un simple voyageur. Il n'avait pas demandé à monter dans un de ces taxis volants ! S'il était *dans le ventre de l'oiseau bruyant,* c'est que ce dernier l'avait dévoré et n'allait pas tarder à le broyer pour le digérer. Cette idée l'emplit de terreur.

Il reprit ses hurlements, si fort que l'homme en blouse blanche accourut, armé de sa seringue dont la piqûre l'expédia à nouveau dans le sommeil, le temps que le voyage depuis le cœur de la Cité blanche où se trouvait le tribunal jusqu'au Centre de Conversion, situé à cinq cents kilomètres au sud, prît fin. Le médecin avait mal jugé la quantité de tranquillisant à administrer au détenu. Il lui en avait d'abord injecté trop peu et il commit à nouveau une erreur en injectant cette fois une quantité trop grande, si bien que Gingo fut débarqué endormi de l'avion et fit le trajet qui séparait l'aérodrome du Centre de Conversion dans un état semi-comateux.

CHAPITRE 28

Ce fut mieux pour lui. C'est à peine s'il s'aperçut qu'on l'avait jeté sur la plateforme d'une camionnette à bestiaux et enchaîné au grillage qui séparait l'avant de l'arrière du véhicule. C'est à peine s'il sentit la douleur consécutive aux chocs répétés qu'il subissait lorsque la camionnette empruntait brutalement un virage et qu'il se voyait bringuebalé de droite et de gauche, alors que sous l'effet de la traction exercée, l'acier des menottes lui entaillait la chair des poignets, ou lorsque les nombreux cahots de la route le faisaient tressauter au point que son corps vibrait et ses mâchoires claquaient l'une contre l'autre. Seule la violente averse qui tomba à l'approche du Centre fut en mesure de le réveiller.

Et encore, pas tout à fait. Le tranquillisant mit du temps à se dissiper, Gingo se sentait étrangement vaseux, comme s'il était fait non plus de chair et de sang, mais de coton, comme s'il n'était plus qu'une espèce de marionnette. Lui qui détestait la pluie, qui l'avait en horreur, il l'accueillit sans broncher, avec un certain plaisir. Elle le rafraîchit, lui clarifia un peu les idées et lui donna l'illusion d'être plus propre. Elle remplaçait la douche qu'il n'avait pas pu prendre avant de quitter la maison.

Maison. Quand allait il pouvoir y rentrer ? *Perpétuité*, avait dit le juge en prononçant la sentence, mais l'avocat n'avait pas pris la peine de signer ce mot que Gingo ne connaissait pas, il s'était contenté de marmonner qu'il viendrait le voir bientôt. Or ce n'était pas l'*homme-fruit* que Gingo voulait revoir. *Il voulait revoir sa mère et son père. Mapan et paman. Là, maintenant, tout de suite !*

La fourgonnette contourna une imposante bâtisse dont les différents corps de bâtiments s'organisaient autour d'une immense cour carrée où de nombreux véhicules étaient garés. Elle était ceinte par un mur très haut, recouvert de tessons de bouteilles, et fermée par un portail grillagé. Gingo, bien qu'il se fût redressé autant que le lui permettaient ses chaînes, n'eut guère le temps d'en apercevoir davantage. La fourgonnette se dirigea vers l'arrière du bâtiment où s'alignait une série de portes basses en métal gris et s'arrêta devant une barrière automatique qui se leva lentement en émettant un grincement sinistre.

C'est à ce moment-là que Gingo comprit vraiment ce qui lui arrivait. *Prison.* Il revit *l'homme-fruit* lui signant le mot.

Mais… Mais… Pourquoi ? Sa panique se teinta de révolte. Il avait fait une bêtise, c'est vrai. Il avait franchi le mur alors que c'était interdit. Il avait fait peur à une fille. Mais elle aussi lui avait fait peur ! Il avait cassé une branche ! Mais l'arbre en avait plein d'autres, des branches, non ? Est-ce que celle-là lui manquerait tant que ça ?… En tout cas, il ne l'avait pas fait exprès !

« Ce n'est pas une excuse de dire que tu ne l'as pas fait exprès ! s'écriait souvent sa mère. Ce qu'il faut, c'est *faire attention !* »

Oui, oui, il aurait dû *faire attention* ! Il le reconnaissait. La prochaine fois, il fera attention. Promis. Juré !

Mais c'était trop tard. Les gardes le firent descendre de la fourgonnette sans s'inquiéter de ses gestes – *Je ferai attention ! Je ferai attention !* signait Gingo sans discontinuer. Tandis qu'ils le poussaient vers l'une des petites portes de métal gris, les yeux de Gingo s'emplirent de larmes qu'il sentit rouler sur ses joues, elles furent bientôt si abondantes qu'elles se glissèrent entre ses lèvres. Il les avala. Elles avaient un goût de sel, un goût amer qui ne le désaltéra même pas, alors qu'il avait tellement soif.

CHAPITRE 29

Lorsque la porte de l'appartement se fut refermée sur Gingo, encadré par les policiers, Jade se rua vers la fenêtre du salon. En bas, dans la rue, elle vit le camion, la plateforme arrière sur laquelle les policiers firent monter son enfant entravé, le poussant sans ménagement alors qu'il tentait de lever la tête, devinant que sa mère le guetterait de là-haut pour lui faire un dernier signe. Elle vit la bâche se rabattre comme une énorme mâchoire qui se serait refermée sur lui. Puis le camion démarra en trombe et disparut rapidement au bout de la rue, ne laissant dans son sillage que l'écho rugissant de son moteur, qui finit par se taire, cédant la place à un silence de mort.

Quelques instants de tumulte – le bruit des bottes, les ordres criés par les policiers, sa vaine tentative d'opposition, les menaces à son encontre en retour. Et plus rien. Silence total dans l'appartement, dans la tour 14. Les voisins, sortis sur le palier le temps de l'intervention policière, étaient à présent rentrés chez eux. Les portes étaient de nouveau fermées, verrouillées. La vie reprenait son cours comme si de rien n'était, alors qu'un cataclysme avait ravagé celle de Jade. Elle aurait voulu pleurer, hurler, maudire la Cité blanche et ses habitants, mais s'en trouva incapable. Elle était groggy. Elle avait le cœur en miettes.

— Il ne reviendra pas, dit-elle enfin à Alban après un long silence.

Le timbre de sa voix était si morne que l'on ne percevait même plus le désespoir qu'il traduisait. Elle l'entendit résonner dans le silence, comme si cette voix n'était plus la sienne, mais celle d'un de ces fichus APR. Et encore, celles-là arrivaient à imiter avec habileté la force émotionnelle qui lui faisait défaut à l'instant.

— Ils ne nous le rendront jamais. Jamais.

Alban s'approcha et lui prit la main sans répliquer. Il savait que sa femme avait raison. Toute parole de consolation, quelle qu'elle fût, serait inutile et mensongère. Les Adoptés majeurs, lorsqu'ils étaient emmenés par la police avec une telle démonstration de force, ne revenaient pas. C'était un fait avéré. À plusieurs reprises, ils avaient tous deux été témoins de ces… comment les appeler ? *Descentes ? Rafles ? Enlèvements ?…* qui avaient eu lieu dans leur tour ou une tour voisine. Les Adoptés, arrêtés à l'aube, étaient effacés de la vie du quartier.

Après quelques instants d'apathie totale, Jade se reprit. Une manière de sursaut agita son corps, comme un réflexe opérant sur son cerveau ou son cœur blessé. (*Tu n'as pas l'habitude de te laisser aller ! Reprends-toi !*) Sans lâcher la main de son mari qu'elle serra fébrilement entre les siennes – *Oh ! Comme elle l'aimait !* Ce constat la frappa soudain aussi violemment qu'une gifle. *Comme il allait manquer à*

CHAPITRE 29

Gingo, cet homme si doux, si tendre ! Qui se faisait toujours son complice ! – elle fouilla dans son sac afin d'y chercher son téléphone portable.

Elle prit le temps de s'asseoir, Alban à ses côtés, et se mit en devoir de composer chacun des quatre numéros enregistrés dans le répertoire, cherchant à joindre toutes les personnes qui avaient eu affaire à Gingo dans quelque domaine que ce fût. L'une ou l'autre saurait sûrement où on l'avait conduit. Car c'était cela qu'elle devait savoir, de toute urgence. *Où l'avait-on emmené ?* Elle n'avait pas l'intention de se résigner comme les autres parents qui, pour la plupart, n'avaient pas cherché à savoir ce qu'il était advenu de leur enfant. Pire que cela. Une fois évacué le traumatisme lié à la brutalité de l'arrestation, ils ne semblaient ni tristes ni révoltés. Après avoir remis leur compte en banque à flot grâce à l'allocation mensuelle octroyée pendant plusieurs années, ils étaient heureux de déménager et de quitter le quartier.

Elle commença par le numéro de l'école. Elle demanderait le directeur, plus apte à lui fournir un renseignement fiable. Personne. Elle enchaîna avec le numéro de l'assistante sociale, puis de la psychologue et enfin du Centre de Recherche. Même chose. Personne.

— Il est trop tôt ! 6 h 30 à peine, dit-elle à Alban après avoir jeté un œil à sa montre. Il faut attendre au moins une heure, hein ? Pas vrai ? Ils ne sont pas encore arrivés, n'est-ce pas ?

— Oui, sûrement ! approuva Alban, qui lui aussi voulait reprendre espoir. Ils ne doivent pas commencer à travailler avant 8 heures ou 8 h 30, dans ces eaux-là. Et puis de toute façon, personne ne doit savoir encore ce qu'il en est, Gingo vient à peine de partir.

Il oubliait que dans la Cité blanche, l'information circulait à la vitesse de la lumière. Elle relatait un fait instantanément, au moment même où il se produisait, parfois même avant qu'il ne se produise. Mais cette ignorance le confortait dans l'espoir. Oui, toutes les attentes d'Alban confluaient vers ce petit rectangle, niché entre les mains de sa femme, qui avait le pouvoir de franchir le mur par le biais de ses mystérieuses et puissantes ondes véhiculées *via* un procédé qui lui était totalement étranger. Hormis la nuit où il avait passé le mur avec Jade et Gingo pour rejoindre Monge, jamais il ne s'était servi d'un portable. L'appareil fourni par les services sociaux était réservé à Jade, puisque c'était elle qui menait à bien l'éducation de Gingo. À présent il représentait le seul lien possible avec leur fils. Après tout, pensa Alban, encouragé par les perspectives qu'offrait cet objet quasi magique, ce qui s'était passé chez les autres familles ne valait peut-être pas pour eux ? Il s'agissait probablement de cas de figures différents ? Il n'avait aucune idée de ce qu'on reprochait à Gingo, *mais il devait sûrement s'agir d'une erreur.*

— Si seulement on pouvait joindre le docteur Monge ! murmura Jade, perdue elle aussi dans ses pensées. S'il y en a un qui peut nous aider, c'est lui !

Elle avait bien son numéro personnel, elle l'avait noté quelque part, Monge le leur avait donné lors de cette fameuse soirée où ils avaient projeté de passer le mur en fraude, mais l'essai qu'ils avaient fait s'était révélé infructueux. Impossible d'appeler d'autres numéros que les préenregistrés et… Jade sentit soudain son cœur battre violemment contre sa poitrine. Un coup. Un seul. Boum ! Comme un coup de gong, un avertissement, une semonce. Tout à l'heure, lorsqu'elle avait composé les numéros, trop occupée à préparer mentalement ce qu'elle avait à dire, elle ne s'était pas rendu compte qu'elle n'entendait rien. Pas même le début d'une sonnerie, exactement comme ce soir-là, lorsqu'elle avait essayé d'appeler Monge de son portable. D'une main tremblante, elle composa à nouveau l'un des numéros. Rien. Elle éloigna l'appareil de son oreille et consulta l'écran. « Échec de l'appel ».

Une petite voix intérieure souffla à Jade *que l'abonnement était suspendu, coupé, que c'était fini.* Mais elle fit rapidement taire cette voix intérieure, refusant de croire à son sinistre message.

D'accord, je ne peux plus téléphoner. Mais on va nous appeler. Ils vont rappeler.

Les technologies de pointe propres à la Cité blanche, la surveillance qu'elle opérait sur la Bleue, sa mainmise constante sur celle-ci, voulaient que ses tentatives d'appel aient été repérées, répertoriées, tracées. Mains fébriles entremêlées à celles d'Alban, elle fixait l'appareil, attendant, espérant de tout cœur qu'il sonne. Mais il demeura muet et bientôt le message disparut de l'écran. Qui demeura noir alors que Jade tentait vainement de rallumer l'appareil.

Il ne servait plus à rien, elle pouvait le flanquer à la poubelle. C'était la réponse à leurs questions. La réponse la plus éloquente qui fût. La plus angoissante aussi. L'abonnement allant avec le mobile était accordé aux familles ayant un enfant. Pas d'enfant, pas de mobile.

Plus d'enfant, plus de mobile.

Gingo n'était déjà plus considéré comme faisant partie du foyer. Il avait été rayé des fichiers. Rayé de leur vie.

Le choc fit glisser Jade de la chaise sur laquelle elle était assise. Elle tomba à genoux, se retrouvant sans le vouloir dans une attitude de prière. Elle ne demeura pas longtemps ainsi, ce n'était pas son genre, c'était mal la connaître que de croire qu'elle prierait, supplierait. Qu'elle plierait. Elle n'allait pas se laisser faire. Oh ! Que non !

Les salauds !

Elle se releva et sortit de l'appartement, Alban sur ses talons. Elle descendit deux étages au-dessous. Il y avait là un couple qui avait récemment emménagé, en attente d'adoption. Jade avait eu l'occasion de croiser la future mère plusieurs fois avant qu'elle n'ait son bébé. La jeune femme s'était spontanément confiée à elle. Sans doute avait-elle perçu d'instinct que Jade était différente des autres mères du voisinage. Elle était venue sonner à sa porte et Jade l'avait accueillie chaleureusement, lui évitant les déconvenues dont elle-même avait souffert lors de son installation. La jeune femme était paniquée. Oui, elle avait accepté la proposition d'adoption, mais tout à coup, elle ne savait plus. Est-ce qu'elle pouvait faire marche arrière ? Elle n'y arriverait pas, elle n'aurait pas la patience nécessaire. Jade l'avait réconfortée, lui avait fait part de son expérience, la réticence qu'elle avait elle aussi éprouvée au début et la joie qu'elle avait maintenant à élever Gingo, malgré les difficultés qu'elle rencontrait fréquemment. Elle lui avait assuré qu'elle serait là pour l'aider et lui donner des conseils. La dernière fois qu'elles avaient parlé ensemble Gingo se trouvait là, c'était un matin avant de partir à l'école. Il avait eu, comme cela lui arrivait envers certaines personnes qui lui étaient d'emblée sympathiques, une sorte de coup de foudre pour Alice. (L'inverse se produisait aussi, Gingo pouvait détester quelqu'un sans raison apparente et le lui faire savoir sans détour.)

— Jolie ! Jolie ! Jolie !

Surexcité, il avait signé le mot une bonne dizaine de fois et avait exigé de Jade une traduction immédiate, Alice n'étant pas encore rompue au langage des signes. Dès son retour de l'école – l'instructrice n'avait pas manqué de préciser à Jade qu'il s'était montré particulièrement agité et peu concentré sur son travail – il avait demandé des nouvelles de la « femme-poupée », surnom qu'il donna à Alice, exprimant par là la fragilité qui émanait de la jeune femme, son corps menu et la finesse de ses traits.

— Moi, marié avec elle demain longtemps ! avait-il décrété.

Jade s'efforça de chasser ces souvenirs alors qu'elle frappait à la porte de sa voisine. Elle n'eut guère besoin de s'expliquer lorsqu'Alice lui ouvrit. La jeune femme – elle était seule, son mari était déjà parti au travail – avait entendu le remue-ménage causé par l'arrivée de la police, elle avait vu par la fenêtre le camion qui avait emmené Gingo. Elle fit entrer Jade et devinant ses intentions, lui donna immédiatement son portable. Jade vérifia rapidement le répertoire, les numéros préenregistrés étaient les mêmes, à l'exception de celui de l'école qui n'y figurait pas encore, l'enfant d'Alice étant trop jeune. Elle composa le premier numéro, celui de l'assistante sociale. Après deux sonneries (*quelle joie de les entendre ! C'était plus doux qu'une véritable musique !*), l'incontournable et insupportable serveur vocal lui demanda de composer le numéro du dossier correspondant à son enfant. 108. Jade tapa rapidement les chiffres puis pressa la touche dièse. « Je suis désolé, votre identification a échoué, lui répondit une voix de synthèse. Veuillez composer les trois chiffres correspondant au numéro du dossier de v… » Jade recommença. Eut la même réponse en retour.

Quoi ? Qu'est-ce…

Quelques très brefs instants passèrent avant qu'elle ne comprît. Chaque mobile était configuré selon des paramètres uniques correspondant au dossier d'un enfant adopté, qui devenait une sorte de code secret, de mot de passe. Mais elle ne s'avoua pas vaincue pour autant.

— Quel est le numéro de ton enfant ? demanda-t-elle à Alice.

Elle composa les chiffres que lui dicta Alice. Le serveur fit plusieurs propositions. « Si votre question concerne la santé de votre enfant, appuyez sur la touche 1 ; si vous souhaitez prendre un rendez-vous avec une assistante sociale, appuyez sur la touche 2 ; pour toute autre demande, appuyez sur la touche 3… » Jade hésita un instant, opta pour la touche 3 dans l'espoir d'avoir une voix humaine au bout du fil. « Veuillez patienter, un conseiller va vous répondre. » Un conseiller, enfin ! Jade se félicita de son choix, davantage encore lorsque, une poignée de secondes plus tard, elle entendit une voix de femme.

— Bonjour, je me présente, Siny, à votre service. Que puis-je pour vous ?

Jade déclina son identité et exposa rapidement l'objet de son appel.

— Je ne suis pas habilitée à vous répondre, madame Lemestre. Je ne peux donner d'informations que sur le dossier de l'enfant 231 et non 108.

— Dans ce cas vous pourriez me passer madame Ordener, c'est l'assistante sociale qui s'occupe de mon enfant, elle me connaît bien. Dites-lui que madame Lemestre voudrait lui parler au sujet de Gingo et que c'est très urgent.

— La procédure exige que vous appeliez depuis l'appareil qui vous a été confié, madame Lemestre. Je suis désolée, mais je me vois dans l'incapacité d'accéder à votre demande.

— Mais enfin, c'est ridicule ! Vous devez bien travailler dans le même service, non ? Vous pouvez appeler madame Ordener, aller frapper à son bureau ou lui transférer mon appel !

— Cela m'est strictement impossible, madame Lemestre, la procédure exige que votre appel émane de l'appareil qui vous a été confié en même temps que votre enfant.

— Mais je vous répète qu'il s'agit d'une urgence !

— Ne soyez pas agressive, madame Lemestre, cela ne vous avancera à rien.

— Je ne suis pas agressive ! hurla Jade, qui avait jusque-là fait un prodigieux effort pour garder son calme. Vous voulez une démonstration de ce que je peux dire quand je suis agressive ?

— Je suis sincèrement désolée, madame Lemestre, de n'avoir pu vous satisfaire. En espérant mieux faire la prochaine fois, je vous remercie de votre appel et vous souhaite une excellente journée.

Fin de la communication.

Jade rendit le portable à Alice. Il ne servait à rien. Pas plus que celui d'une autre voisine de la tour. Ou d'une autre tour, située à l'autre bout du quartier des Adoptés. Ces maudits appareils étaient configurés de telle sorte qu'il était impossible de se les prêter. Même si, par quelque miracle, Jade avait pu se téléporter dans la Cité verte à la périphérie de Marseille, la Violette encerclant Lille, la Rose, la Noire, n'importe quelle Cité de province, le résultat eût été identique.

L'abattement la saisit.

Bon Dieu, il n'y avait donc aucune solution ? Elle n'avait plus qu'à se résigner, à accepter, à supporter l'absence de Gingo, à s'efforcer d'oublier peu à peu qu'il avait passé sept ans auprès d'elle ?... Non ! Pas avant d'avoir épuisé tout ce qu'il était en son pouvoir de faire. *Mais que pouvait-elle faire ? Grand Dieu ! Quoi ? Une idée, il fallait qu'elle ait une idée !*

Elle interrogea du regard Alban, qui se tenait près d'elle. Il était blanc comme un linge.

— Il reste les points de connexion, dit-il. On pourrait essayer d'envoyer un mail au docteur Monge ? Il n'y a que lui qui puisse faire quelque chose.

— Oui, oui, tu as raison, bien sûr ! Oh ! Pourquoi n'y ai-je pas pensé plus tôt ? Allons-y !

Alban retint sa femme par le coude alors qu'elle se dirigeait déjà vers la porte.

— Les points de connexion n'ouvrent pas avant neuf heures, ça fait un peu moins de deux heures à attendre. Est-ce que Jade peut rester un moment ici ? demanda-t-il à Alice. Il faut que j'aille travailler.

— Bien sûr, tout le temps qu'elle voudra, répondit Alice.

Alban partit sur-le-champ – il fallait qu'il roule, roule, même sans client, sans destination, même s'il penserait inévitablement aux balades du dimanche qu'il faisait avec Gingo et que cela lui briserait le cœur. Rester à attendre entre quatre murs lui était insupportable. Il serra tendrement sa femme contre lui et s'esquiva. Jade chancela lorsqu'elle quitta la chaleur de ses bras. Prise d'étourdissement, elle dut s'appuyer à un mur pour retrouver son équilibre.

— Assieds-toi, je vais te chercher un verre d'eau, proposa sa jeune voisine en la guidant vers un fauteuil où elle l'aida à s'asseoir.

Jade leva la tête vers elle et l'observa comme si elle n'était apparue devant elle qu'à l'instant même. Plus exactement, elle prit conscience à l'instant seulement qu'Alice tenait dans ses bras un bébé. *Un bébé !* Les deux petites syllabes magiques ! Qui eurent pour effet de l'apaiser en un éclair de seconde, de mettre ses angoisses entre parenthèses pour un moment. Comment ne l'avait-elle pas vu plus tôt ? Le petit bougre manifestait pourtant sa présence par des hurlements stridents, qui ne s'étaient pas interrompus une seconde depuis que sa mère lui avait ouvert la porte. Et tout en s'époumonant – quelle puissance ! Quel coffre pour une si petite poitrine ! – il gesticulait entre les bras d'Alice, se tortillant comme un diable.

— Depuis quand ? demanda Jade.

— Deux jours.

— Pourquoi n'es-tu pas passée me voir ?

— Je ne sais pas... Je n'ai plus une minute à moi depuis qu'il est là.

Jade approcha sa main et caressa la joue du petit.

— Il a faim ? demanda-t-elle.

— J'en sais rien. Normalement il ne devrait pas ! Je lui ai donné un biberon il n'y a même pas une demi-heure !

Il y avait de l'agacement dans la voix d'Alice. De la fatigue aussi. Jade y discerna également une pointe de rancœur et de désespoir. Elle la comprenait. Elle était passée par là. En dépit des conseils qu'elle lui avait donnés, Alice regrettait encore de ne pas avoir pu mettre au monde un enfant. Elle comparait ce bébé avec celui qu'elle aurait pu avoir. Et forcément, il ne tenait pas la comparaison. Elle était amère, déçue. Elle n'aimait pas encore ce petit être qu'on venait de lui confier. Elle le trouvait trop moche. *Moche ! Chiottes !* pensa aussitôt Jade, visualisant avec amusement les exclamations signées de Gingo.

— C'est le bruit qui le rend aussi nerveux, affirma-t-elle. Le bruit qu'ont fait ces salauds lorsqu'ils sont montés chez moi. Le bruit que j'ai fait moi-même tout à l'heure en téléphonant et en parlant avec mon mari.

Jade s'interrompit et chuchota la suite sans cesser de caresser la joue du bébé.

— Ils sont très sensibles aux bruits venant de l'extérieur, tu sais. Le moindre son qu'ils n'ont pas encore identifié leur fait très peur. Et quand ils ont peur, ils sont nerveux. Rien de plus normal.

Elle s'interrompit, mit son index sur sa bouche pour signifier à Alice de ne pas lui répondre afin de laisser le calme envahir la pièce, et poursuivit ses caresses. Le bébé gigotait, tournait la tête à droite et à gauche, comme si une mouche lui tournait autour, pour échapper à cette main étrangère qui (comme s'il avait besoin de ça !) venait l'agacer, le titiller. Puis peu à peu, il cessa de se détourner, tendit au contraire la tête en direction de cette main dont il trouvait finalement le contact agréable. Ses pleurs changèrent progressivement de sonorité et d'intensité, ils se firent moins stridents, plus espacés.

— Donne-le-moi et va lui préparer un biberon d'eau sucrée ! murmura Jade pour ne pas perturber le silence que l'enfant commençait à goûter.

Alice ne se fit pas prier, elle parut soulagée de se débarrasser de ce bruyant petit paquet qui l'encombrait, qui s'agitait sans cesse alors qu'elle le faisait passer d'un bras à l'autre et tentait de le bercer. Jade le prit doucement et le cala contre son ventre. Les petites jambes s'accrochèrent aussitôt de part et d'autre de sa taille, tandis qu'un bras – *Ah ! Ces bras qu'ils avaient tous trop longs !* – s'enroulait autour de son cou.

Les pleurs cessèrent immédiatement.

— Ils adorent cette position, expliqua-t-elle. C'est comme si tu avais une poche dans ton ventre et que tu l'y maintenais bien au chaud !

Jade donna le biberon d'eau au bébé et s'endormit avec lui, le tenant toujours serré contre elle, assise sur le canapé de sa voisine. Dans cette forme d'inconscience éveillée qui précède l'endormissement, elle se crut revenue plusieurs années auparavant et eut la certitude qu'elle tenait Gingo bébé dans ses bras. Les traits de son visage se détendirent et elle sourit.

Alice se garda de la réveiller. Elle l'observa pendant un moment, elle d'abord, puis l'enfant à qui, pour la première fois, elle trouva un visage paisible. Marrant. Mignon. Adorable même. Elle eut envie de le serrer contre elle. Mais elle remit cela à plus tard. Elle aurait tout le temps, après.

CHAPITRE 30

— Tu restes derrière la ligne blanche, le macaque, c'est compris ?

Macaque.

Macaque = Moche. Très, très moche. Macaque = Injure.

L'équation était restée gravée dans le cerveau de Gingo depuis qu'il avait fait le douloureux apprentissage de ce mot à l'école, dans la cour de récréation ce jour où, fier d'avoir en poche les sous que Jade lui avait donnés, il attendait avec impatience son tour pour s'acheter un pain au chocolat.

L'injure avait été proférée par la suite en de multiples occasions. Dans la queue d'une caisse de supermarché, parce qu'il se montrait trop turbulent, dans une boulangerie, parce qu'il avait pris un morceau de pain sur un présentoir, devant un distributeur de préservatifs, parce que, s'évertuant à souffler dans le préservatif qu'il prenait pour un ballon, il bloquait l'accès à la machine. Le mot fusait à chaque fois, tel un projectile qu'on lui aurait lancé à la figure, une claque qu'on lui aurait administrée sans qu'il la vît venir et surtout, sans qu'il l'eût méritée. Plus Gingo grandissait, plus ce mot provoquait chez lui une colère irrépressible. Lorsqu'il était petit, sa mère se trouvait près de lui et l'aidait à maîtriser la rage qui bouillonnait en lui.

— On ne répond pas ! lui dit-elle un jour en serrant très fort sa main alors que, passant devant des jeunes regroupés à l'entrée du centre commercial, elle les entendit prononcer le mot fatal en ricanant.

Elle se prit à souhaiter à cet instant précis que la police fasse une descente et rafle ces graines de voyous, alors qu'elle connaissait la plupart des gamins qui se trouvaient là et qu'elle les aimait bien. Elle côtoyait régulièrement leurs parents avant de déménager dans le secteur des Adoptés. Mais ces petits cons venaient traîner dans le quartier précisément pour se moquer des enfants qui n'étaient pas comme eux.

— Ce sont des crétins ! poursuivit-elle. Nous sommes plus intelligents qu'eux et nous n'allons pas nous abaisser à leur répondre ! Regarde bien ce qu'il faut faire !

Elle leva le menton, baissa les épaules et, se tenant aussi droite que si un fil la tirait par le crâne, passa son chemin avec une magnifique fierté sans proférer une parole, se contentant de fusiller le groupe du regard. Jamais cette expression ne trouva illustration plus éloquente. Pendant une fraction de seconde, le temps de ce regard meurtrier, les enfants virent défiler les images de leur courte vie.

Mais Jade ne mettait pas toujours ses conseils en pratique.

— C'est mon fils que vous traitez de macaque ? hurla-t-elle un jour au boucher qui refusait à Gingo l'entrée de sa boutique. Pauvre connard ! Non mais vous vous êtes regardé ? Vous avez la même gueule que le cochon que vous exposez en vitrine !

— Mapan, colère ! remarqua Gingo, étonné, alors que, folle

de rage, sa mère l'entraînait loin de *cette boutique de merde* dans laquelle, criait-elle encore à l'intention du boucher, elle ne remettrait plus jamais les pieds.

— Oui, je me suis emportée, ce n'est pas bien. Fais ce que je dis, pas ce que je fais !

Gingo ne saisit pas la nuance sur le moment et le temps n'arrangea rien à l'affaire.

Que devait-il faire, là, maintenant, tout de suite ? Ce que mapan *disait* ou ce qu'elle *faisait* ?

L'un des gardes de la prison à qui les hommes-boutons venaient de le confier l'avait traité de macaque. Si Gingo faisait ce que sa mère disait, il devait relever le menton et passer son chemin sans rien dire. Mais c'était impossible. Il était entravé et menotté – on lui avait remis ce maudit filet sur la tête à la descente de l'avion – et un autre garde se tenait devant l'entrée. Même s'il arrivait à ouvrir la porte et à s'enfuir, il devrait encore franchir le grand portail extérieur, ou escalader le mur d'enceinte de la prison, au risque de se blesser sur les tessons de bouteilles dont il était couvert. *Non, impossible.*

Il fallait donc faire ce que mapan faisait. Insulter le garde, mettre en mots cette rage qu'il sentait pulser contre ses tempes, qui faisait battre son cœur à en suffoquer. Ou, à défaut, annoncer sa colère. Prévenir qu'il *allait* se mettre en colère. Mais les menottes l'empêchaient de bouger les mains et de s'exprimer.

Gingo se trouvait face à un problème insoluble. Un véritable casse-tête.

Ce fut le deuxième garde qui lui apporta la solution. Il leva la main dans un geste d'apaisement et tança son collègue d'une voix sèche.

— Pas de ça ici ! Tu lui parles correctement !

— Mais, chef, je vois pas pourquoi…

— Ce sont des gosses qui viennent de chez nous, tu l'as oublié ?

Gardien de prison était en effet un métier réservé aux Bleus. Cela paraissait logique. Pas de délinquants blancs, pas de prisonniers blancs. Dans la Blanche, on ne se heurtait qu'à quelques petits problèmes de désobéissance auxquels on remédiait dans les Centres de reconditionnement pour les jeunes, et pour les autres citoyens, dans les Centres de déconnexion prolongée. Pas en prison. Il paraissait ainsi évident que des gardiens bleus encadrent des délinquants bleus, bien que les règles en vigueur fussent établies par les Blancs.

— Ouais, ils viennent peut-être de chez nous, chef, mais ils sont tout de même pas comme nous !

— Ça suffit ! Les ordres sont les ordres et on les respecte, compris ?

La réplique était sans appel et le subalterne maugréa son assentiment dans un murmure bougon.

— Reste derrière la ligne, mon garçon !

Le ton de *Chef* (c'est ainsi que Gingo le baptisa) se radoucit lorsqu'il s'adressa à son prisonnier.

Il lui montra un trait blanc tracé au sol, qui scindait la pièce en deux. La peinture était en grande partie effacée, comme griffée, usée par les multiples passages des nombreux prisonniers qui l'avaient piétinée, mais elle demeurait suffisamment visible. Gingo obéit – *Chef* avait l'air d'être *un ami* – et s'appliqua, non seulement à passer derrière la ligne, mais à positionner ses pieds de sorte que ses orteils ne la mordent pas.

CHAPITRE 30

Ce ne fut pas si aisé. À cause de son gros orteil. Beaucoup plus long que les autres, il était tordu et mal fichu. Gingo le détestait. Il l'empêchait de choisir les chaussures qui lui plaisaient. Impossible d'enfiler des baskets à scratch, il devait se contenter de tennis en toile souple à lacets, sous peine de souffrir le martyre à vouloir emprisonner cet orteil récalcitrant dans un cuir trop rigide. Au bout de quelques jours à peine, la toile ne pouvant résister à l'usure imposée par cet orteil difforme se trouait, et Jade poussait alors les hauts cris, parce qu'il fallait acheter une paire de chaussures neuves et que *ça coûtait cher*. La plupart du temps, excepté dans la rue, Gingo marchait pieds nus, que ce fût à l'école ou à la maison. Cet orteil, pour l'heure, lui jouait encore un mauvais tour. À cause de lui, Gingo dut reculer et c'était autant de chaleur en moins qui lui parvenait. Les flammes d'un incinérateur crépitaient en effet à l'autre bout de la pièce et il aurait bien aimé profiter de la chaleur qu'il diffusait. Ses vêtements trempés par la pluie le faisaient trembler de froid.

Chef, flanqué de « l'homme-poil au nez » (ainsi le baptisa Gingo, non sans un mépris teinté de dégoût en remarquant que des poils s'échappaient des narines du garde en petites touffes noires et hirsutes), se plaça de l'autre côté de la ligne blanche, face à lui.

— Écoute-moi ! Tu m'as l'air d'un bon garçon. Tu vas pas me créer de problème, pas vrai ?

Le ton de sa voix était doux et posé, il parlait lentement, comme on le fait lorsqu'on s'adresse à un simple d'esprit ou à un animal qu'on tente d'apprivoiser et dont on craint la réaction, mais une légère inflexion traduisait une menace latente.

— Je vais te retirer ce truc (il désigna le filet qui emprisonnait la tête de Gingo), je vais aussi enlever tes bracelets (il désigna cette fois les menottes), mais si jamais tu fais un mouvement de travers, si tu tentes quoi que ce soit…

Il se tourna vers son collègue qui pointa sur Gingo un fusil hypodermique à fléchettes anesthésiantes.

— On sera obligés de te coller une dose de paralysant ! C'est compris ?

Gingo acquiesça de la tête. *Pas d'aiguille volante ! Surtout pas !* Il en avait une trouille bleue. *Chef* s'approcha, s'exécuta avec des gestes lents et précautionneux, guettant la moindre réaction susceptible d'annoncer un danger. Il débarrassa d'abord Gingo du filet, attendit un instant, plongeant un regard interrogateur dans les yeux du détenu, tâchant d'estimer si ce dernier feignait le calme ou pas, s'il allait continuer à bien se tenir. Il lui retira ensuite les menottes. Quel soulagement pour Gingo ! Les mailles serrées de ce maudit filet obstruaient son champ de vision, le tissu s'insinuait entre ses lèvres à chaque inspiration, se collait à sa langue et lui laissait un sale goût dans la bouche. Quant aux menottes, elles avaient marqué ses poignets d'une trace aussi rouge qu'une brûlure. Oubliant les consignes qui lui avaient été données, ou plutôt les respectant de son point de vue, Gingo leva la main droite, paume ouverte, vers sa bouche, plaça le bout de ses doigts sur ses lèvres et rabattit sa main d'un geste ample et net.

Merci !

— Qu'est-ce qu'il nous fait là, chef ? demanda aussitôt le garde armé, pliant ses jambes et tendant les bras pour ajuster son tir. Je lui en colle une ?

— Non ! Non ! Je crois qu'il veut dire quelque chose. Y a pas de danger !

Gingo agita la tête de haut en bas en signe d'assentiment et répéta son geste à l'attention de *Chef*, lentement cette fois, afin que l'*homme-poil au nez*, qui semblait décidément bien nerveux, ne tire pas.

— Te fatigue pas, mon gars ! On n'y comprend rien, nous autres, à votre langue des signes, répliqua *Chef*. C'est vrai qu'ils auraient dû nous l'apprendre, mais bon, ils ont pas jugé utile d'ajouter ça à la formation du métier... En tout cas, je suis sûr qu'on peut s'entendre. T'es pas sourd à ce qu'il paraît ? Alors tu ouvres grand tes oreilles, tu écoutes bien ce que je dis, t'obéis et tout ira comme sur des roulettes, d'accord ?

La fin de la phrase échappa à Gingo (c'était quoi cette histoire de roulettes ?), mais il en saisit néanmoins l'essentiel et approuva de la tête.

— C'est bien, t'es un bon gars ! Retire tes vêtements maintenant !... Allez ! Enlève-moi tout ça !

Gingo ne se fit pas prier. L'averse avait trempé son jean. Rien de plus désagréable qu'un jean mouillé ! C'était comme une seconde peau, froide, aussi rêche que du carton, collée à la sienne. Il avait hâte de s'en débarrasser. Il ne doutait pas que, après une bonne douche, on lui donnerait des vêtements propres. Ceux de la prison. Ils seraient sûrement moins beaux que les siens – Gingo était à un âge où il se souciait beaucoup de son apparence et le choix de ses vêtements donnait souvent lieu à d'âpres discussions avec Jade –, mais ils auraient au moins l'avantage d'être propres et secs. Peut-être... Il pencha le buste pour avancer la tête sans franchir la ligne blanche et regarder de plus près les vêtements des gardes. Peut-être allait-on lui donner une tenue identique à la leur ?

Ils portaient d'amples combinaisons, haut et pantalon d'un seul tenant. Gingo en portait, lui aussi, lorsqu'il était petit. Il les aimait beaucoup, il s'y sentait à l'aise pour jouer, courir, faire des cabrioles. Mais sa mère les avait éliminées de sa penderie lorsqu'il avait dû faire l'apprentissage de la propreté. Il ne se déshabillait pas assez vite et n'arrivait pas à temps aux toilettes.

Gingo remarqua que la combinaison de *Chef* était différente de celle de l'*homme-poil au nez*. La première était propre, la seconde, sale et criblée de taches, comme si ce crétin était tombé dans la boue. Toutes deux, en revanche, étaient resserrées à la taille par une ceinture où étaient accrochés des pistolets, ainsi que des laisses, des harnais, des muselières. Y avait-il des chiens dans la prison ? se demanda Gingo qui avait eu l'occasion de voir, lorsqu'il se promenait avec Jade, quelques chiens muselés, tenus en laisse, qui ne manquaient jamais de grogner lorsqu'ils croisaient son chemin. Le frisson qu'il sentit courir le long de son échine lui fournit la réponse. Non, il n'y avait pas de chiens dans la prison. Mais les gardes méchants comme l'*homme-poil au nez* devaient traiter les prisonniers comme tels. Il prit peur en s'imaginant muselé et tenu en laisse. Cela ne dura que quelques brèves secondes. Imaginer, c'était se projeter dans le futur (*demain longtemps*, disait-il), un exercice trop difficile pour Gingo qui ne vivait que l'instant présent. Un autre détail attira son attention et lui fit aussitôt oublier sa précédente pensée et la peur qu'elle avait engendrée : les combinaisons avaient de grandes poches plaquées au niveau des jambes. Des brins de paille en dépassaient, ainsi que des épluchures de fruits. *Des fruits ! Une pomme ! Il avait tellement envie d'une pomme ! C'était son fruit préféré !*

Oh ! La première fois qu'il en avait mangé une ! Cette chair ferme, juteuse à souhait ! Le liquide sucré et parfumé qui avait coulé sur son menton et qu'il s'était appliqué à lécher d'un mouvement de langue, de peur d'en perdre la moindre goutte ! Ça l'avait rendu fou, fou de plaisir ! Jade n'avait plus manqué, dès lors, d'en faire des provisions conséquentes, pressentant que cette denrée serait pour elle un moyen imparable de faire progresser son fils très rapidement, une sorte de monnaie d'échange. Gingo devait *mériter* sa pomme. Lorsqu'il refusait de travailler, d'apprendre de nouveaux mots, elle n'avait qu'à brandir la menace d'une privation et Gingo courait récupérer la chemise cartonnée contenant les images dont il devait apprendre les signes correspondants, alors qu'une minute auparavant, par paresse ou mauvaise humeur, il l'avait jetée loin de lui. Il en étalait le contenu sur son bureau et reprenait le travail. Il pouvait apprendre une série de vingt, trente mots d'affilée, composer des phrases de plus en plus complexes rien que pour avoir une pomme.

Nourrissant l'espoir que la combinaison qu'on lui fournirait aurait des poches garnies de ses fruits préférés (et pas seulement d'épluchures), il se dépêcha de se déshabiller tout en veillant – c'était un jeu plutôt amusant – à ne pas mordre sur la ligne blanche en retirant son jean. Pas facile de garder l'équilibre sur une jambe tout en tirant très fort sur l'autre. Mais il y parvint et tendit ses vêtements à *Chef*, qui les passa à l'*homme-poil au nez*.

— Eh ben je parie qu'il se sent mieux comme ça plutôt qu'avec son déguisement ! remarqua celui-ci, accompagnant ses paroles d'un rire moqueur.

Un déguisement ? Le jean taille basse que Gingo avait eu pour Noël et le tee-shirt barré de l'inscription « *I love New-York* » que sa mère avait été si heureuse de trouver soldé dans une braderie ? En plus d'être méchant et répugnant, ce sale type était également bête. Se rappelant les consignes de sa mère, Gingo décida de se montrer plus intelligent que lui – pas difficile – et ne répliqua rien.

Mais il se produisit alors quelque chose que jamais il n'aurait pu imaginer. L'*homme-poil au nez* jeta ses vêtements dans l'incinérateur.

— Pourquoi ? Pourquoi vêtements dans feu ? Vêtements sales dans machine à laver ! Pas dans feu !

La réplique de Gingo fut signée par des gestes brusques et saccadés, comme chaque fois qu'il était en proie à une vive émotion. Emporté par l'ampleur des mouvements de ses bras, il franchit la ligne blanche.

Chef saisit aussitôt sa matraque et en pointa l'extrémité sur son ventre pour le faire reculer.

— Qu'est-ce que je t'ai dit, mon garçon ? T'as déjà oublié ? Tu restes derrière la ligne. Allez, sois gentil, recule !

Gingo obéit, et ce fut la mort dans l'âme qu'il regarda ses vêtements partir en fumée.

— Bien, reprit *Chef*, maintenant on va t'amener chez le directeur. Il tient à connaître chaque nouveau pensionnaire. Tu promets que tu vas bien te tenir ?

Gingo approuva de la tête.

— Bon, alors on y va !

Il se plaça à gauche de Gingo, le saisit par le coude, tandis que l'*homme poil-au-nez* faisait la même chose à droite.

— Non !

Se campant solidement sur ses jambes, appuyant de toutes ses forces sur ses pieds comme s'il voulait les enfoncer dans le sol, Gingo refusa de bouger. Il se contracta et mobilisa toute sa puissance musculaire pour résister.

— Allons, qu'est-ce qui te prend ? demanda *Chef*. Tu viens de me dire que tu serais sage.

Gingo fit glisser ses deux mains parallèles en haut de sa jambe gauche, puis de sa jambe droite.

CHAPITRE 30

— Pantalon ! (Joignant le pouce et l'index de ses deux mains, il les porta à son cou pour dessiner un col.) Chemise !

Chef secoua la tête pour signifier qu'il ne comprenait rien.

Gingo répliqua alors par une longue série de gestes rapides.

— Gingo pas nu devant directeur ! Nu, moche ! Gingo, habillé ! Sinon Gingo, honteux ! Pas poli montrer son cul !

Gingo enchaîna les gestes, les multiplia. Se laissant tomber sur les fesses, il leva les jambes et utilisa ses pieds pour signer ses arguments, pensant qu'il doublerait ainsi ses chances d'être entendu. Il finit par s'exprimer dans un charabia auquel *Chef*, même s'il avait été un expert en langue des signes, n'aurait rien compris. Rien ne semblait pouvoir interrompre sa logorrhée. Il était choqué, bouleversé à l'idée de se présenter nu devant le directeur de la prison. Face à l'incompréhension de ses interlocuteurs, son émotion croissait. À bout d'arguments, il finit par les insulter.

— W-C ! Sales ! Puants ! Chiottes ! hurla-t-il, sans faire de distinction entre *Chef* et l'*homme-poil au nez*, qu'il considérait pour l'heure comme deux crétins finis.

Ses gestes étaient brusques et démesurés. Pivotant sur son cul comme s'il était posé sur un socle articulé, il lançait ses bras et ses jambes dans tous les sens, sans se rendre compte que ses mains, qui se trouvaient au bout de ses bras, ses pieds, qui se trouvaient au bout de ses jambes, frappaient *Chef* au visage ou à la poitrine dès qu'il s'approchait. Son corps fut bientôt emporté dans un tourbillon de mouvements.

Et c'en fut fini dès lors. Il n'y eut plus ni *Chef* ni *ami* qui tiennent.

La colère, la vraie, celle qu'on ne voit pas venir, celle qui vous envahit sans crier gare et rend enragé le plus paisible des hommes, ce qu'on nomme communément « le coup de sang », Gingo en fit l'apprentissage. S'il avait réussi à maîtriser jusque-là ses sentiments négatifs, il les laissa s'exprimer dans un débordement incontrôlable. Ce fut un véritable raz-de-marée émotionnel. Sans qu'aucun des gardes n'ait pu le prévoir, avec cette rapidité, cette fulgurance qui le caractérisait, il se releva, courut à travers la pièce, bondit sur le comptoir, puis de là roula au sol, se redressa pour se jeter contre les murs, tel un gigantesque toton qu'une main folle aurait lancé à travers la pièce, faisant fi de l'incinérateur dont il s'approcha dangereusement à plusieurs reprises, tout en poussant des hurlements rauques et graves qui venaient du plus profond de sa gorge.

Jamais, jamais au cours de sa jeune vie, il n'avait autant éprouvé le besoin de parler. De parler *vraiment. Avec une voix !* C'était ça qui le mettait à la torture, qui le rendait fou de rage.

POURQUOI NE POUVAIT-IL PAS PARLER COMME LES AUTRES ? ? ? ? ?

Il se produisit alors quelque chose d'extraordinaire. Gingo poussa un dernier hurlement, poignant, déchirant. Un cri qui traduisait toute sa détresse et sa frustration. Après les grognements, les jappements, les sifflements saccadés, ce fut un son articulé qui franchit ses lèvres.

— NON ! PAS NU ! hurla-t-il, levant les yeux et les bras au ciel comme s'il s'adressait à quelque divinité, seule capable d'exaucer son vœu.

Ces trois petits mots, ces trois courtes syllabes furent à peine intelligibles, elles ressemblaient davantage à quelque chose comme « LON ! HA ! LU ! » Comme l'avait prédit Monge cette fameuse nuit où il avait procédé à des examens et annoncé à Jade que, peut-être, Gingo pourrait parler un jour, il manquait les consonnes dans cette articulation balbutiante. Mais c'était un début prometteur que le médecin ou Jade (Jade qui avait tant attendu ce moment !), s'ils avaient été là, n'auraient pas manqué d'applaudir.

Malheureusement le miracle se solda par l'envoi de la fléchette anesthésiante à laquelle Gingo, cette fois, eut droit.

CHAPITRE 31

Jade n'avait pas mis les pieds dans un point de connexion depuis des années. Depuis l'époque où elle postulait pour un emploi et avait correspondu avec les Alma avant qu'ils ne l'embauchent.

Les principaux points de connexion se situaient à proximité des administrations qui elles-mêmes étaient connectées en permanence : établissements scolaires, commissariats, tribunaux et mairies, auxquels ils se raccordaient par wifi. Mais on en trouvait aussi ailleurs, de manière aléatoire, selon les besoins, sur une place ou dans une halle. Alban déposa Jade devant celui qui avait été installé près du marché. Il y avait foule aux abords, comme toujours, alors que le bâtiment n'était pas encore ouvert. Les points de connexion étant le seul moyen pour les Bleus de communiquer avec la Blanche, ils étaient très fréquentés, il fallait s'armer de patience et faire la queue dehors pendant des heures, quel que fût le temps.

Il s'agissait de bâtiments en préfabriqué, similaires à des baraques de chantier – on les montait et démontait ainsi très rapidement pour les déplacer. Si leur allure extérieure ne payait pas de mine, il en allait autrement de l'intérieur, très confortable, aménagé même avec un certain luxe. Le sol était couvert d'une moquette veloutée, les meubles étaient en bois laqué blanc, les murs, tapissés d'écrans publicitaires. Une douce musique était diffusée en continu. Le rez-de-chaussée était réservé au public bleu, l'étage aux Blancs qui, en transit dans la Cité bleue pour raison professionnelle, souffraient du syndrome de déconnexion – troubles de la vision et de l'équilibre, bouffées de panique ou de paranoïa, sentiment d'abandon. On les voyait souvent se précipiter vers l'entrée qui leur était réservée. Pâles, regard halluciné, démarche titubante à l'arrivée, ils en sortaient métamorphosés quelques instants plus tard. Ils disposaient d'un salon où ils pouvaient, pour leur plus grand soulagement, se connecter à leur APR et rétablir ainsi le contact avec leur environnement usuel. Médecins et techniciens se trouvaient à leur disposition en cas de troubles plus prononcés.

Par chance, Jade ne fit qu'une heure de queue après l'ouverture du bâtiment et se présenta au comptoir d'accueil.

— Désirez-vous envoyer un mail administratif ou personnel ? lui demanda l'une des nombreuses hôtesses qui officiaient.

Les mails administratifs, pour la plupart, concernaient l'envoi d'un CV, d'une lettre de motivation et de références afin de postuler à un travail, ou bien une demande d'information sur le délai d'obtention d'un permis de travail qui tardait à arriver, la réponse à un dossier de candidature à l'enfantement.

— Personnel, répondit Jade sans l'ombre d'une hésitation.

L'hôtesse lui remit un ticket rose portant le numéro 132 C et la dirigea vers la vaste salle d'attente située à droite de l'accueil. Jade prit place sur un fauteuil tapissé de rose et jeta un regard à l'écran digital rose. Il affichait le numéro 122. Constatant que les chiffres défilaient à une cadence de cinq minutes environ, elle fut assurée de ne pas attendre trop longtemps, à l'inverse des postulants qui s'étaient vu remettre un ticket vert (correspondant à un mail administratif) et patientaient en nombre important, assis sur les fauteuils verts, tandis que le décompte de l'écran digital vert leur annonçait une attente prolongée.

Les maileurs étaient alignés derrière un long comptoir divisé en box insonorisés et séparé de la salle d'attente par une cloison vitrée, percée de plusieurs portes correspondant aux lettres accolées aux numéros des tickets. Hommes et femmes à proportion égale, ils étaient vêtus d'un jean blanc, d'un tee-shirt blanc orné d'un badge de poitrine affichant leur prénom, et d'une casquette verte ou rose, selon le type de mails qu'ils avaient à rédiger. Ils travaillaient debout, jamais assis, car ils devaient répondre avec la plus grande célérité aux très nombreuses demandes. Ils étaient interchangeables, devaient pouvoir rédiger aussi bien un mail administratif qu'un mail personnel – ceux-là étant minoritaires. Toutes les quinze minutes, ils opéraient une rotation, changeant de poste et de casquette.

La règle d'or des maileurs publics tenait en deux mots : concision et efficacité. Jamais un mail, quel qu'il fût, ne devait contenir plus de cent trente mots, ce qui correspondait à un temps de lecture de quarante secondes. Même si les mails étaient lus et triés dans un premier temps par les APR de leurs destinataires, leur lecture devait être rapide. Les maileurs étaient ainsi entraînés à l'art de la synthèse. Aller droit au but, éviter toutes les fioritures. De fait, leur travail s'apparentait davantage à une traduction. La langue écrite en vigueur dans la Bleue n'était pas la même que celle de la Blanche. Il fallait réduire le nombre de verbes, faire la chasse aux synonymes, considérés comme inutiles ; les conjugaisons et concordance des temps étaient également simplifiées (on privilégiait le présent), ainsi que les formules de politesse – il n'y en avait plus qu'une : « À vous ». Les maileurs opéraient ainsi un dépouillement systématique des lettres que les postulants avaient pris la peine de rédiger sur papier ou, à défaut, qu'ils leur dictaient. Ils condensaient, résumaient, « pitchaient ». Lorsque la réponse arrivait, ils effectuaient le processus inverse. Il fallait ajouter des mots, délayer le propos pour qu'il fût compris par un Bleu. Il fallait user de synonymes et de métaphores, fournies par les APR.

Les points de connexion n'étaient ouverts que le matin, de 9 heures à 12 h 30, l'après-midi des maileurs étant réservé à l'activité qu'ils exerçaient dans la Blanche. Écrivant. Ils devaient produire des récits diffusés sous forme numérique répondant à des critères spécifiques. (Il y avait bien longtemps que la Blanche s'était débarrassée de ses livres papier qu'on avait recyclés ou envoyés de l'autre côté du mur dans un geste humanitaire.) Pas de fictions ou d'essais, invendables depuis des décennies, uniquement des biographies de personnages célèbres qu'ils rédigeaient, soit après avoir reçu les confidences des intéressés, soit en les inventant d'après des grilles configurées par des logiciels adaptés. Ces livres devaient atteindre des chiffres de vente préétablis par les APR spécialisés, dans un laps de temps défini. On comptabilisait chez les lecteurs le taux de « *page turner* » réalisé par chacun des livres vendus, on établissait un top 3 des meilleurs taux et les écrivants à l'origine des textes gagnants recevaient une prime proportionnelle. On en produisait beaucoup, de la même façon que des yaourts ou des salades en paquet, leur durée de vie dans les catalogues n'excédait pas un mois.

Les écrivants étaient également en charge des programmes scolaires. La littérature, lue intégralement par les APR, ne s'enseignait plus que par condensés. On privilégiait l'art du « pitch ». Un immense chantier avait été entrepris afin de corriger la littérature héritée du passé. Les textes avaient été réduits à un nombre de mots établis en fonction de caractères incluant des paramètres bien définis : âge du lecteur, faculté de concentration, utilité liée à la morale et à l'activité professionnelle de celui-ci. Elle devait passer également au travers du filtre de la lutte contre la violence. Nombre d'œuvres avaient été rayées des programmes.

L'allure des maileurs, quelque peu particulière, pouvait surprendre un Bleu lors d'un premier contact. Leurs mains agiles qui volaient au-dessus de leur clavier semblaient être détachées de leur corps, leur œil était vide, leur regard, absent, se fixait sur un mystérieux point au loin, quelque part dans la salle au-delà de la cloison vitrée. On pouvait y lire, chez certains, quelque chose qui ressemblait à de la nostalgie, conséquence d'une mémoire héritée de leurs pairs d'autrefois, les écrivains. Évoluant dans une sorte de bulle, ils avaient parfois quelques difficultés à s'exprimer oralement. Comme si les consignes qu'ils devaient appliquer à l'écrit valaient également à l'oral et les poussaient à ne prononcer qu'un nombre restreint de mots. Des mots-clés.

Lorsque vint son tour, Jade prit place dans le box et salua le maileur – un homme – d'un bref hochement de tête.

— Bonjour. Adresse du correspondant ?

Elle lui tendit le bout de papier sur lequel elle avait noté le mail du docteur Monge.

L'APR du maileur googlisa rapidement le nom communiqué. (Il valait mieux, en effet, avoir une idée précise du destinataire du mail afin de le rédiger de manière adéquate.)

— Objet du mail ?

Jade hésita avant de répondre.

— Un titre, précisa le maileur. Important. Pour accrocher le destinataire.

— Au secours, répliqua Jade du tac au tac.

Elle ne voyait que cette formule pour résumer au mieux ce qu'elle avait à dire.

— J'écoute, reprit le maileur.

Jade hésita à nouveau. Elle eut envie de demander au type de lui céder sa place. Elle rédigerait elle-même le message. C'était débilitant, humiliant, d'avoir à transmettre ainsi sa requête par personne interposée. Elle avait l'impression d'être une analphabète.

— Allez-y ! insista le maileur, s'apercevant que le temps imparti était déjà amputé de deux secondes.

— Écrivez que c'est très urgent, dit enfin Jade. C'est au sujet de…

Elle s'interrompit brièvement, le temps de s'assurer que la personne assise dans le box voisin n'écoutait pas ses paroles. N'entendant rien de son côté, elle en déduisit que le box était insonorisé.

— C'est au sujet de Gingo, poursuivit-elle. La situation est très grave, je suis très inquiète, je ne sais plus quoi faire…

Jade poursuivit en racontant par le menu l'arrestation de Gingo, à l'aube, pour un motif qui ne lui avait pas été précisé, et le silence des services sociaux qu'elle avait tenté de joindre.

CHAPITRE 31

Elle suppliait le docteur de se renseigner et de lui faire savoir où on avait emmené son fils et de faire tout ce qu'il était en son pouvoir pour le tirer d'affaire.

— Pourquoi vous n'écrivez plus ? demanda-t-elle en s'apercevant que le maileur demeurait immobile.

— C'est parti, madame !

— Comment ça *parti* ? protesta Jade. Je n'ai même pas terminé ce que j'avais à vous dire !

Elle allait lui ordonner d'envoyer un second mail pour compléter le précédent, mais l'hyper accélération de la connexion blanche la prit de vitesse.

— Désolé, votre mail a été orienté vers les indésirables. Il n'y aura pas de réponse.

— Quoi ? Qu'est-ce que vous racontez ? C'est n'importe quoi ! Il doit y avoir une erreur ! Réessayez s'il vous plaît !

— Impossible. Pas plus d'un message par postulant. Si votre mail est repêché, vous serez appelée par votre nom au guichet des Indésirables, au bout du comptoir. Merci pour votre visite. Excellente journée !

Le maileur appela le numéro du postulant suivant, se leva et se dirigea vers un autre box. Il était temps pour lui de changer de casquette.

Jade regagna la salle d'attente. Bien que déçue, elle avait confiance, elle était certaine que Monge ne tarderait pas à se manifester. Il n'était pas comme les autres. Il était sincèrement attaché à Gingo, il l'avait toujours aimé, soigné avec dévouement, il avait pris des risques pour lui faire passer un scanner, elle se souvenait parfaitement de sa joie lorsqu'il lui avait annoncé qu'un jour, peut-être, Gingo pourrait parler. Il n'avait pas pu feindre un tel enthousiasme. Cette histoire d'« indésirable » n'était qu'un malentendu qui se réglerait sûrement très vite. *Sûrement ! Leur informatique de merde n'est pas infaillible !* Obéissant aux consignes du maileur, elle prit place à l'extrémité de la salle, devant la dernière porte percée dans la cloison vitrée. Le box des Indésirables.

Il était plus petit que les autres. À peine le remarquait-on en entrant. Le maileur qui y officiait portait une casquette marron. *La couleur de la merde, pensa Jade. Ils nous considèrent comme de la merde !*

Jade s'assit. Combien de temps allait-elle attendre ? Longtemps, probablement. Elle n'était pas seule. D'autres personnes patientaient et leur visages fatigués indiquaient qu'ils étaient là depuis un bon bout de temps. Elle s'assit sur le dernier fauteuil marron libre. *(Ah ! Cette couleur !)* Peu lui importait. De toute façon, l'idée de rentrer chez elle et d'errer dans un appartement vide où le moindre objet lui rappellerait l'absence de son fils lui était insupportable. Elle aurait aimé qu'Alban fût là – il avait fait la queue dehors avec elle, mais avait préféré la laisser entrer seule dans le bâtiment et ils avaient convenu de se retrouver directement à la maison lorsqu'elle en aurait fini. Jade regretta de ne pas avoir emporté un livre, encore que, elle se sentait incapable de se concentrer, même sur une lecture facile. Y avait-il au moins des magazines ou des journaux quelque part ? N'importe quoi, du moment que des lettres étaient imprimées sur du papier ? Non, même pas.

Elle laissa son regard dériver sur les écrans publicitaires. Les images qui y étaient projetées n'étaient pas destinées au public bleu, mais au personnel blanc afin qu'il ne fût pas trop dépaysé. Cet échantillon de ce qu'ils avaient l'habitude de visionner lorsqu'ils se promenaient dans les rues de leur

CHAPITRE 31

SmartCity avait un effet rassurant. Défilés de mode, publicités pour une nouvelle clinique de chirurgie esthétique, pour de nouvelles versions ultraperformantes d'APR, défilements de bandeaux rapportant les derniers bulletins d'information. Le son était coupé – on privilégiait la musique, pensant apaiser ainsi la nervosité des postulants bleus qui attendaient. Les mêmes images défilaient en boucle et les fixer avait un effet abrutissant et soporifique. Jade ne résista pas, la tension qu'elle avait accumulée depuis son réveil avant l'aube se relâcha, elle se sentit prise d'une lassitude extrême et ferma les yeux.

CHAPITRE 32

La fléchette anesthésiante atteignit Gingo en plein thorax. Elle le stoppa net dans sa course effrénée, éperdue, cette folle course aux mots qu'il avait tout juste commencé à articuler sans même s'en rendre compte, alors que les gardes s'apprêtaient à le présenter au directeur de la prison. Il demeura immobile pendant quelques instants, portant un regard ébahi sur cet objet minuscule, insignifiant, venu se nicher dans sa poitrine. Il n'avait pas senti de piqûre ou de morsure, pas la moindre douleur, cette petite chose fichée là dans sa peau ressemblait à un jouet et il semblait facile de s'en débarrasser. Mais lorsqu'il voulut porter la main à sa poitrine, cela lui fut impossible. Il la voyait pourtant, sa main, il ne l'avait pas perdue, elle se trouvait toujours au bout de son bras, son bras qui, lui, était bien accroché à son épaule. Or il ne pouvait bouger ni l'un ni l'autre. Pas plus que les jambes ou les pieds.

À peine eut-il fait ce constat qu'il se mit à vaciller, osciller, tanguer comme si subitement le sol tremblait sous lui, comme si, à l'image de cette petite fléchette ridicule, il n'était plus qu'un minuscule objet soumis à un vent d'une force démesurée. Il leva les yeux vers les gardes qui se tenaient à bonne distance. *Chef* avait l'air à la fois méfiant et embarrassé, l'*homme-poil au nez* le tenait toujours en joue avec son fusil. Puis soudain, comme si on lui avait donné une violente bourrade dans le dos, il s'écroula face contre terre.

Il sombra dès lors dans une *boîte à sommeil* qui n'en était pas vraiment une. Il dormait, oui, puisqu'il lui était impossible de bouger. Et non, il ne dormait pas, puisque, yeux grands ouverts, il avait conscience de tout ce qui l'entourait. Il entendait le ronronnement de l'incinérateur derrière lui, il entendit très distinctement les paroles que *Chef* et l'*homme-poil au nez* échangèrent peu après sa chute.

— Vous croyez qu'il a son compte ?

— Faut attendre quelques minutes pour être sûr ! répondit *Chef* d'un ton agacé. Ça fait pas effet tout de suite, tu le sais toujours pas ?

Chef s'approcha avec précaution de Gingo, s'agenouilla au sol près de lui et le tourna sur le dos.

— Bon Dieu ! T'as encore mal visé ! s'écria-t-il. Combien de fois je dois te le répéter ? Faut les piquer aux fesses ou sur les bras ! Jamais à la poitrine, merde !

— Mais c'est qu'il bougeait tellement…

— Évidemment qu'il bougeait, pauvre con ! Qu'est-ce que tu crois, qu'il allait te présenter son cul et prendre la pose pour que tu puisses viser ? Putain ! Si jamais il fait un incident cardiaque, on peut dire adieu à notre boulot !

Après avoir retiré délicatement la fléchette, il se pencha et posa sa tête sur la poitrine de Gingo.

— Ça a l'air d'aller ! Il respire correctement. Il devrait se réveiller d'ici une dizaine de minutes ! Allez, aide-moi à le soulever !... Attends un peu ! ajouta *Chef* au moment où son collègue allait s'exécuter. Je voulais te demander un truc. Est-ce que t'aurais pas...

Il s'interrompit, embarrassé. Sa question était un peu délicate à formuler. Il n'était pas sûr, vraiment pas sûr du tout, mais il lui semblait bien, tout à l'heure, quand le gosse avait piqué sa crise de nerfs, avoir entendu... une courte phrase dont il n'avait pas compris le sens, mais qui commençait par « non ». Pour incroyable que cela fût, le gosse avait parlé. Cela paraissait si extraordinaire qu'il voulait en avoir confirmation.

— Quoi ? demanda son collègue, voyant que l'autre ne terminait pas sa phrase et se grattait la tête d'un air pensif.

— T'aurais pas entendu... quelqu'un crier « non » au moment où tu tirais ?

Chef trouva ainsi un moyen détourné de poser sa question sans risquer de se couvrir de ridicule. Il n'avait pas envie que son collègue – ce demeuré qu'il ne tenait pas en haute estime – pouffe de rire et se moque de lui.

— J'ai entendu que dalle ! De toute façon y avait personne d'autre que vous et moi. Qui est-ce qui aurait bien pu crier ?

— Ben justement, c'est ça le problème... Bon, laisse tomber, c'est pas important. Allez, on le soulève à trois !

Les gardes glissèrent leurs mains sous les aisselles de Gingo. *Qui le vit, mais ne le sentit pas.* De même, il vit qu'ils le traînèrent à l'extérieur, mais ne sentit pas les aspérités du sol sous ses pieds qui glissaient tels deux bouts de bois, deux poids morts qui semblaient ne plus lui appartenir. Il vit qu'ils traversèrent un long couloir. Il vit *Chef* ouvrir une grande porte à barreaux à l'aide d'une clé accrochée à sa ceinture, puis ils traversèrent encore un couloir. Franchirent plusieurs portes battantes. Tournèrent à gauche, à droite. D'autres portes, coulissantes celles-là, les menèrent vers un énième couloir, au bout duquel ils trouvèrent un ascenseur. En sortant de l'ascenseur, ce fut une nouvelle enfilade de corridors et de portes battantes ou coulissantes. Jusqu'à ce qu'enfin ils arrivent à destination, devant le bureau du directeur.

Et pendant tout ce temps, Gingo, l'esprit de Gingo, puisque son corps n'était plus qu'une enveloppe inconsistante, n'eut qu'une pensée en tête. *Nu. Il était toujours nu. Il avait tellement honte !*

— Vaut mieux voir s'il tient debout avant d'entrer !

Avec l'aide de son acolyte, *Chef* souleva Gingo et l'aida à tenir tant bien que mal sur ses pieds.

— Ça va, ça tourne pas trop ? demanda-t-il.

Oh que si, ça tournait ! Gingo avait la nausée ! Mais il lui était impossible de le dire. Il ne pouvait ni bouger la tête ni lever un bras pour amorcer une réponse. Chacun de ses membres était colonisé par une horde de fourmis.

— Bon, t'inquiète pas, ça va passer ! Allez ! On y va !

Chef frappa à la porte. Une voix le convia à entrer au bout d'un court instant.

— Docteur, on vous amène le nouveau.

— Ah ! Parfait ! J'étais justement en train d'étudier son dossier ! répondit le directeur, levant le nez de son bureau dont le plateau était un large écran tactile rectangulaire qui lui permettait d'avoir à portée de doigt l'ensemble des données de l'établissement.

Il se leva, contourna lentement le meuble et s'avança vers Gingo tout en l'observant avec une attention scrupuleuse. Ses yeux allèrent du sommet de son crâne jusqu'au bout de ses orteils, puis d'une épaule à l'autre, de l'épaule à l'extrémité de la main, il jaugea ensuite sa carrure, sa taille, son poids, tout cela d'un simple regard. On eût dit qu'il poursuivait sa lecture, comme si le nouvel arrivant en chair et en os était un avatar du sujet dont il venait de lire le dossier. Il lui fallait évaluer son degré de dangerosité et d'adaptation à la vie carcérale. Le juge lui avait transmis la vidéo de simulation du meurtre présupposé commis par Gingo, or l'adolescent qui se présentait devant lui ne ressemblait en rien à l'être terrifiant qui en était le protagoniste. Il avait l'air si bonhomme, si potache. Mais ils avaient tous cet air bon enfant, il ne fallait pas s'y fier, et l'expérience lui avait prouvé qu'il leur suffisait d'un instant, un très bref instant, pour basculer dans la violence et la sauvagerie. Sans compter que le milieu carcéral n'arrangeait rien à cet état de fait, bien au contraire.

Gingo, de son côté, observa aussi le directeur. Sa vue n'était pas altérée par le paralysant, elle avait été un peu floue pendant quelques instants, mais avait vite retrouvé son acuité. Quel âge avait cet homme ? Difficile à dire. Ses cheveux étaient abondamment parsemés de mèches grises, ses yeux avaient une couleur indéfinissable, un gris mate qui rappelait celui de l'étain, dont le manque d'éclat aurait pu témoigner d'un âge assez avancé, mais son visage, lisse, peau tendue sur les pommettes, paraissait jeune. Mince et élancé, il portait avec élégance une blouse d'une propreté irréprochable enfilée sur un polo vert sombre et un pantalon de treillis couleur camouflage bouffant aux chevilles, qui laissait voir des rangers noires si impeccablement cirées que Gingo ne s'y attarda pas lorsqu'elles entrèrent dans son champ de vision. Elles étaient aussi brillantes que des miroirs et l'on sait à quel point Gingo détestait les miroirs. D'autant plus qu'à l'instant présent, il était nu et n'avait aucune envie de découvrir à quoi ressemblait son reflet dans le plus simple appareil.

— Bonjour Gingo, je suis le docteur Vendôme et je dirige cette prison. Je te souhaite la bienvenue dans mon établissement.

Le directeur se doublait donc d'un docteur, d'où la blouse blanche, que Gingo n'avait pas manqué de remarquer. Un *Docteur Directeur*, un *DD*, tel fut le surnom que Gingo donna à l'homme qui continuait de l'observer avec une attention si soutenue qu'elle en devint gênante. Il était maintenant tout près de lui, à quelques centimètres seulement de son visage – Gingo pouvait sentir les effluves de son parfum, légèrement poivré, qui lui chatouillait les narines – et il avait retiré ses lunettes dont il mordillait une des branches d'un air songeur. Quel genre de docteur était ce *DD* ? De ceux qui vous envoyaient dans la *boîte à sommeil* artificielle, comme celui qui lui avait administré une piqûre avant le voyage dans le ventre de *l'oiseau bruyant* ? Ou un *ami*, comme le docteur *Mange* ? Gingo avait à présent compris que tous n'étaient pas des *gentils*, comme il l'avait cru. Et puis, comment pouvait-on être à la fois docteur et directeur ? À l'école, le directeur ne portait pas de blouse blanche et surtout, il n'était pas *gentil*.

Il y eut un long silence. Or Gingo détestait les silences, ces temps morts le rendaient nerveux et il n'avait guère besoin d'une dose supplémentaire d'angoisse en ce moment.

— Je viens de te saluer, Gingo. Qu'es-tu censé me dire en retour ?

Le ton du directeur était moins convivial. Il signa sèchement un « bonjour ». (Main droite tendue posée rapidement sur les lèvres, comme pour faire un baiser, puis dirigée vers le haut.) Gingo avait parfaitement entendu et n'avait nul besoin de cette répétition. Il était tout à fait capable de répondre, mais avant d'entrer dans le bureau, constatant que les fourmis qui circulaient dans ses bras étaient un peu moins agressives, il avait réussi à placer ses mains devant ses parties génitales pour les dissimuler. Alors il hésitait. S'il répondait au *DD*, il lui montrerait ses couilles... S'il ne lui répondait pas, le *DD* se fâcherait. Il décida finalement de répondre. Néanmoins, lorsqu'il leva la main droite, maintenant l'autre devant son sexe, il eut l'impression de soulever une enclume, son bras dévia et produisit le signe « fleur » au lieu du signe « bonjour ».

Surpris, le directeur eut un léger mouvement de recul.

— Qu'est-ce que cela signifie ? Il a l'air complètement idiot ! Certains rapports, dans son dossier, affirment pourtant qu'il aurait des capacités supérieures à la moyenne.

Il interrogea les gardes du regard. L'*homme-poil au nez* haussa les épaules en signe d'ignorance ; *Chef*, lui, cédant à une impulsion soudaine, décida de se lancer et de confier au directeur qu'il avait entendu Gingo prononcer quelques mots. Il fallait qu'il le dise à la fin ! D'abord pour avoir confirmation qu'il n'était pas devenu fou, ensuite parce qu'il l'aimait bien, ce gamin. Il leva une main timide pour demander la parole.

— Oui ? Je vous écoute.

— Je ne suis pas sûr, vraiment pas sûr, monsieur le directeur, mais... Peut-être que je me suis trompé, ça peut arriver, pourtant je crois bien que...

— Vous croyez quoi ? l'interrompit le directeur sans dissimuler son agacement.

— Je crois bien que ce gamin-là peut parler. Tout à l'heure, avant qu'on vous l'amène, il a articulé quelques mots.

Là, c'était enfin sorti. L'effet de surprise fit reculer le directeur d'un pas, tandis que l'autre garde portait sur son collègue un regard ahuri. *Un Adopté qui pouvait parler ?* Jamais on n'avait vu ça ! *Chef* regretta aussitôt son initiative, qui allait sûrement lui valoir une réprimande humiliante. Cependant le directeur ne l'invectiva pas comme il s'y attendait.

— Ah ? Très intéressant ! s'exclama-t-il. J'ai en effet lu dans son dossier le rapport d'un chercheur, qui laissait supposer que cela pourrait se produire… Ça alors, ce serait tout bonnement extraordinaire ! ajouta-t-il après un bref moment de réflexion.

Il s'approcha de Gingo et se pencha vers lui.

— Essaie de dire un mot ! signa-t-il lentement, avec des gestes amples. Avec ta voix ! Parle ! Allez, essaie ! Dis « non » ! *Nnnnooon !* répéta-t-il en accentuant à outrance les mouvements de ses lèvres.

Gingo le regarda longuement, se demandant bien pourquoi le *DD* faisait cette grimace qui lui donnait l'air d'un demeuré. Il s'efforça de l'imiter pour lui faire plaisir et avança ses lèvres, sans pour autant produire un son, si ce n'est, au bout d'un moment, un gloussement qu'il eut du mal à contenir. Car ses lèvres étaient si proches de celles du *DD* – ce dernier avait gardé la pose – que pour un peu ils allaient s'embrasser. Si *Chef* l'avait bien entendu parler, Gingo, lui, n'avait gardé aucun souvenir de son exploit. Avait-il seulement eu conscience, à l'instant T, que des mots articulés avaient franchi le seuil de ses lèvres ? Peut-être. Peut-être pas. Et si conscience il y avait eu, elle avait été extrêmement fugace et annihilée par l'anesthésiant.

Le directeur recula – il finit par se rendre compte de l'ambiguïté de sa posture – et réitéra sa requête à trois reprises. En vain. Le regard du pauvre bougre était désespérément vide et pour finir, il ne trouva rien de mieux à faire que d'étirer ses lèvres en un sourire béat. (En réalité Gingo avait une furieuse envie de rire, mais l'anesthésiant jugulait la montée d'un de ces fous rires spectaculaires dont il était coutumier.)

CHAPITRE 32

Le directeur se tourna vers *Chef* et eut un geste irrité à son égard. Pourquoi diable avait-il cru qu'il pourrait se fier à celui-là ? Les gardes étaient des Bleus et, au regard d'un Blanc comme lui, ils n'étaient guère beaucoup plus évolués que les prisonniers incarcérés dans son établissement. C'était le principal écucil de son métier, auquel il se heurtait tous les jours, devoir travailler avec ces abrutis de Bleus ! Mis à part quelques collaborateurs blancs qui officiaient dans des quartiers spécifiques de la prison, c'était une véritable calamité que d'être entouré d'ignorants et d'incompétents ! Faisant l'économie d'une remarque à l'intention du garde, il observa à nouveau Gingo.

— Sa pupille est complètement dilatée, constata-t-il. Vous l'avez drogué ?

Il eut le même geste irrité que précédemment pour signifier qu'il avait déjà la réponse à sa question.

— Essaie de marcher, ordonna-t-il à Gingo. Va jusqu'à mon bureau !

Gingo obtempéra. Mais, comme son bras tout à l'heure, ses jambes n'en firent qu'à leur tête et partirent dans la direction opposée à celle qu'il souhaitait. Alors qu'il atteignait la fenêtre en zigzaguant, le directeur le rejoignit et, passant son bras sous le sien, le reconduisit doucement à son point de départ, entre les gardes.

— Sa coordination motrice est très altérée. Qu'est-ce que vous lui avez donné ?

— Une petite dose de Lobaxine, répondit *Chef*.

— Qu'est-ce qui a motivé une telle décision ?

— Il s'est montré agressif.

— Ils sont toujours agressifs quand ils arrivent ici ! rétorqua le directeur, exaspéré. Vous devriez le savoir, tout de même ! Et vous devriez gérer leur agressivité sans avoir recours systématiquement aux méthodes chimiques ! De la Lobaxine alors qu'on lui avait déjà administré du Serenin pour le voyage, vous m'en avez fait un zombie ! Inutile que j'essaie de communiquer avec lui pour le moment !

Il arpenta la pièce d'un pas nerveux.

— Quoi ? s'exclama-t-il en stoppant net au milieu de la pièce. Eh bien ! Il ne manquait plus que ça !

Chef et l'*homme-poil au nez* échangèrent un regard interrogatif. Le directeur s'adressait-il à eux ? Parlait-il tout seul ou à son APR ? Lorsqu'on se trouvait avec un Blanc, il était toujours difficile de le savoir.

— Je viens d'apprendre que la vidéo de son meurtre tourne en boucle sur tous les écrans de la ville, leur annonça le directeur avant de reprendre la conversation avec son APR. Je n'ai pas envie que des journalistes viennent rôder dans le coin pour prendre des photos. Il faut renforcer la sécurité aux abords de l'établissement.

Une sirène retentit aussitôt. L' APR du directeur avait déjà fait le nécessaire.

Gingo sursauta en l'entendant. Craignant une réaction intempestive, le directeur revint vers lui et lui tapota l'épaule.

— Ce n'est rien mon grand, une petite musique, c'est tout.

Il préféra signer ses paroles pour être sûr que le message était passé. Il sourit tandis que ses mains mimèrent les gestes d'un chef d'orchestre.

— Musique, jolie ! signa Gingo en retour, même s'il pensait le contraire. (Elle n'avait rien d'harmonieux, cette musique. Elle lui rappelait les sonneries, à l'école. À part celle qui marquait la fin de la journée, il les détestait.)

— Tes gestes retrouvent leur coordination, on dirait,

remarqua le directeur, c'est bien. Bon, ajouta-t-il en se tournant vers *Chef*, il vaut mieux lui éviter tout contact avec les autres pour l'instant. Il faut le protéger.

Gingo sentit son cœur bondir de joie dans sa poitrine. Le *DD* voulait le protéger. Le *DD* était un *gentil* ! Un *ami* !

— Merci ! signa-t-il aussitôt. (Pour un peu, il le lui aurait donné, ce baiser que le *DD* semblait réclamer tout à l'heure.)

Mais le directeur ne le vit pas, il lui avait déjà tourné le dos pour regagner sa place et reprendre la lecture de ses dossiers.

— Qu'est-ce que vous attendez ? demanda-t-il en levant le nez un quart de seconde plus tard sur les gardes qui n'avaient pas bougé. Mettez-le à l'isolement !

CHAPITRE 33

Isolement.

Alors que les gardes entraînaient Gingo hors du bureau du directeur, ce mot ne cessait de tourner en boucle dans son esprit, semant une pagaille inouïe dans son cerveau. Parce que ce mot, Gingo l'associa instinctivement à d'autres. *La boîte à temps mort.* À l'école, l'instructrice, avant de l'envoyer dans le sinistre placard, lui avait dit : « Un peu d'isolement te fera du bien ! »

Il se mit à trembler de tous ses membres tout en poussant de petits gémissements plaintifs. *Chef*, qui décidément s'était pris d'affection pour lui, tenta de le rassurer.

— Laisse-toi faire, mon garçon, lui dit-il alors que son collègue lui enfilait autour du cou un harnais et une laisse. Comme t'as encore un peu de difficulté à marcher, ça va t'aider.

Il empêcha néanmoins son collègue d'affubler Gingo d'une muselière.

— Pas pour l'instant ! lui dit-il. On va essayer de s'en passer.

Gingo n'opposa aucune résistance. Il venait de vérifier, dans le bureau du directeur, que ses jambes ne lui obéissaient pas.

Quel intérêt aurait-il eu à essayer de fuir ? Il ne pouvait compter ni sur la rapidité habituelle de ses réflexes, ni sur sa détente musculaire. Il se laissa donc conduire, tenu en laisse par *Chef*, ce qui était un moindre mal, parce que lui aussi l'aimait bien, parce que c'était moins humiliant que d'être malmené par l'*homme-poil au nez*, et parce que *Chef* veillait aussi à ne pas trop tirer sur le harnais afin de ne pas le blesser.

Ils firent en sens inverse le chemin qui les avait menés chez le directeur, sortirent, traversèrent une cour, puis pénétrèrent dans un immense hangar en béton. Les craintes de Gingo se vérifièrent.

Ce hangar, c'était *une boîte à temps mort* gigantesque !

Il était éclairé par des barres de néons qui dispensaient une lumière si aveuglante que Gingo dut fermer les yeux. Il en fut quelque peu soulagé, mieux valait trop de lumière que pas du tout, comme dans *la boîte à temps mort* de l'école. D'autant que peu à peu, ses yeux s'accoutumèrent à cette clarté artificielle et il put finalement les garder ouverts. Mais ce furent alors ses oreilles qui le firent atrocement souffrir. Il aurait voulu les boucher, il aurait voulu être sourd ! Il porta les mains à ses oreilles, mais cela n'atténua en rien le vacarme infernal qui, dès que *Chef* ouvrit la porte, résonna dans le hangar. Des cris, des hurlements d'une épouvantable sauvagerie poussés à l'unisson par d'innombrables voix. Jamais Gingo n'avait rien entendu de pareil. Il aperçut, sur le côté droit du hangar, une grande paroi de treillis fixée à des traverses et recouverte par un gigantesque drap noir. C'était de là que venait le tintamarre. Il comprit que, derrière ce rideau noir, se trouvaient les autres prisonniers, dont le directeur, à juste titre, voulait le protéger. Ils l'avaient entendu entrer et cela avait provoqué chez eux un déchaînement de fureur.

CHAPITRE 33

L'isolement n'était donc que visuel, pas acoustique. Ni olfactif. Une puanteur atroce imprégnait le bâtiment. Elle saisit Gingo à la gorge et le malheureux fut pris de panique. Alors qu'il s'était laissé conduire jusque-là avec une certaine docilité, il stoppa net sur le seuil de la porte. Le choc, sans doute, dissipa les effets résiduels de l'anesthésiant. Il refusa d'avancer et *Chef* dut tirer de toutes ses forces sur la laisse pour l'obliger à bouger. Cela ne suffit pas. L'*homme-poil au nez* joignit ses efforts aux siens et tira lui aussi sans ménagement. Cela ne suffit pas non plus. Il utilisa alors un aiguillon à bétail dont il piqua le dos de Gingo pour le contraindre à avancer. Il n'y avait pas une grande distance à parcourir. À un mètre à peine de l'entrée du hangar se trouvait la cellule destinée à Gingo. En fait de cellule, il s'agissait d'une cage. *Une cage !* Cela ne fit qu'accroître son affolement. Il fallut plusieurs autres douloureuses piqûres de l'aiguillon à bétail pour le pousser à l'intérieur et verrouiller la porte.

Chef aurait dû respecter la procédure et s'esquiver sitôt après avoir cadenassé le verrou de la cage, ce que fit son collègue sans demander son reste. Il savait bien que plus il tarderait, plus la séparation serait difficile. Mais il ne put se résoudre à abandonner Gingo sans lui adresser quelques paroles de consolation. Ce n'était pas humain, un traitement pareil, non vraiment pas, même si – il était d'accord avec le directeur sur ce point – c'était pour le bien de Gingo.

— T'inquiète pas mon garçon, tu vas t'habituer, c'est pas si terrible, tu verras. Je reviendrai te voir, je te le promets !

Mais le vacarme qui ne s'était pas interrompu – il s'était même accru, les Autres, probablement enfermés eux aussi dans des cages derrière le rideau noir, avaient bien perçu que le nouveau venu était désormais installé là, tout près d'eux – empêcha Gingo d'entendre quoi que ce fût. Il discerna vaguement que *Chef* parlait, puisque ses lèvres bougeaient, mais guère plus. Lorsqu'il le vit s'éloigner, ouvrir la porte du hangar et disparaître derrière elle après l'avoir refermée, il comprit que c'était fini. Qu'il allait rester là, dans cette cage. Sale, puante, encore imprégnée de l'odeur de son précédent locataire, avec pour tout horizon le rideau noir d'un côté, les barres de néons et leur lumière blafarde de l'autre. Et le bruit. L'insupportable vacarme.

La rage le reprit. Une rage bien plus grande encore que celle qui lui avait valu l'administration de la fléchette anesthésiante. Elle était décuplée.

Il se rua sur les barreaux, s'y agrippa et les secoua si fort que la cage se mit à tanguer, décollant du sol à hauteur d'un coin, puis de l'autre. Elle tambourina, oscilla sur elle-même, telle une énorme marmite en ébullition. Les barreaux étaient en fer, et alors ? Ils étaient scellés, et alors ? Gingo eut la sensation que ses bras étaient faits d'un matériau tout aussi puissant. Jamais il n'eut autant conscience de sa force qu'à ce moment-là. Et comme elle se révéla insuffisante pour ouvrir la cage, il la retourna contre lui-même. Il se tapa la tête contre les barreaux, frappa le sol de ses poings jusqu'à les mettre en sang. Tout cela en hurlant sans discontinuer. Il hurla comme les Autres. Plus fort que les Autres, instaurant avec eux un dialogue absurde. Jusqu'à épuisement total.

Il se laissa alors tomber au sol et sombra dans u*ne boîte à sommeil* qui ressemblait à la mort, souhaitant ne plus jamais en sortir.

CHAPITRE 34

Jade ouvrit brusquement les yeux, incapable de savoir si elle avait dormi une heure, deux, un jour ou quelques secondes à peine, incapable de reconnaître l'endroit où elle se trouvait. Elle aurait pu, lui semblait-il, se réveiller dehors, sous un pont ou un quai de métro. Clignant des yeux, elle leva péniblement la tête vers l'hôtesse qui se tenait debout près d'elle et, une main posée sur son bras, la secouait doucement.

— Madame ! Notre point de connexion va fermer. Voulez-vous bien vous diriger vers la sortie s'il vous plaît ?

Ah ! Oui ! Elle se souvint. Peu à peu. De tout. Une chaîne d'événements dont l'origine était l'arrestation de Gingo. Douleur. Un coup intense frappé au cœur.

— Mais…

Jade avait l'esprit encore confus, la voix pâteuse. Autant de signes qui prouvaient qu'elle avait dû dormir profondément, plusieurs heures d'affilée. C'était un tel refuge que le sommeil, une fuite si réconfortante !

— Je… J'attendais qu'on m'appelle au box des Indésirables,

bredouilla-t-elle enfin. Je me suis assoupie, j'ai dû manquer mon tour.

— Je vais vérifier si on vous a appelée. Quel était le nom du destinataire de votre mail ?

L'hôtesse pianota rapidement le nom de Monge sur sa tablette et eut accès à la liste de tous les Indésirables repêchés et appelés au box au cours de la matinée.

— Je suis sincèrement désolée, madame, je peux vous confirmer qu'on ne vous a pas appelée. Demain, peut-être ? ajouta-t-elle avec un sourire découvrant des dents si blanches que les regarder faisait mal aux yeux.

Mais il ne fallait pas s'y tromper, ce sourire s'était doublé d'un mouvement de tête discret en direction d'un agent de sécurité qui s'avança d'une démarche chaloupée dont la lenteur était savamment calculée. Il n'était pas spécialement grand, mais très massif. Épaules et pectoraux compressés dans la veste d'un costume dont l'élégance avait quelque chose de discordant, cuisses grosses comme des troncs d'arbre, tout en muscles, donnant à chacun de ses pas une puissance qui faisait vibrer le sol. Cela n'impressionna pas Jade. Au contraire, cette menace sous-jacente contribua à la réveiller tout à fait. Elle se redressa et demeura assise, les fesses arrimées à son fauteuil, comme si elle avait l'intention d'y laisser une marque indélébile. *Essaie un peu de me déloger, mon gros !* Cependant, regardant autour d'elle, elle constata que la salle était vide. Les fauteuils, qu'ils fussent verts, roses ou marron, étaient vacants. Les box étaient déserts eux aussi et plongés dans l'obscurité. À quoi bon insister ? Elle reviendrait le lendemain.

Mais elle eut beau attendre toute la matinée du lendemain – elle s'était munie d'un livre et d'un Thermos rempli de café pour être sûre de rester éveillée –, elle ne fut pas appelée. La même hôtesse que la veille, accompagnée du même agent de sécurité, vint la trouver et, affichant le même sourire blancheur émail rehaussé d'un rouge à lèvres si vif qu'il en était presque fluorescent, lui expliqua que son mail étant resté vingt-quatre heures dans les Indésirables sans avoir été repêché, cela signifiait que son correspondant ne souhaitait plus être en contact avec elle.

— Non ! Non ! Sûrement pas, protesta Jade. Cela veut dire que le premier mail n'a pas été rédigé correctement ! Ou que le maileur a fait une erreur ! Je veux en envoyer un autre.

L'agent de sécurité lui coupa la route alors qu'elle se dirigeait vers le comptoir dans l'intention de demander un ticket.

— C'est impossible, lui confirma l'hôtesse, glissant un bras amical mais ferme sous celui de Jade. Je regrette d'avoir à vous l'annoncer, madame, mais vous avez été blacklistée.

— Blacklistée ? répéta Jade, incrédule.

— Cela signifie, expliqua l'hôtesse avec un brin de condescendance, que le destinataire de votre mail ne veut plus jamais être en contact avec vous. Désolée, madame !

Jade demeura immobile, perplexe. Elle avait parfaitement compris la signification du mot – nul besoin qu'on le lui explique ! –, mais elle ne pouvait admettre que Monge, Monge si différent des autres Blancs, Monge si tendre envers Gingo, ait pu ainsi la rayer de sa vie. Prêt à toute réaction intempestive, l'agent de sécurité glissa sa main dans son dos, l'invitant à se diriger vers la sortie.

— Nous allons vous raccompagner, reprit l'hôtesse. Sachez que nous serons ravis de vous accueillir à nouveau dans l'un de nos points de connexion, lorsque vous désirerez contacter un autre destinataire.

Un autre destinataire. Un autre. Qui ? se demanda aussitôt Jade. Quel Blanc connaissait-elle ? Quel Blanc pourrait l'aider ? Les Alma ? Un de leurs enfants ? Hash devait être un adolescent, maintenant. Elle n'avait aucune adresse, mais il devait bien y avoir une sorte d'annuaire quelque part… Oui, il y avait bien l'équivalent d'un « annuaire » au point de connexion, lui confirma l'hôtesse avec un sourire amusé en prononçant ce mot désuet, dont son APR lui souffla à l'oreille la signification, mais c'était l'heure de la fermeture. Au revoir. Passez une belle journée, madame Lemestre.

Jade dut revenir le lendemain. Le mail qu'elle envoya à Viv et Ben Alma fut instantanément rejeté sans espoir de repêchage. Le successeur de AX, mis en service après le renvoi de Jade, en avait pris connaissance. Étant programmé pour ne montrer aucune sorte d'empathie avec les Bleus afin de ne pas reproduire les défaillances de son prédécesseur, il l'avait rejeté sans appel.

Le docteur Monge.

Il ne sut jamais que Jade avait essayé de le contacter. Son mail fut bloqué en haut lieu, par le serveur du Centre de Recherche. Au moment où il aurait dû le lire, s'il en avait eu la possibilité, la vidéo de simulation du meurtre présupposé commis par Gingo, diffusée sur toutes les chaînes de télévision, était reprise en boucle sur le Net. Tous les citoyens blancs l'avaient vue et en avaient été profondément ébranlés. Monge, toujours absorbé par son travail et peu enclin à se tenir informé de l'actualité, n'en eut connaissance qu'avec un temps de retard.

— Monsieur, permettez-moi de vous interrompre, lui dit Shift alors que le médecin se trouvait dans son bureau et corrigeait le texte d'une importante conférence prévue le lendemain. (Le succès qu'il remporterait à l'issue de cette conférence contribuerait à accroître le montant qui lui serait alloué pour ses recherches futures.)

— Pas maintenant !

— Si, monsieur, je me dois d'insister.

Alerté par la formule de Shift et la tonalité de sa voix, Monge comprit qu'il y avait urgence. Il leva aussitôt le nez de son écran.

— Regardez, poursuivit l'APR.

Le texte de la conférence disparut de l'écran du bureau au profit de la vidéo de simulation, commentée par le présentateur de la chaîne de télévision qui avait été la première à la diffuser, qui en avait eu l'exclusivité pendant quelques minutes.

COMMENTATEUR : Mesdames et messieurs, nous tenons à vous informer que les images que nous allons diffuser sont particulièrement insoutenables. Nous déconseillons fortement à toute personne sensible de les regarder et vous prions d'éloigner vos enfants.

Une jeune fille attend à une station de taxiphérique. L'heure affichée à la borne indique vingt-deux heures trente. La jeune fille, souriante, fouille dans un grand sac déposé à ses pieds. On aperçoit des paquets colorés, des emballages défaits, un morceau de ruban dépassant du sac.

VOIX OFF : Cette jeune fille s'appelle Margit. Elle vient d'avoir dix-huit ans. Elle a fêté ce soir son anniversaire avec quelques amis dans un restaurant dont elle sort à l'instant. Notez qu'il est 22 h 30, elle n'a pas dépassé l'heure légale de sortie, fixée à vingt-trois heures pour les jeunes âgés de dix-huit ans.

Regardez cette joie tout infantile qu'elle met à admirer les cadeaux qu'elle a reçus. Son APR a prévu l'arrivée du taxiphérique qui doit la ramener chez elle dans moins de deux minutes. Deux minutes, mesdames et messieurs, Margit ne le sait pas, mais ce n'est même pas le temps qui lui reste à vivre.

Une masse noire fond soudain sur la jeune fille et la projette au sol. Le choc est d'une violence spectaculaire. La victime tombe comme une poupée de chiffons. L'agresseur est à califourchon sur sa proie. La caméra le filme de dos, mais sa carrure et la force qui se dégage de sa silhouette sont impressionnantes. Il lève et abaisse son poing plusieurs fois de suite avec une rage démentielle.

VOIX OFF *(enrouée, très émue)* : Oh ! C'est terrible !… Terrible ! Il semblerait que Margit ne bouge déjà plus. Elle a sans doute perdu connaissance. Du moins c'est à espérer, car comment supporter le calvaire que lui fait endurer son agresseur ? Il frappe. Frappe sans discontinuer… Je… J'ai compté six coups de poing, oui, je ne crois pas m'être trompé. Six coups de poing ! Six ! En plein visage ! Quelle horreur ! Quelle barbarie ! Il n'y a pas de mots pour qualifier une telle sauvagerie, un acharnement pareil !

Zoom de la caméra. Le visage de la jeune fille est méconnaissable. Le nez est cassé, les paupières boursouflées, tuméfiées, ses yeux sont réduits à deux fentes. Le sang s'écoule abondamment des narines et de la bouche, les lèvres ont triplé de volume.

CHAPITRE 34

L'agresseur, qui a enfin cessé ses coups, reste immobile un instant, puis saisit la tête de la jeune fille entre ses mains, la soulève et la frappe contre le sol. Trois fois de suite.

VOIX OFF *(avec des larmes)* : Je découvre ces images en même temps que vous, mesdames et messieurs… (Bref silence) Pardonnez mon émotion… L'agresseur n'en a toujours pas fini et il frappe à présent le crâne de sa malheureuse victime comme une vulgaire coquille de noix.

Nouveau zoom de la caméra, puis l'image se floute et se fige.

VOIX OFF *(grave, qui a repris sa fermeté)* : Nous avons décidé de ne pas vous montrer la séquence qui suit, elle est trop abominable… Pourquoi tant de sauvagerie, vous demandez-vous ? Pour un simple vol ! Comme vous le montre le plan suivant.

L'image s'anime à nouveau.

L'agresseur, debout, prend le sac de la jeune fille et le fouille. Il est à présent face caméra, on voit distinctement son visage, tandis qu'il jette les paquets que contient le sac, visiblement déçu de ce qu'il y trouve.

Monge interrompit la vidéo et recula vivement tout en étouffant un cri.

— Shift, dis-moi qu'il ne s'agit pas de…

— Si, monsieur, hélas, c'est bien Gingo.

— Mais…

Monge étant trop ému pour parler, Shift anticipa ses questions et lui donna tous les renseignements nécessaires. Il lui apprit que Gingo avait été arrêté, jugé et déporté dans un Centre de Conversion. Il précisa que la large diffusion de la vidéo de simulation – qui avait affiché un taux record de nombre de vues – avait eu l'effet escompté. L'image coupée lors de la première diffusion, qui montrait le crâne explosé de la victime sur le trottoir, avait été vendue par les journalistes de la chaîne et avait abondamment circulé. Les citoyens blancs étaient sous le choc. Les réactions sur les réseaux sociaux, les blogs, les forums étaient innombrables. Unanimes. On s'accordait à penser que les Adoptés constituaient désormais une menace contre la Cité blanche.

Shift précisa que la vidéo de simulation était suivie de l'interview d'un neurologue et d'un médecin légiste qui décrivaient, radios virtuelles à l'appui, les multiples lésions qu'aurait subies le crâne de la victime potentielle, les zones ombreuses du cerveau, les fractures osseuses, les caillots de sang, etc. La victime potentielle était elle aussi – elle surtout – interviewée sans discontinuer sur toutes les chaînes de télévision, les stations de radio, sur le Net. Sa tragique mésaventure avait fait d'elle une vedette, les grandes marques de haute couture et de cosmétiques se la disputaient pour faire d'elle leur nouvelle égérie, surenchérissant leurs offres financières, un livre racontant sa mort présupposée était déjà en préparation, ainsi qu'un film. On interviewait également sa famille, ses amis, ses voisins, ses professeurs. Les journalistes avaient trouvé et interrogé toute personne ayant eu l'occasion de la croiser, fût-ce pour un très bref instant. Elle recevait d'innombrables témoignages de soutien sur les réseaux sociaux.

Monge visionna un court extrait de l'une de ses interviews.

CHAPITRE 34

— Qu'éprouve-t-on, Margit, après une telle épreuve ? demande le journaliste. *Quel effet ça fait de savoir qu'on aurait pu mourir ?*

— C'est assez difficile de vous répondre…

La jeune fille (belle, maquillée et coiffée avec soin pour les besoins de l'émission) est secouée d'un petit rire nerveux qui se transforme en larmes qu'elle essuie d'une main tremblante. Se ressaisissant, elle cherche des yeux le prompteur dont elle lit le texte, s'efforçant d'adopter le ton qui lui a été recommandé par l'assistante sur le plateau avant d'être à l'antenne.

— C'est une expérience bouleversante, indescriptible, que je ne souhaite à personne. Je ne trouve pas les mots justes pour l'instant… Je suis encore sous le choc, je ne réalise pas vraiment ce qui m'est arrivé.

— Qu'avez-vous pensé juste avant de mourir ?

— Tout est allé si vite ! J'ai pensé à mes parents. À leur chagrin. D'ailleurs, je sais qu'ils me regardent en ce moment, j'aimerais les saluer si vous le permettez. (Elle se tourne face caméra et fait un coucou de la main.) Maman, papa, je vous aime…

Monge interrompit la vidéo d'un effleurement agacé.

— Le gouvernement s'est réuni en urgence et a décidé de mettre un terme à la campagne d'adoption, reprit Shift. Un mail vient de vous être envoyé à ce sujet, professeur.

Le mail s'afficha instantanément à l'écran. Il faisait l'objet d'un envoi groupé à tous les chercheurs qui avaient participé au projet. Il leur était demandé de remettre sans tarder leurs dernières conclusions, leurs derniers classements – sujets brillants ou stupides, récalcitrants ou dociles, de santé robuste ou souffreteux, nombre de décès consécutifs à des maladies somatiques ou mentales, etc. –, ainsi que tous les documents en leur possession. Un nouveau programme de recherche serait bientôt lancé, une nouvelle étude pilote élaborée sur les bases des données rassemblées et analysées sur l'ensemble de la campagne d'adoption. Les statistiques mettaient d'ores et déjà en avant une constante remarquable : les familles bleues, dans leur grande majorité, acceptaient la séparation brutale avec les adolescents qu'on leur avait confiés en adoption. On pouvait donc supposer qu'une habitude similaire pourrait se confirmer chez les familles qui avaient enfanté naturellement et passer à l'étape suivante. Le nouveau projet concernerait cette fois les enfants bleus, les enfants naturels. Il portait le nom de code suivant : « Obsolescence programmée. » De plus amples informations à ce sujet leur seraient bientôt communiquées.

Monge s'efforça de réfléchir, mais il eut les pires difficultés à rassembler ses idées. Il avait consacré des années à travailler sur la campagne d'adoption, il était sur le point de faire une découverte capitale. La veille encore, il avait songé à Gingo, à qui il prévoyait de rendre visite pour faire un point sur son évolution et envisager la date de son opération. Il avait déjà prévenu sa hiérarchie, incluant au dossier de l'adolescent des rapports mentionnant la probabilité d'un apprentissage du langage articulé… Et voilà que tout s'écroulait. Gingo en Centre de Conversion ! Il n'arrivait pas à y croire ! Le malheureux allait être livré à… Monge secoua énergiquement la tête pour chasser les images qui lui traversaient l'esprit.

Et ce nouveau projet ? Le nom à lui seul faisait frémir. En quoi consistait-il au juste ? Il avait suffisamment d'éléments pour le deviner. *Obsolescence programmée.* On administrerait aux femmes bleues enceintes, à leur insu, une molécule visant à rendre leur enfant handicapé et on le leur retirerait après dix ans, comme on l'avait fait pour les Adoptés, sans que cela provoque un quelconque sentiment de révolte. Ou bien cette molécule serait active dans un médicament distribué par les services sociaux et administré aux enfants dès leur plus jeune âge. Les naissances dans la Cité bleue seraient peu à peu réduites à zéro. La Cité bleue serait anéantie... Non ! Il ne pouvait pas cautionner de telles horreurs ! Il s'en voulait. Il s'était montré aveugle et égoïste. Il n'avait pensé qu'à s'investir pleinement dans ses recherches, sans s'imaginer un seul instant qu'elles serviraient d'autres buts, à l'opposé des siens. Comment avait-il pu se montrer aussi naïf ? Mais il n'était pas trop tard, non ? Il y avait bien un moyen de lutter contre les autorités ?

— Shift, réponds tout de suite à ce mail, ordonna-t-il. En tant que responsable du dossier de Gingo, j'ai le droit de savoir ce qu'il va advenir de lui. Je veux connaître aussi le sort réservé aux autres enfants de mon Institut.

— Je vous déconseille fortement l'envoi de ce mail, monsieur. Il serait considéré comme un acte hautement subversif. De toute façon, vous n'ignorez pas ce qui se pratique en Centre de Conversion, prélèvements d'organes, expérimentation sur les techniques d'hybridation de l'ADN et d'implantation embryonnaire en vue de croisements.

Les croisements ! Autre possibilité pour les Autorités blanches de modifier génétiquement les enfants bleus.

— Gingo doit en être préservé ! J'irai le chercher moi-même s'il le faut ! Envoie ce mail ! Immédiatement !

Shift eut beau protester et mettre Monge en garde, le médecin ne voulut rien savoir.

— Préviens-moi dès que tu auras une réponse. Envoie également un mail au directeur du Centre de Conversion où

Gingo a été déporté. Demande d'urgence un rendez-vous.

Une microseconde plus tard, la voix de Shift se fit entendre à nouveau.

— Professeur, votre compte est bloqué. Impossible d'envoyer...

Il y eut soudain des fritures, des grésillements. Monge entendit à peine les paroles de Shift, confuses, hachées, syncopées.

— ... Voudrais vous dire... Avant de par... Tout le plaisir que j'ai ... être à votre service.

Il n'y eut soudain plus rien, la voix de Shift fut remplacée par un sifflement strident, long, insupportable, si douloureux que Monge se plia en deux et porta vivement la main à son oreille, cherchant vainement à arracher l'implant de sa nano-oreillette. Au même moment, l'écran du bureau s'éteignit. Tous les écrans de la pièce devinrent noirs. Les lumières, elles aussi, s'éteignirent. Trois coups secs furent frappés à la porte. L'acouphène empêcha Monge de les entendre. Mais, alors qu'il se redressait péniblement, il vit la porte s'ouvrir sur trois agents de sécurité. Deux d'entre eux s'avancèrent vers lui et l'encadrèrent, tandis que le troisième dépliait une civière qu'il posa au sol.

Monge n'opposa aucune résistance lorsqu'on l'allongea sur la civière. Il en était incapable. Vertiges, nausées, troubles de la vision, sensation de se trouver au bord d'un gouffre, il était en proie à tous les symptômes d'une déconnexion brutale et forcée, un brin de conscience encore latent le lui souffla. Avant de s'éteindre définitivement, à l'image des écrans et des lumières de la pièce.

Exit le brillant médecin. Il n'était plus qu'un cerveau vide et inopérant, auquel on avait arraché sans son consentement son double numérique.

Il fut conduit en Centre de déconnexion prolongée.

CHAPITRE 35

Gingo se réveilla au petit matin. Ahuri, hébété, il crut qu'il était en plein cauchemar, que la cage, le grand rideau noir, le hangar et ses néons aveuglants étaient autant *d'images-sommeil* qui n'allaient pas tarder à se dissiper. Mais non, elles ne bougèrent pas. Demeuraient figées. Il fallut à Gingo plusieurs longues minutes pour se remémorer les événements de la veille. L'arrivée à la prison, les gardes, le directeur qui avait ordonné de le conduire à l'isolement. Les cris, de nouveau, résonnèrent derrière le rideau et le tirèrent de sa rêverie. Son premier réflexe fut de se boucher les oreilles, mais il s'aperçut vite que les cris avaient une tonalité différente, ils n'étaient pas aussi agressifs que la veille. Ils ressemblaient plutôt à des cris de satisfaction. Gingo comprit pourquoi en voyant la porte s'ouvrir et des gardes entamer la distribution du petit-déjeuner en déchargeant les caisses d'une camionnette stationnée à l'extérieur. Il eut droit à sa ration : des granulés dans une écuelle. Comme un chien. Il refusa de les manger. Il était habitué aux petits-déjeuners que lui servait mapan.

Comment aurait-il pu avaler *ça* ? Il repoussa violemment l'écuelle dont le contenu se déversa par terre, une bonne partie hors de sa cellule. Le garde n'y prêta aucune attention.

— Tu changeras d'avis, va ! lança-t-il en disparaissant derrière le rideau noir pour continuer sa tournée. T'es pas à l'hôtel ici !

Un méchant, comme l'*homme-poil au nez*. Où était *Chef* ? se demanda Gingo, essayant en vain d'apercevoir sa silhouette parmi celles des gardes qui déchargeaient les caisses.

Il y eut peu après un impressionnant remue-ménage. Les cellules, derrière le rideau noir, s'ouvrirent et se refermèrent à grand renfort de claquements, tandis que dehors rugissaient les moteurs de véhicules que Gingo ne put voir, la porte du hangar, en face de sa cellule, ayant été refermée. Les ordres des gardes se mêlaient aux cris des prisonniers, cependant ils n'avaient rien de comparable avec ceux qui avaient salué son arrivée, la veille au soir. Gingo devina que les Autres s'en allaient, qu'ils montaient sans doute dans les véhicules garés dehors, car bientôt il les entendit démarrer et s'éloigner. Où étaient-ils partis ? se demanda-t-il avec un mélange d'envie et de peur.

Le hangar plongea alors dans le silence. Oh ! Comme il était angoissant ! Gingo eut l'impression qu'il était définitif. C'était ce même silence – à ce point, le silence ressemblait à un bruit – qui l'avait tant terrorisé lorsqu'il se trouvait dans *la boîte à temps mort* de l'école. Voilà qu'il regretta le vacarme de la veille.

Il fallait qu'il fasse quelque chose pour conjurer son angoisse. Crier pour appeler au secours ? *Chef* ? Il n'en eut pas la force, il avait trop hurlé la veille et sa gorge lui faisait mal. Il remarqua que quelques granulés étaient restés à l'intérieur de la cage et se mit en devoir de les compter. Il y en avait cinq. Il les assembla pour en faire un carré – ça ne marchait pas, un granulé devait rester à l'extérieur de la figure. Il les reprit et en fit un rond, puis un rectangle. Il les rassembla dans sa main et les jeta comme s'il jouait aux dés, observant les figures aléatoires qu'ils dessinaient en tombant. Cela lui fit passer quelques instants. Mais c'était lassant. Il en mit finalement un à la bouche et l'avala. Il n'avait aucun goût, pourtant cela lui ouvrit l'appétit et il enfourna les quatre autres. Il se rendit compte qu'il avait faim. Très faim. Il passa tant bien que mal un bras à travers les barreaux de la cage, l'étira au maximum pour tenter d'attraper un à un les autres granulés. Il parvint à récupérer la plupart d'entre eux et les mangea. Pas si mauvais. Différent de ce que mapan lui donnait à manger, oui, *différent*, beaucoup moins bon, mais ça calmait quand même les torsions de son estomac.

Que faire ensuite ? Il eut beau réfléchir, réfléchir – coude posé sur ses genoux repliés, la main droite enserrant son menton –, il ne trouva rien d'autre à faire que de rester là, assis, à apprécier le calme. (Quel progrès ! Quelle sagesse ! auraient dit ses instructrices.) En milieu de matinée, deux gardes vinrent le trouver. Enfin ! Cela le remplit de joie, même si *Chef* n'était pas parmi eux. Au moins une présence ! On ne l'avait donc pas abandonné pour toujours ! Pendant que l'un des gardes nettoyait sa cellule, l'autre l'accompagna dans une petite cour attenante au hangar, où il eut le droit de se promener pendant une heure environ.

Voir le ciel. Respirer. Courir. Se dépenser.

Gingo ne s'en priva pas. Il courut jusqu'à en perdre haleine, sauta à n'en plus finir jusqu'à provoquer de douloureuses contractions de ses muscles et termina par une longue série de pompes. Épuisé après cette intense séance sportive, il s'écroula, groggy, sur sa paillasse lorsque le garde le raccompagna dans sa cellule. À son réveil il vit que l'écuelle était de nouveau remplie, avec des granulés verts, et non bruns, comme ceux du matin. Il les mangea avec appétit. Plus tard dans l'après-midi, cette longue après-midi qui s'étira à n'en plus finir, qui ressemblait à une semaine, un mois, une année entière, lui sembla-t-il, il eut droit à une autre écuelle contenant des granulés orange et à une deuxième promenade dans la cour, où il se dépensa avec plus d'énergie encore que le matin. Peu après son retour, les Autres rentrèrent et le hangar résonna à nouveau de mille bruits. Les mêmes que le matin. Gingo s'en réjouit. Le bruit, c'était la vie.

Les journées qui suivirent furent toutes calées sur le même rythme et ce furent autant de points de repère fort utiles à Gingo. Un cadre dans lequel il prit peu à peu ses marques. Il s'alimenta de plus en plus, renonçant à gaspiller les granulés pour jouer avec. Composés d'un mélange de toutes les vitamines nécessaires à son organisme, ils contribuèrent à lui redonner l'énergie qui lui était coutumière.

Après une semaine d'isolement, Gingo eut une bonne surprise. *Chef.* Ce fut lui qui l'accompagna dans la cour. À peine eut-il ouvert la porte de la cellule que Gingo lui sauta au cou et le gratifia d'un de ces baisers-ventouses dont il était spécialiste. Négligeant de faire du sport comme il en avait l'habitude, il se mit à parler, parler sans discontinuer, enchaînant les signes à une vitesse sidérante. Peu lui importait que *Chef* ne comprît pas les trois quarts de ce qu'il lui disait, le principal était d'avoir un interlocuteur. Parler était indispensable pour lui. Non seulement parce qu'il était d'un tempérament bavard, mais pour ne pas oublier. Avec un bon sens tout naturel, Gingo comprit que s'il perdait l'usage de la parole, même muette, il en serait réduit à crier comme les Autres, et cela lui faisait horreur.

Chef, de son côté, fut profondément ému par l'affection que lui témoignait ce gamin et il eut envie de communiquer avec lui. D'apprendre son langage.

— Comment tu dis « Bonjour » ? demanda-t-il à Gingo. Comment tu dis « Il fait beau » ?

Et Gingo, en bon pédagogue, de lui indiquer lentement les signes correspondants.

Le lendemain, *Chef* lui demanda de lui apprendre encore d'autres signes.

Gingo était très fier de se voir dans la position d'un instructeur. Il se montra dans l'ensemble assez patient, à l'exception de quelques moments où il trouva *Chef* si lent dans son apprentissage qu'il ne manqua pas de le traiter de crétin.

Au fil des jours, *Chef* put acquérir un vocabulaire assez conséquent. Il fit même plus. Ayant des amis qui avaient adopté, il allait les voir le week-end et poursuivait son apprentissage avec eux. Il fut ainsi en mesure d'avoir une conversation relativement élaborée avec le jeune captif. (Il se débrouilla pour que dorénavant ce fût lui et lui seul qui l'accompagne dans la cour.) Pour lui comme pour Gingo, le temps passait ainsi plus agréablement. Il veillait à apporter à son protégé des babioles qui pouvaient faire office de jouets, quelques vieux journaux et magazines afin que Gingo puisse en regarder les images, mais cela ne fit que raviver de douloureux souvenirs. Gingo avait l'habitude de feuilleter les journaux avec Jade. À quoi bon regarder des images sans qu'elle soit là pour les lui commenter ?

Jade, Alban.

CINCO

Lorsqu'il était seul pendant ces longues et mornes après-midi si ennuyeuses, il avait parfois l'impression de les voir passer le seuil du hangar. Il les voyait s'approcher de sa cellule, mais au moment où elles tendaient la main vers lui, leurs silhouettes s'évanouissaient. Comme des fantômes. Plus le temps passait, plus il avait du mal à se rappeler leurs traits qui s'estompaient progressivement. Il aurait fallu qu'il ait une photo de ses parents. « Ça, mapan ! » « Ça, paman ! » aurait-il répété chaque jour devant l'une ou l'autre photo comme il le faisait avec les images, lorsqu'il travaillait pour accroître son vocabulaire. Mais il n'en avait pas et ça le rendait infiniment triste. Jamais il n'éprouva avec autant d'acuité le manque engendré par sa mémoire défaillante. Dans ces moments, il saisissait sa tête à deux mains et la secouait, pensant ainsi faire entrer chacun de ses souvenirs dans la case qui lui était attribuée, comme si l'intérieur de son crâne était une boîte, un coffret dans lequel il voulait mettre de l'ordre.

CHAPITRE 36

— Ça va aujourd'hui, mon grand ? signa *Chef*, prêt à entamer sa petite conversation matinale.

— Non, répondit Gingo.

Il alla directement s'asseoir par terre dans un coin, au lieu de courir et sauter comme il le faisait habituellement. Tête baissée, il triturait entre ses doigts un brin d'herbe que le vent avait déposé sur les pavés de la courette.

— Pourq…

Chef se figea, les mots s'étranglèrent dans sa gorge, tandis que son cœur entama une partie de ping-pong dans sa poitrine. Avait-il la berlue ? Une hallucination auditive ?… Gingo n'avait pas bougé les mains. Il n'avait pas signé sa réponse. *Il l'avait prononcée.*

— Qu'est-ce que t'as dit ?

— J'ai dit non, ça va pas !

« Hé hi lon, ha la ba ». *Chef* lança de vifs regards à droite, à gauche, en haut vers le ciel, derrière lui, vérifiant que quelqu'un ne s'était pas planqué quelque part pour lui jouer un mauvais tour. Mais non. NON. Cette fois, pas de doute possible. Même si certaines consonnes étaient absentes, ces sons articulés provenaient de la bouche de Gingo.

— Pourquoi ça va pas ? rétorqua *Chef*, le cœur battant toujours à coups redoublés, s'efforçant d'être le plus naturel possible, de dissimuler sa surprise et son excitation afin de ne pas briser la magie du moment.

— Il leu. Aime ba la luie.

« Il pleut, j'aime pas la pluie. »

Oh ! Bordel ! Bordel de merde ! Que faire ? Courir prévenir le collègue qui était en train de nettoyer la cellule de Gingo ? Le directeur ? Et si, comme la dernière fois, le gamin refusait de parler devant quelqu'un d'autre ? *Chef* réfléchit à cent à l'heure et décida que le mieux était de garder pour l'instant secrète la révélation de ce miracle. Il serait toujours temps d'en parler plus tard.

— Ben… Si t'aimes pas la pluie, viens, viens, mon grand, on va s'abriter !

Il s'empressa de conduire Gingo sous un auvent dans un coin de la cour et, avant de tenter un nouvel essai, lui donna une pomme – il savait que l'adolescent les adorait.

— C'est bon ?

— Oui, est achement on.

Oh ! Bon Dieu ! Chef ne put cette fois réprimer un cri de joie. Il regretta, en voyant l'allure à laquelle Gingo enfournait la pomme dont il ne resterait bientôt plus rien, ni queue ni pépins, de ne pas en avoir fait une provision suffisante. Il poursuivit la conversation, formulant de courtes phrases auxquelles Gingo répondit naturellement, sans paraître s'étonner de ce qui était en train de se passer. *Chef* fit en sorte de poser des questions qui appelaient des réponses positives.

CHAPITRE 36

— Tu te sens mieux à l'abri de la pluie ?

— Oui !

— Elle est sucrée cette pomme, on dirait ?

— Oui !

Le « oui » de Gingo était clair, parfaitement audible et, *Oh ! Putain ! Chef* adorait l'entendre ! Il n'avait pas d'enfants, n'avait pas non plus adopté – sûrement pas, avec son travail ! –, mais à cet instant, il eut une idée de ce que pouvait éprouver un père entendant son enfant articuler son premier mot. C'était une telle joie ! Il posa ensuite des questions dont les réponses seraient des phrases courtes.

— Pourquoi t'aimes pas la pluie ?

— Ha ouille. (Ça mouille.)

— Pourtant t'aimes bien aller à la douche ?

— A areil. (Pas pareil.)

Cela dura une dizaine de minutes – une sorte de partie de ping-pong, rapide, rythmée, faisant écho à celle que jouait le cœur de *Chef* dans sa poitrine –, puis Gingo, revigoré par la pomme et l'éclaircie qui avait suivi la pluie, se leva et courut.

Le lendemain ainsi que les trois jours qui suivirent, le miracle se reproduisit. Et dès lors ce n'en fut plus un, mais un événement notoire, un fait avéré. Même lorsque *Chef* n'avait pas de pommes à donner à son protégé – c'était une denrée rare à la prison et il fallait la monnayer en cuisine –, Gingo parlait. *Chef* avait bien conscience que quelqu'un d'autre n'aurait pas compris ses paroles, que lui seul était en mesure de les « traduire », mais ses progrès étaient néanmoins sensibles. Le dernier jour, *Chef* se pencha vers Gingo et lui saisit le visage à deux mains, comme le faisait autrefois Jade. (Si seulement elle avait été là ! Elle qui croyait à ce miracle, elle qui l'avait tant attendu !)

— Tu parles, mon grand, lui dit *Chef*. Est-ce que tu t'en rends compte ?

— Oui, répondit Gingo. A me onne le hoi de orlir ?

Ça me donne le droit de sortir ?

CHAPITRE 37

Le ciel était encore sombre, l'aube peinait à s'annoncer, autant que les citadins avaient eu de mal à se tirer de leur lit. Il faisait frais, humide, un méchant petit crachin mordait la figure des intrépides qui s'étaient risqués dehors. Seule la date était en mesure d'affirmer qu'on était au printemps, un de ces désaccords entre la nature et les règles imposées par l'homme que Gingo n'aurait pas manqué de noter, prenant acte pour la nature. C'eût été pour lui un matin de décembre et non de mai.

Alban déposa Jade à bonne distance du checkpoint de la porte B et déchargea le matériel enfermé dans le coffre.

— Tu ne veux pas que je reste avec toi ?

Jade nia de la tête.

— Tu en es sûre ?

— Sûre à cent pour cent. C'est une affaire de femmes, déclara-t-elle.

Inutile d'insister. Une affaire de femmes, que la sienne s'était mise en tête de régler. Alban savait qu'il n'avait pas sa place dans ce combat. Pas pour le moment du moins.

Il embrassa Jade, la serra un instant contre lui et la suivit des yeux tandis qu'elle s'éloignait. Il avait peur pour elle, mais il était confiant. Elle y arriverait. Oui, elle parviendrait à ses fins.

La frileuse silhouette de Jade se faufila dans la queue des travailleurs qui attendaient leur tour au checkpoint. *Excusez-moi. Vous permettez ? Non, je ne vous passe pas devant, ne vous inquiétez pas.* Elle faisait taire les remarques désobligeantes d'un simple regard, d'un de ces mouvements de tête si fiers dont elle avait le secret. *Faites pas chier.*

Elle tirait derrière elle un gros Caddie et avait glissé sous son bras une échelle pliante. Le Caddie semblait lourd, chargé à bloc comme si elle revenait du marché – mais il n'y avait pas de marché ce jour-là, encore moins à proximité du checkpoint, et il était de toute façon bien trop tôt pour songer à faire des courses. Intrigués, les travailleurs qui patientaient dans la queue finirent par s'écarter devant elle et la laissèrent passer sans rouspéter, ne serait-ce que pour éviter que les roues du Caddie leur écrasent les pieds ou que les extrémités de l'échelle leur rentrent dans les côtes.

Arrivée près du mur, Jade déplia son échelle, l'appuya au mur et déballa le contenu de son chariot : deux pots de peinture blanche, un pot de colle et un rouleau doté d'un manche télescopique. Elle retira son manteau, enfila une blouse, grimpa à l'échelle et se mit au travail. Elle entreprit de peindre une large portion de mur. Les autres la regardaient, médusés. Qu'est-ce qui lui prenait, à celle-là ? En vertu de quoi s'arrogeait-elle le droit d'effacer les graffitis ? C'est qu'on y tenait à ces tags. Mots d'humeur, dessins et inscriptions de toutes sortes, ils étaient là pour la plupart depuis de nombreuses années et avaient, au regard des Bleus, une valeur inestimable. Ils traduisaient leur colère envers les Blancs, ils étaient l'expression de leur révolte contre ce joug sous lequel ils pliaient et dont ils ne parvenaient pas à se libérer. Les Autorités blanches elles-mêmes avaient renoncé depuis bien longtemps à les effacer.

Des cris de protestation fusèrent de toutes parts. Certains s'avancèrent et ordonnèrent à Jade de cesser séance tenante ce qu'elle avait entrepris. Sourde à leurs menaces, elle demeura imperturbable, même lorsque les plus agressifs secouèrent les montants de l'échelle pour la déstabiliser et l'obliger à descendre.

Allez-y ! Rien à foutre si je tombe et me brise le cou !

Les soldats de garde, avisés que quelqu'un perturbait le passage du checkpoint, s'avancèrent. Après une brève concertation, ils prirent le parti de Jade, jugeant que c'était une bonne idée de nettoyer le mur de ces inscriptions grotesques, et ils firent reculer ceux qui voulaient l'intimider. La rumeur de mécontentement enfla dans la queue des Bleus, puis finit par se taire. Après tout, à quoi bon gaspiller de l'énergie avant une journée de travail pour la lubie d'une cinglée ? Elle comptait peindre en blanc trente-cinq kilomètres de mur ? Elle se lasserait avant même d'avoir achevé le dixième.

Mais Jade n'avait pas l'intention de peindre la totalité du mur. Pas pour l'instant du moins. Elle savait exactement ce qu'elle avait à faire. Elle appliqua une première couche de peinture blanche sur une surface d'environ deux mètres sur trois, après quoi, elle attendit qu'elle sèche. Vingt minutes, montre en main, pendant lesquelles elle s'assit par terre, au pied de son échelle, et croqua dans un sandwich qu'elle s'était préparé. Elle n'avait pas faim – comment aurait-elle pu avoir de l'appétit ? Elle avait le cœur en lambeaux –, mais elle devait tenir le coup, la journée allait être longue et éprouvante.

Elle se força à garder la nourriture qu'elle avait peine à avaler. *Tu bouffes, tu tiens le coup. Tu bouffes pas, tu t'évanouis.*

Lorsque la première couche fut sèche, elle attaqua la deuxième, puis, comme précédemment, attendit, sirotant un café dans un Thermos tout en regardant s'écouler le flot des travailleurs à travers la porte du checkpoint. Ils lui faisaient l'effet d'un troupeau de moutons si habitués à cette migration quotidienne qu'il était inutile qu'un chien les ramène dans le bon chemin. Pour l'heure le chien, c'était elle. Elle comptait bien les dévier de leur chemin habituel.

Une fois la seconde tranche de vingt minutes écoulée, elle se saisit cette fois d'un pot de colle dont elle enduisit une petite surface à peu près au centre de celle qu'elle avait peinte, et y apposa une photo. Une photo de Gingo qu'elle avait prise quelques mois auparavant (à son insu, photographie, miroir, il aurait autant détesté l'un que l'autre.) Ensuite, à l'aide d'un marquer noir indélébile, elle inscrivit en dessous de la photo : *Gingo. Disparu le 3 avril.*

La file des travailleurs qui attendaient leur tour s'était clairsemée, mais elle était encore assez conséquente, il fallait en général plus d'une heure pour que tout le monde passe. Des rires fusèrent lorsqu'on vit que cette femme avait entrepris la réfection d'une portion de mur dans le seul but d'y coller la photo d'un Adopté. Cette pauvre folle était encore plus atteinte qu'on ne l'avait cru. Jamais on n'avait vu quiconque se plaindre du départ (forcé) d'un Adopté. On adoptait pour avoir la garantie d'un salaire mensuel versé pendant sept à dix ans, tout en sachant qu'on irait rarement au terme des dix ans. On adoptait, parce qu'on n'avait pas la chance d'avoir été jugé apte à enfanter. On signait un contrat où tout cela était explicitement précisé.

Cependant les rires furent vite étouffés, d'abord parce

que Jade se dressa face à la foule et, une fois de plus, darda son regard plein de fierté et de mépris sur ceux qui avaient osé manifester ainsi leur arrogance. *Allez-y ! Essayez un peu de la décoller, cette photo !* Ensuite, parce qu'une femme se détacha des rangs et alla la rejoindre. Sans un mot, elle sortit une photo de sa poche et la colla près de celle de Gingo. Elle se saisit du marquer de Jade et inscrivit à son tour : *Agor. Disparu le 4 janvier.* Jade la reconnut immédiatement. C'était cette femme qui était venue la voir peu après son installation dans la tour, la seule qui avait accepté à l'époque de lui parler. Arrivée au terme du contrat d'adoption, valise en main, elle s'apprêtait alors à déménager. Jade allait lui adresser quelques mots de remerciements, mais elle n'en eut pas le temps. Une deuxième femme s'approcha et colla une autre photo au mur. Puis une troisième, une quatrième. Aux visages familiers de la tour 14, se mêlaient d'autres, que Jade n'avait jamais vus.

Le plus dur était fait. Le signal était donné. *Ça y est ! Elles sont avec moi !* Jade poussa un long soupir de soulagement, bien qu'elle n'eût pas douté une seule minute de la réussite de son plan. Elle l'avait dit et répété à Alban la veille au soir, lorsqu'elle lui avait expliqué ce qu'elle avait en tête. Elle savait qu'elle n'était pas seule à avoir aimé un de ces enfants, qu'il fallait simplement que quelqu'un l'affirme haut et fort pour la première fois, au lieu d'en avoir honte. Elle savait qu'aimer un de ces enfants, c'était déjà un acte de rébellion.

En fin de matinée, la portion de mur que Jade avait peinte n'avait plus un seul espace libre. On pouvait y compter plusieurs dizaines de photos. Le lendemain, on vit d'autres femmes débarquer avec tout l'attirail nécessaire pour peindre un pan de mur supplémentaire. Et un autre, un autre encore, jusqu'à ce que la moitié du mur, fraîchement repeinte, fût couverte de photos d'Adoptés, accompagnées des dates de leur disparition en guise de légende.

Plus personne n'osa faire de remarques. Les femmes se tenaient debout devant les photos de leurs enfants, comme s'ils étaient là, derrière elles, en chair et en os. Toutes griffes dehors, elles entendaient bien les protéger. *Reculez ! Reculez ou malheur à vous !*

Elles revinrent le lendemain et reprirent leur poste de garde. Les candidates à l'enfantement naturel dont les dossiers avaient été rejetés se joignirent alors à elles. Elles entreprirent de peindre l'autre moitié du mur et, lorsque ce fut chose faite, elles inscrivirent leurs revendications en gros caractères : *Stop au contrôle des naissances.*

La journée ne s'était pas écoulée que d'autres femmes vinrent grossir les rangs des manifestantes. Celles-là, Jade les attendait, les espérait de tout cœur depuis qu'elle avait amorcé le mouvement, sans être sûre qu'elles viendraient. Il s'agissait des mères, les « vraies », celles qui avaient eu le droit d'enfanter. Elles placardèrent les photos de leurs enfants à côté de celles des Adoptés. Et c'était un spectacle étonnant que de voir ce pêle-mêle de visages, difformes et harmonieux (*moches* et *beaux*, aurait dit Gingo), réunis tous ensemble. Cela se passait également à l'aube, au moment où les Bleus passaient le checkpoint. Il y eut quelques réflexions, toutefois ceux qui jugeaient malvenu de mêler effigies d'Adoptés et d'enfants naturels se gardèrent bien de le dire à voix haute – l'œil farouche des tigresses les en dissuada.

Mais pourquoi afficher ces photos, puisque ces enfants-là n'avaient pas disparu ? se demandait-on.

— Est-ce que ce n'est pas évident ? répondit une mère qui, montant sur une estrade improvisée, se fit le porte-parole de toutes les autres. À quoi bon avoir des enfants pour les voir condamnés à rester de l'autre côté du mur ? À ne jamais pouvoir prétendre faire des études ? À ne jamais exercer d'autres métiers que ceux imposés par les Blancs ? Et ce n'est pas le plus grave !... Réfléchissez un peu ! S'ils nous enlèvent ceux-là sans que nous nous révoltions (elle désigna les photos des Adoptés), ils nous enlèveront bientôt aussi ceux-là (elle désigna les photos des enfants naturels). Dans les mêmes conditions. Ils nous y ont déjà habitués.

Un long silence suivit ses paroles. Un silence de mort, qui sembla s'étendre à l'ensemble de la Cité bleue et s'abattre sur elle tel un linceul. Il vibrait de l'écho des terribles paroles qui venaient d'être prononcées. Cette femme avait raison. Comment avaient-ils pu se montrer si dociles, si naïfs ? Comment n'avaient-ils pas eu le discernement suffisant pour anticiper, prévoir ce qu'on projetait pour eux, de l'autre côté du mur ?

Le temps des querelles était révolu. Il était temps de s'unir. Pour se révolter.

En fin de semaine, elles furent plusieurs centaines, mères d'enfants naturels, mères d'Adoptés et mères qui ne l'avaient jamais été que dans leurs espoirs brimés. Jade en tête, elles formèrent une longue chaîne en se tenant la main et marchèrent, d'un pas égal et cadencé, longeant le mur sur toute sa longueur, soit trente-cinq kilomètres qu'elles parcoururent dans le sens inverse des aiguilles d'une montre, pour marquer leur opposition à cette folle course contre le temps qui avait lieu de l'autre côté du mur où, avec l'aide de l'intuition computérisée de l'Intelligence artificielle, on mêlait futur et présent pour aller toujours plus vite.

Il fut décidé qu'elles se retrouveraient le 3 de chaque

mois, date anniversaire de la disparition de Gingo, et qu'elles entreprendraient leur marche silencieuse. « La marche de l'amour », ainsi la nommèrent-elles. Les hommes ne furent pas en reste. Ils convinrent que ce jour anniversaire serait un jour de grève. Aucun travailleur bleu ne franchirait le mur.

Ainsi l'amour que Jade porta à Gingo, et celui qu'il lui avait rendu au centuple, fut à l'origine d'une révolution. La première depuis la construction du mur. Le mur périphérique, enceinte censée protéger les Blancs des Bleus, ne deviendrait-il plus qu'une barrière fragile et éphémère ? Chaque mois à date fixe, les Blancs percevraient la rumeur qui grondait de l'autre côté, celle de cette marche qui, pour silencieuse qu'elle fût, n'en était pas moins menaçante. Allaient-ils prendre peur ? Envisager, pour la première fois, la possibilité que le mur pût tomber ? Si tel était le cas, leur SmartCity aurait-elle les moyens de résister ? Ce petit joyau de technologie pourrait-il affronter une population en colère qui avait toujours refusé de se voir gouvernée par la suprématie de l'Intelligence artificielle ?

Était-il possible que la SmartCity puisse… *planter* ?

Pourrait-on alors la *redémarrer* un jour ?

CHAPITRE 38

Les Autres étaient déjà là lorsque les gardes firent entrer Gingo dans la cour. Vaste, spacieuse, éclairée par une large portion de ciel et des rayons de soleil généreux ce jour-là, elle était bien plus accueillante que la sombre courette où il avait l'habitude de faire sa promenade quotidienne. Un grand silence salua son arrivée, d'autant plus impressionnant qu'il succédait au vacarme habituel. Une vingtaine de paires d'yeux se braquèrent sur Gingo, qui n'eut d'autre choix que de baisser les siens. Il se sentit pétrifié – autant, lui sembla-t-il, que lorsqu'il avait reçu la fléchette anesthésiante avant d'être présenté au directeur, un mois auparavant. Les yeux ancrés au sol (si intensément qu'il aurait pu y faire un trou), il s'adossa à la porte que les gardes avaient refermée derrière lui et s'y appuya de tout son poids dans le vain espoir de la faire céder ou mieux, de passer à travers. Il n'avait même pas conscience de *qui* le regardait au juste. Il n'avait aperçu en entrant qu'une masse sombre, informe, grouillante, agitée, dans laquelle il était impossible de distinguer une silhouette ou un visage en particulier. Comme si le rideau noir du hangar s'était démultiplié en spectres mouvants aux quatre coins de la cour.

Le rideau noir ! On l'avait tiré, d'un coup d'un seul. Alors que, durant tout le temps qu'avait duré son isolement, Gingo n'avait eu qu'un souhait, qu'on ouvre ce fichu rideau qui le tenait à l'écart, il se rendit compte à l'instant même qu'il n'y était pas encore prêt.

Son cœur cognait, battait à cent à l'heure, son émotion fut telle que ses jambes flageolèrent et ne le portèrent bientôt plus. Il se laissa glisser au sol et s'accroupit, tête baissée entre les genoux et mains croisées sur le sommet du crâne. Lorsqu'il était plus jeune, cette posture, croyait-il, avait le don de le rendre invisible. Il l'adoptait pour jouer à cache-cache ou lorsqu'il avait fait une bêtise et ne voulait pas s'attirer les foudres de l'adulte présent à ses côtés. Il avait bien peu d'espoir de se rendre ainsi invisible à cet instant. Non, il sentait bien qu'il n'était pas à l'abri de ces yeux et de leurs regards perçants rivés sur lui, qui lui faisaient l'effet d'une multitude d'aiguilles perforant sa peau.

Il demeura là, dans son coin, une foule de pensées en tête. Une en particulier éclipsait toutes les autres : *il était toujours nu.* Il avait fini par s'y habituer pendant la période d'isolement, il avait même trouvé cela agréable par moments, lorsqu'il faisait chaud dans le hangar, mais il était seul alors ou en compagnie des gardes. (*Chef* ne s'était jamais moqué de lui.) Maintenant, il était le point de mire de vingt prisonniers – communauté dans laquelle il était censé s'intégrer après la période d'isolement – qui le scrutaient dans les moindres détails. C'était tellement humiliant ! Il s'attendait à ce que le silence explose en un tonnerre de rires moqueurs, il s'apprêtait déjà à faire glisser ses mains de sa tête jusqu'à ses oreilles pour s'en protéger, mais rien de tel n'eut lieu. Le bruit reprit, pareil à celui qui avait précédé son entrée, sur un volume sonore égal, comme si on l'avait simplement interrompu d'une pression sur un bouton et que cette même pression le faisait redémarrer. C'était le signe, du moins Gingo l'espérait-il, que les Autres s'étaient enfin détournés et poursuivaient leurs activités.

Il se risqua donc à lever la tête. Et – quel soulagement ! – il vit en premier lieu que *tout le monde était nu.* Vingt paires de testicules, longues, roses, lourdes, lui sautèrent aux yeux. Et ceux qui les exhibaient ainsi le faisaient tout naturellement. Si Gingo n'avait pas été aussi intimidé, il en aurait ri. Il remarqua en outre que tous les prisonniers étaient des Adoptés, comme lui.

Tous moches. Tous les mêmes. Pas de différence. Pas de moqueries. Pas d'insultes.

Encouragé par cette découverte, il se releva, se décolla de la porte et fit quelques pas timides. La cour n'était pas fermée par un mur d'enceinte, mais par une série de larges portes vitrées coulissantes, derrière lesquelles on apercevait des couloirs arpentés par les gardes en faction, fusil à l'épaule. Le sol était en terre battue, recouvert par endroits de paille. Il y avait deux arbres malingres éloignés l'un de l'autre de cinq ou six mètres, une vieille table de ping-pong sur laquelle étaient entassées des chaises aux dossiers défoncés et aux pieds branlants, le tout formant un curieux échafaudage. Au centre se trouvait une petite mare d'eau bourbeuse, à la surface de laquelle flottaient quelques brins de paille déposés là par le vent, ainsi que des canards en plastique. Les bestioles étaient en mauvais état, bon nombre d'entre elles plongeaient, cul renversé et bec dans l'eau. Un peu partout, disséminés sur le sol, des ballons, usés jusqu'à la trame, certains étaient dégonflés, d'autres en passe de l'être, des traces de dents témoignaient qu'on les avait mordillés. S'ajoutaient d'autres vieux jouets, des poupées à qui il manquait un œil ou un bras, des ours en peluche éventrés. Des pneus se balançaient au bout de cordes accrochées aux arbres. Un toboggan en plastique gisait dans un coin, renversé, cassé.

Gingo ne fut ni dépaysé ni choqué par ce décor, il lui était familier, c'était, à peu de choses près, celui de la cour de récréation de l'école. Le mobilier neuf ainsi que les jouets qui avaient servi dans un premier temps aux enfants bleus étaient récupérés pour les Adoptés qui s'en contentaient pleinement. Ils se balançaient sur les pneus avec autant d'entrain que sur de véritables balançoires, grimpaient sur le toboggan même si ce dernier était scindé en deux blocs distincts, les escaliers ne menant pas à la partie sur laquelle on se laissait glisser – peu leur importait, ils sautaient de l'un à l'autre – et tapaient avec enthousiasme dans les ballons dégonflés. Mais à la différence de la cour de l'école, ici, tous les jouets étaient délaissés. Personne ne s'amusait, à l'exception d'un petit groupe de quatre adolescents. Autre particularité, et pas des moindres : il y avait des vieux. On les repérait aisément à leurs poils teintés de gris et à leurs testicules fripés qui pendaient tristement, un peu à l'image des ballons dégonflés qui jonchaient le sol.

C'était la première fois que Gingo voyait de vieux Adoptés. Il n'y en avait pas à la Cité bleue, tous partaient à l'adolescence ou peu après. Il en fut très impressionné. Bouleversé. Il perçut instinctivement qu'il fallait leur montrer du respect et s'efforça de ne pas les dévisager avec trop d'insistance. Mais c'était difficile, il ne put s'empêcher de leur lancer des regards en coin, baissant les yeux dès que l'un d'entre eux tournait la tête vers lui. Regarder l'un de ces vieux, c'était voir son reflet futur. Il se trouvait devant une sorte de miroir, différent cependant de celui qui, autrefois, l'avait tant traumatisé. Il serait donc ainsi sur la fin de sa vie ? (*Demain très très longtemps*, l'expression qui chez lui désignait le futur.) Voûté, la poitrine et le menton perlés de fils gris, les yeux voilés, il ne pourrait se déplacer qu'avec lenteur. Mais les yeux voilés et la lenteur des gestes n'empêchaient pas une certaine noblesse, qui imposait le respect. Les vieux, au nombre de trois, avaient pris place sur la table de ping-pong, rassemblés comme s'ils tenaient salon, et demeuraient assis là, à regarder le ciel d'un air paisible et nostalgique. Les jeunes, rassemblés en petits groupes, tournaient autour de la table de ping-pong ou arpentaient la cour. Si l'un d'eux faisait mine de vouloir rejoindre les vieux, ces derniers les en empêchaient d'un geste autoritaire, refusant toute intrusion dans leur cercle privé.

Gingo poursuivit sa découverte des lieux et porta son attention sur les quatre jeunes qu'il avait déjà remarqués. Ils jouaient ensemble, se chatouillaient, se jetaient au sol en roulant les uns sur les autres et en riant. L'ambiance n'avait pas l'air mauvaise de ce côté-là. Pas mauvaise du tout. Le tempérament sociable de Gingo reprit le dessus. Il avait toujours eu des copains, à l'école, dans sa classe. Il aurait aimé les inviter chez lui, les retrouver dehors à la sortie, mais c'était *interdit*. Il avait toujours su que c'était important d'avoir des copains. Ici, à la prison, il pressentait que c'était essentiel, indispensable à sa survie. Il lui fallait tenter une approche.

Il se dirigea lentement vers le groupe, marchant en crabe, fixant un point à l'opposé de l'endroit où il voulait se rendre, adoptant sa technique habituelle pour détourner l'attention. Lorsqu'il fut suffisamment près, il s'assit sur un pneu et se balança pendant un court instant. Les autres n'interrompirent que brièvement leur jeu pour lui lancer un regard en coin qui, *a priori*, n'était pas hostile. Il allait leur demander s'il pouvait se joindre à eux, mais dut faire un brusque mouvement sur le côté pour éviter de recevoir en pleine figure un énorme crachat – qu'il n'identifia pas immédiatement comme tel. Il leva la tête, supposant qu'il s'agissait d'une crotte de ces imbéciles d'oiseaux qui avaient l'habitude de chier en plein vol.

C'est à ce moment-là qu'il fut projeté face contre terre avec une violence démesurée. Une poigne de fer le saisit par le cou et le retourna sur le dos, comme on le ferait d'une crêpe. Juste avant qu'un poing s'abatte sur son nez, il eut le temps de voir un type, assis à califourchon sur lui, qui lui enserrait les côtes entre ses cuisses si puissantes qu'elles semblaient être taillées dans du marbre, à les briser, à lui couper la respiration. Le type avait bondi sur lui avec une agilité et une rapidité surprenantes. Grand, fort, musclé, doté d'une carrure de catcheur, il avait des yeux chassieux, voilés d'une pellicule blanchâtre et animés d'une lueur de folie. Il frappa Gingo du poing gauche, puis du droit, remit ça, encore et encore, sur une cadence infernale et parfaitement rythmée, ses deux bras dessinant dans l'air des arcs de cercle d'une régularité imparable avant de s'abattre. Rien ne semblait en mesure d'arrêter cette machine à donner des coups, alors que sa victime n'avait aucun moyen de riposter, ou se débattait si faiblement que cela revenait au même. Les autres tournèrent la tête, mais ne jugèrent pas utile de se rapprocher du lieu où se tenait ce combat inégal qu'ils avaient l'air de considérer comme un événement tout à fait banal et coutumier. Les gardes, derrière les portes vitrées, affichaient la même indifférence. Seul *Chef* – il était présent, ayant tenu à accompagner Gingo en ce jour si important qui soldait la fin de sa période d'isolement – paraissait inquiet.

CHAPITRE 38

Il courut vers la porte la plus proche, mais un de ses collègues lui saisit le bras et l'empêcha d'intervenir.

Gingo, lui, n'avait conscience de rien. Rien d'autre que ces poings qui se levaient et s'abattaient, rien d'autre que la fulgurante douleur qu'ils provoquaient. Il était sur le point de s'évanouir lorsque sa torture cessa, aussi brusquement qu'elle avait commencé. Il entendit un cri, il crut d'abord qu'il provenait de son agresseur, celui-ci n'ayant pas cessé de pousser des hurlements sauvages dès lors qu'il lui avait sauté dessus. Mais le cri, d'une tonalité différente, venait de plus loin. L'un des vieux que Gingo avait remarqués en pénétrant dans la cour sauta de la table de ping-pong avec une agilité que la lourdeur apparente de sa silhouette ne laissait pas présager. Malgré le sang qui maculait sa figure et lui brouillait la vue, Gingo le vit se dresser derrière son agresseur qui, aussitôt, arrêta de frapper et le libéra. Il fit un geste en direction du vieux, dont Gingo, sonné et groggy, ne comprit pas la signification, puis, tête baissée, partit dans un coin, respirant avec bruit et reniflant sa colère.

Le vieux regagna sa place. Les autres reprirent leurs activités. Gingo demeura au sol avec l'impression que jamais plus il ne pourrait se relever. Il se sentait écrasé, « aplati », comme ces personnages de cartoons dont le corps, après avoir été heurté par une voiture, se réduit à un dessin tracé sur l'asphalte. Chaque tentative qu'il fit pour se redresser se solda par un échec, la tête lui tournait, il avait mal partout et ne voyait plus rien, aveuglé par le sang qui s'écoulait de son arcade sourcilière. Il finit cependant par se mettre debout et, courbé, plié en deux comme s'il avait eu subitement vingt ou trente ans de plus, trébuchant à chaque pas, il se traîna péniblement jusqu'à son coin, près de la porte, bien décidé à n'en plus bouger jusqu'à ce que *Chef* vienne le chercher. Où était *Chef* ? Pourquoi n'était-il pas venu à son secours ? Il jeta un regard derrière la cloison vitrée et le vit qui lui tournait le dos. Alors lui aussi l'avait abandonné ! (Gingo ne pouvait deviner que, si *Chef* lui tournait le dos, c'était précisément parce qu'il ne pouvait pas supporter de le voir ainsi maltraité. Mais il ne devait pas intervenir. Il fallait que Gingo en passe par là. C'était pour son bien. Autant que la période d'isolement. Il devait apprendre à se défendre pour survivre, apprendre la violence, la vraie. Pas la violence présumée dont on l'avait accusé et qui lui avait valu son emprisonnement.)

Gingo avait le nez et la bouche en sang, ses oreilles bourdonnaient comme s'il avait à l'intérieur de son crâne le moteur d'un *oiseau bruyant*, il avait l'impression que sa mâchoire allait se décrocher et chaque inspiration provoquait une vive douleur intercostale, comme un coup de couteau. (Peut-être avait-il une côte brisée ?) *Mourir.* Il se souvint du jour où il avait demandé la signification de ce mot à sa mère. *Mourir, sale, chiottes, puant !* avait-il dit alors. Mais il avait à présent une tout autre opinion. Mourir, c'était mieux que vivre dans cet endroit.

L'un des jeunes qu'il avait remarqués avant son agression s'approcha. Il s'accroupit près de lui, saisit quelques brins de paille et les brandit sous son nez. Gingo recula avec vivacité avant de comprendre qu'il voulait s'en servir pour éponger le sang qui s'écoulait de son nez. Il se laissa faire. Le garçon avait des gestes doux, il veillait à ne pas lui faire mal en appliquant délicatement la paille sur ses narines ensanglantées.

— Merci ! signa faiblement Gingo au bout d'un moment.

Une expression de stupeur se peignit sur le visage du garçon. Il leva les bras si brusquement qu'il en perdit l'équilibre et tomba en arrière sur les fesses.

— Toi com… prendre si… signes ? bégaya-t-il après s'être redressé, avec des gestes que Gingo trouva étranges, syncopés, le bras droit se synchronisant mal avec le gauche, un peu comme les siens lorsqu'il avait voulu répondre au directeur, alors qu'il était sous l'emprise de l'anesthésiant.

— Oui, bien sûr.

Il n'osa pas ajouter qu'il faisait beaucoup mieux que parler en langue des signes, qu'il pouvait parler tout court. Avec une voix, une vraie. Il pressentit que cela ne susciterait pas l'admiration de son interlocuteur, au contraire. Comme à l'école. Combien de fois avait-il joué à l'idiot lorsque l'instructrice lui posait une question dans le seul but d'éviter les moqueries de ses camarades ?

— Super ! Les autres, crétins, pas comprendre signes ! (Le garçon retrouva peu à peu la fluidité de ses mouvements.) Oublié ! Ici depuis trop longtemps ! Ton nom ?

— Gingo. Et toi ?

— Bob. Lui… (Il désigna du menton l'agresseur de Gingo.) Lui, Mack ! Méchant ! Grosse merde ! Frappe toujours nouveau !

Gingo préféra ne pas lancer un regard en direction de Mack. Ce dernier tournait en rond dans un coin de la cour comme un lion en cage, ruminant encore sa colère. Il leva en revanche les yeux vers le vieux qui était intervenu en sa faveur.

— Lui, Showa, dit aussitôt Bob, devinant sa question. Très vieux (il leva les mains et écarta ses doigts sur lesquels il commença à compter. Après deux tentatives ratées, il renonça). Âge Showa, quatre ou cinq mains ! Ou plus ! Lui, grand chef ici ! Chance lui aimer toi. Bonne protection.

Gingo aurait aimé remercier son protecteur, mais celui-ci ne regardait pas dans sa direction. Nez en l'air, bras croisés sur la poitrine, il avait rejoint ses compagnons sur la table de ping-pong et repris sa contemplation du ciel. Les trois autres jeunes avec qui Bob jouait précédemment s'approchèrent à leur tour. Bob fit rapidement les présentations.

— Lui, Ally ! Lui, Onan ! Lui, Killy !

Gingo lança un bonjour collectif. Il se sentait un peu mieux. La bonne humeur de Bob était réconfortante, il avait l'air de vouloir être son ami, les autres aussi. Mais sitôt les présentations terminées, Bob se leva et chassa les nouveaux venus en les poussant sans ménagement.

— Eux, chiottes ! Plus comprendre signes ! précisa-t-il. Tous crétins depuis plusieurs mois. Moi envie parler avec toi avant devenir crétin comme eux.

Les trois garçons devaient être habitués aux mouvements d'humeur de leur camarade, car ils s'en allèrent à l'autre bout de la cour sans protester.

— Pourquoi toi devenir crétin ? demanda Gingo.

— Parce que prison rend crétin. Ou méchant, comme Mack.

— Toi, combien de temps enfermé ici ?

Bob essaya à nouveau de compter sur ses mains, mais il n'y arriva pas davantage que précédemment et haussa les épaules, signifiant ainsi qu'il ignorait la réponse précise.

— Toi pas devenir fou ici ? demanda Gingo.

— Au début, oui. Maintenant, non. Habitude !

Bob avait raison. On s'habituait à tout, même à l'isolement. Gingo avait cru mourir le premier jour où il avait été enfermé, et puis il s'y était fait. Et il se ferait sans doute, au fil du temps, à la sauvagerie de Mack. Ou du moins, pensa-t-il, il trouverait le moyen de se défendre. Quelque chose se déclencha en lui à cette idée, qui lui pinça le cœur et banda ses muscles, lui hérissa le poil, un frémissement qu'il n'avait jamais connu jusque-là.

La discussion se poursuivit. Bob confirma à Gingo qu'il en avait fini avec l'isolement, qu'il aurait dorénavant une cellule plus grande, de l'autre côté du rideau noir. Une cellule s'était d'ailleurs libérée à côté de la sienne, peut-être qu'il pourrait l'occuper ? Cela leur permettrait d'être plus souvent ensemble. Il donna à Gingo quelques informations sur la vie en prison. Les prisonniers ne séjournaient dans cette cour que le matin, l'après-midi, on les emmenait dans un espace beaucoup plus grand, une sorte de jardin entouré d'eau pour éviter toute tentative d'évasion. Gingo s'en réjouit. Mais sa joie fut vite entachée par ce qui suivit. Bob lui confia que certains prisonniers étaient désignés par des docteurs qui les emmenaient pour la journée, voire la semaine et que, soit ils ne revenaient jamais, soit ils revenaient complètement fous, comme Mack, ou malades, comme Enos. Il désigna un type couché par terre dans un coin de la cour. Un bandage ceignait son crâne et il ne cessait de pousser des gémissements. Gingo remarqua d'autres prisonniers qui paraissaient blessés. Celui-ci avait un bandage sur la jambe, celui-là sur les oreilles, un autre encore sur le ventre ou les reins.

— Pourquoi ? demanda Gingo. Docteurs faire mauvaises piqûres ?

— Faire piqûres, donner médicaments aussi… Jouer chatouilles avec moi ? demanda soudain Bob avec des gestes joyeux et enthousiastes.

En temps normal, Gingo se serait empressé de répondre par l'affirmative, mais… Jouer aux chatouilles lui parut idiot – il n'était plus un enfant –, et il n'avait de toute façon pas le cœur à rire après ce qu'il venait d'apprendre.

— Pas vouloir ? insista Bob.

Gingo secoua tristement la tête.

— Toi jamais appelé par docteur ? reprit-il.

— Pas encore !

— Pas peur ?

— Non ! Habitude !

Bob posa une main sur son épaule dans un geste de réconfort avant d'ajouter :

— Ici, à part visites docteurs, mieux qu'avant, chez fausse famille. Vie de merde chez fausse famille.

Gingo eut un mouvement de recul.

— Pourquoi toi dire « fausse famille » ?

— Parce que vraie famille, ici, avec les autres, même si crétins.

— Non ! rétorqua aussitôt Gingo en agitant la tête avec ferveur. (Il faillit articuler ce « non », mais se retint juste à temps.) Vraie famille à moi, dehors, pas dans prison. Maman, Jade ! Papa, Alban ! Même si différents ! Eux aimer moi, et moi aimer eux !

Gingo entendait bien affirmer que si Jade et Alban n'étaient que ses parents adoptifs, ils l'aimaient néanmoins comme leur fils. Si ça n'avait pas été le cas de Bob, c'était bien triste pour lui, mais il devait savoir que ce n'était pas une règle générale.

Bob ne lui répondit pas tout de suite. Le sourire qu'il avait affiché depuis le début de leur conversation s'effaça, il scruta Gingo de ses petits yeux noisette au regard vif et malicieux, comme pour lire au plus profond de lui.

Gingo crut qu'il l'avait vexé et n'ajouta rien de peur de commettre une nouvelle maladresse.

Le visage de Bob changea à nouveau d'expression. Deux à trois secondes s'écoulèrent durant lesquelles il parut totalement ahuri. Bouche ouverte, bras ballants, il ne dit rien lui non plus (et Gingo crut bien que la crétinerie l'avait frappé brutalement, qu'il n'était plus en mesure de s'exprimer). Puis soudain, sans que rien ne l'annonce, il partit d'un immense éclat de rire. Qui déclencha une sorte de signal de départ. Ses trois camarades, alertés par le bruit, accoururent aussitôt et, sans comprendre ce qui avait provoqué son hilarité, se mirent à rigoler eux aussi. Le fou rire se communiqua aux autres en un temps record. Ils se tapaient sur les cuisses, se tenaient le ventre à deux mains, certains même se roulaient par terre. Ils ne s'arrêtaient que pour reprendre leur respiration et désigner Gingo du doigt, puis ils remettaient ça. Quel bruit ! Quel tintamarre infernal ! Gingo se sentit mortifié, humilié. Ce rire était plus douloureux que les coups de Mack. D'ailleurs lui aussi s'esclaffait en dardant sur lui son regard empreint de haine, trouvant là le moyen de se venger. Le plus terrible pour Gingo fut de constater que même Showa, son protecteur, participait à la moquerie générale. Moins démonstratif que les autres, il ne se tapait pas sur les cuisses, ne hurlait pas, mais il affichait un sourire railleur qui blessa Gingo au plus haut point.

Bob finit par se calmer et les autres l'imitèrent peu à peu.

Il y eut alors un silence. Un grand silence qui se prolongea.

— Toi te prendre pour homme ? demanda enfin Bob. Vrai homme ?

— …

— Toi, pas homme. Toi, chimpanzé, comme moi. Comme nous. Toi devoir oublier folie apprise par hommes. Plus heureux après.

BIBLIOGRAPHIE

On aura reconnu dans « les Trois Lois de conditionnement à l'obéissance », les Trois Lois du *Grand livre des Robots*, d'Isaac Asimov.

« L'Assistant Personnel Robotisé » ou « APR » est emprunté à Éric Sadin dans son essai *La Société de l'anticipation*, Éditions Inculte.

BESNIER Jean-Michel, *Demain les posthumains*, Fayard, 2012.
CRICHTON Michael, *Congo*, Pocket, 1995.
MERLE Robert, *Le Propre de l'homme*, Le Livre de Poche, 1991.
SADIN Éric, *Softlove*, Galaade Éditions, 2014.
SADIN Éric, *La Société de l'anticipation*, Inculte, 2011.
TERRACE Herbert S., *Nim*, Pierre Mardaga éditeur, 1995.

SARAH COHEN-SCALI

Sarah Cohen-Scali est née en 1958 et vit à Paris. Elle a suivi des études de lettres, d'art dramatique et de philosophie. De son apprentissage de comédienne, il lui reste un appétit insatiable pour le cinéma, essentiel pour nourrir l'écriture à laquelle elle se consacre à plein temps.

Elle a écrit une quarantaine de romans et nouvelles, pour tous les âges, depuis l'album illustré destiné aux tout jeunes lecteurs jusqu'au roman policier pour adultes.

La majorité de ses titres s'adressent aux adolescents et aux jeunes adultes. Son roman *Max*, publié aux éditions Gallimard, a remporté le prix Sorcières 2013. Après *Phobie*, thriller paru en 2017 dans la collection « Électrogène » et lauréat du *Prix Polar*^MD^ 2017 du Meilleur Roman Jeunesse du festival Polar de Cognac, *Gingo* est son deuxième roman publié chez Gulf stream éditeur.

Du même auteur,
également dans la collection « Électrogène »

Une odeur de moisi. Une cave. L'obscurité totale. Et la peur. La peur qui prend aux tripes. Cauchemar… ou réalité ?

Anna ouvre les yeux et prend peu à peu conscience qu'elle n'est pas en train de faire le cauchemar récurrent qui la tourmente depuis son enfance, mais qu'elle est bel et bien séquestrée. Qui l'a enlevée ? Le croque-mitaine qui la terrorise depuis qu'elle a cinq ans, ou un homme de chair et d'os ? Chargé d'enquêter sur l'enlèvement de la jeune fille, le commandant Ferreira doit collaborer avec un psychiatre, le docteur Fournier. Son enquête est vite reliée à une autre, celle de la disparition du père d'Anna, onze ans auparavant. Onze années de silence et d'oubli à parcourir.
Un voyage à rebours, au cœur d'une mémoire secrète.

Anticipation, horreur, thriller, conte de fée… Les genres se mêlent pour explorer toutes les facettes de l'angoisse.

LE FER AU CŒUR, Johan Heliot

Cité de Pérennia. Punie et brisée pour avoir bravé le regard d'un défenseur de la Vertu, la jeune Maïan est envoyée dans les tréfonds de la Ville-Basse pour y expier sa faute. C'est au coeur de ce purgatoire de vapeur dont personne ne revient jamais qu'elle rencontre Leonardo, un étudiant condamné pour avoir laissé libre cours à son imagination en créant des machines fabuleuses. Avec l'aide de Volco et Lanaé, deux habitants de la ville souterraine, Maïan et Leonardo tentent d'unir leurs forces pour survivre. Mais dans ces entrailles nauséabondes où les âmes sont corrompues à force d'être opprimées, il est difficile pour ces épris de justice d'accorder leurs ambitions…

Des destins qui se croisent au cœur d'une lutte poignante et sans âge. Un hommage à toutes celles et ceux avides de raison et de liberté, aujourd'hui encore trop souvent brimés.

CELLE QUI VENAIT DES PLAINES, Charlotte Bousquet

Sais-tu comment certains cowboys choisissaient leur mustang, Virgil ? En leur tirant dessus. Peu leur importait qu'ils se rompent le cou ou les membres. Ceux qui survivaient, brisés, se laissaient ensuite manipuler sans protester.

Le vert des hautes herbes surplombées par le feu orangé du soleil couchant sur les plaines du Dakota, les récits de victoires autour d'une flambée à la tombée de la nuit, les chevaux couleur de cendres, le tonnerre des canons, les rivières de sang… Et soudain, le déracinement et l'enfermement à la Mission Saint-James, l'apprentissage de la haine d'une culture immémoriale, la purification par la souffrance et une éducation de fer pour briser les volontés les plus tenaces. Voici l'histoire de Winona, fille aînée du vent et de la lumière, héritière de traditions ancestrales qu'elle fut contrainte de recracher comme le pire des venins, métisse éprise de liberté et de justice dont la route ne cesse de croiser celle des célèbres Steele Men, cow-boys et mercenaires – pour le meilleur et pour le pire.

Une chevauchée sauvage d'une beauté brute, implacable, pour lever le voile sur la légende et faire éclater la vérité.

Reproduit et achevé d'imprimer pour le 1er tirage en décembre 2017
par Leporello en Lettonie
pour le compte de Gulf stream éditeur
31 rue Alfred Riom, 44100 Nantes
www.gulfstream.fr
Dépôt légal 1re édition : février 2018